# ネール回想録

*Mémoires*

十九世紀フランス詩人=犯罪者の手記

P.=F.ラスネール著
小倉孝誠・梅澤礼訳

平凡社

本著作は平凡社ライブラリー・オリジナル版です。

## 目次

## フランス

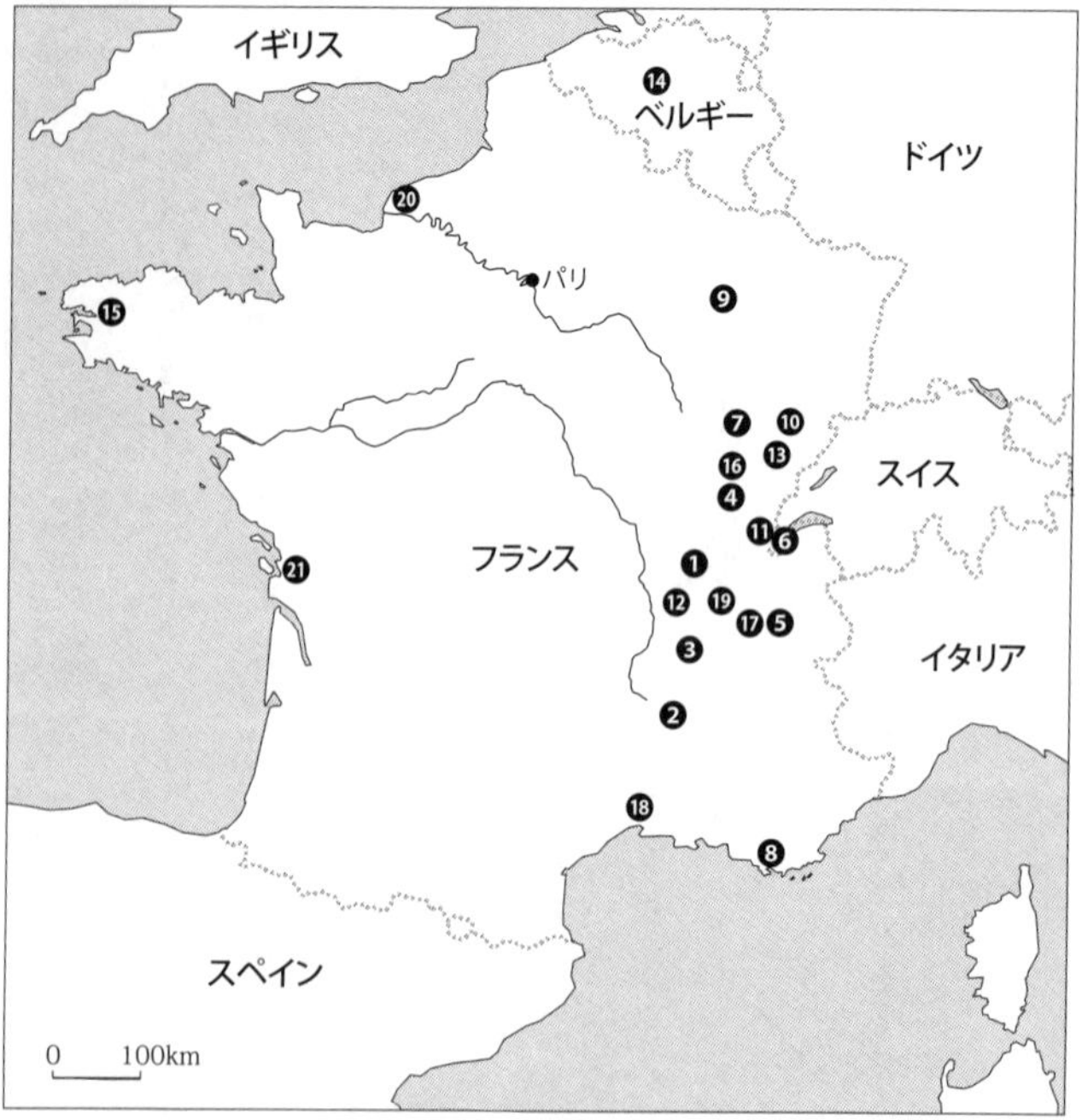


❶アリックス
❷ヴァランス
❸サン＝シャモン
❹シャロン
❺シャンベリー
❻ジュネーヴ
❼ディジョン
❽トゥーロン
❾バル＝ル＝デュック
❿ブザンソン
⓫フェルネー
⓬フランシュヴィル
⓭フランシュ＝コンテ地方
⓮ブリュッセル
⓯ブレスト
⓰ボーヌ
⓱ポン＝ド＝ボーヴォワザン
⓲モンペリエ
⓳リヨン
⓴ル・アーヴル
㉑ロシュフォール

## パリ市内

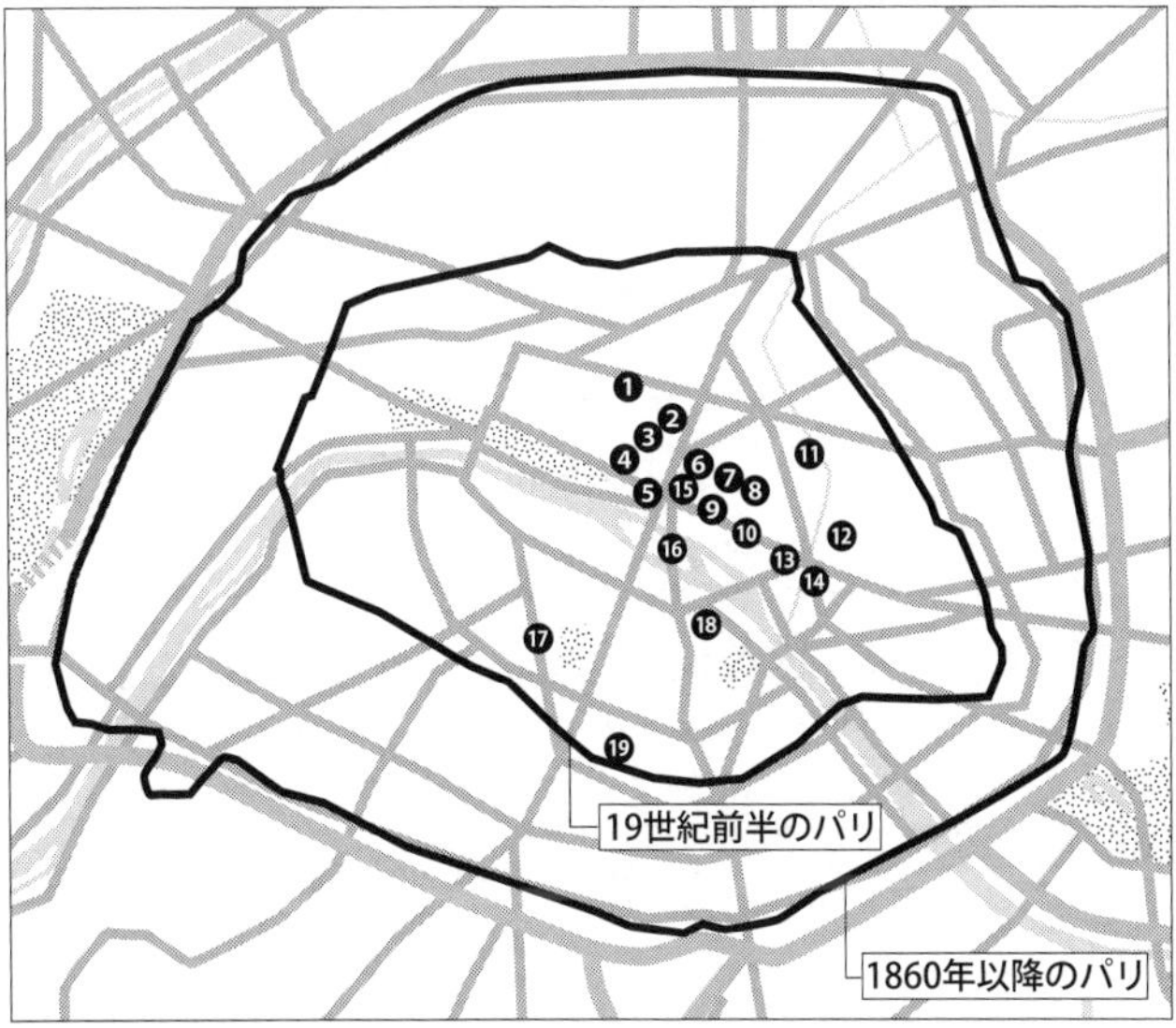


❶ショセ・ダンタン
❷証券取引所
❸ショワズール小路
❹ヴァンタドゥール広場
❺パレ＝ロワイヤル
❻モントルグイユ通り
❼サン＝マルタン通り
❽タンプル通り
❾シャンヴルリー通り
❿バール＝デュ＝ベック通り
⓫ヴァンドーム小路
⓬タンプル大通り
⓭フォルス監獄
⓮ロワイヤル広場
⓯シュヴァル＝ルージュ小路
⓰コンシェルジュリー監獄
⓱メーヌ市門
⓲サルティーヌ通り
⓳サン＝ジャック市門

## パリ近郊図

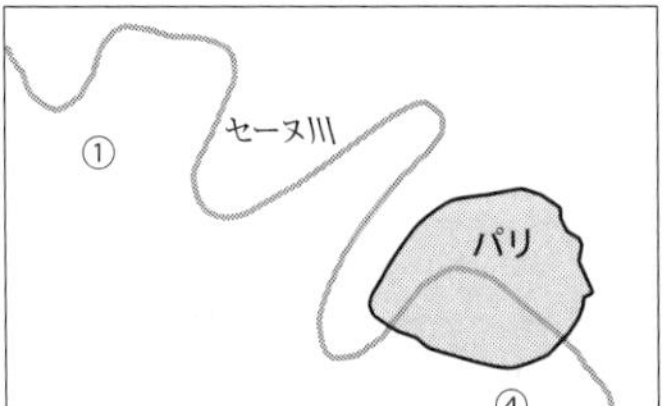


①ポワシー監獄　③クラマール
②ヴェルサイユ　④ビセートル監獄

※パリ－ヴェルサイユ間は約20km

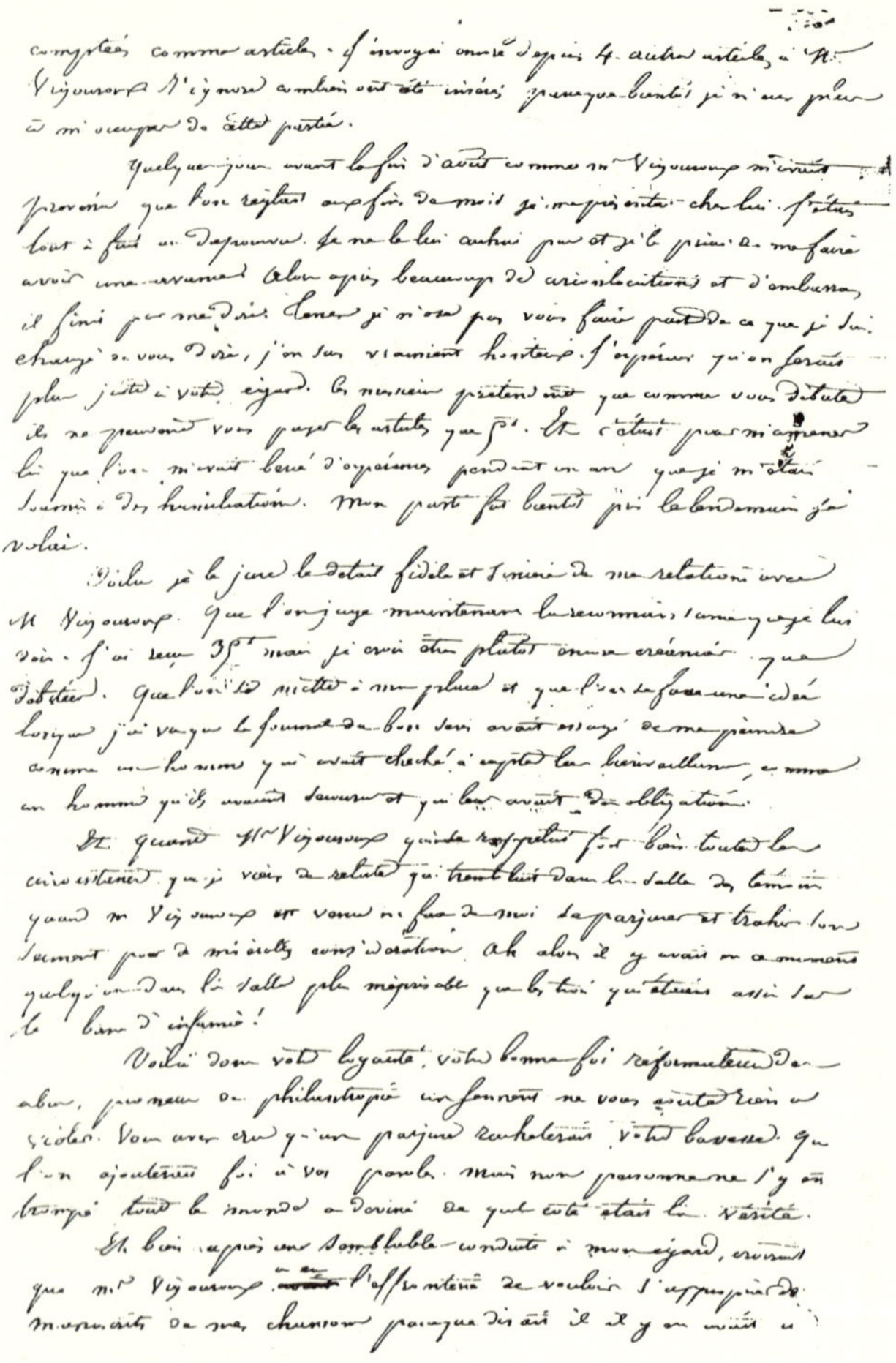

『ラスネール回想録』の自筆原稿。削除の少ないなめらかな筆跡である
（Lacenaire, *Mémoires*, José Corti, 1991）

# 刊行者によるまえがき

この〈回想録〉は多くの障害に遭遇した。事実この出版が困難を抱えていたことは誰もが知るところであり、そんな中で中断と再開を繰り返してきたわけであるから、度重なる逡巡や気がかりな遅滞に悩まされたであろうことは容易に察していただけることだろう。そのため本書にはかなりの不手際が見られるはずである。極度の心わずらわされる事柄や様々な状況ゆえに防ぎきれなかった誤植、そして、これらのページの持つ暗くときに激しい様相を決して損ねてはならないと、本来ならば削除すべきだったのかもしれないが意図的に残しておいた原文の誤りである。

本書を出版するにあたり、我々も長いことためらった。〈回想録〉は闇に埋もれたままにし、人殺しが臆面もない思い上がりと、ある立派な司法官が言ったように罪の見栄から書いたにすぎないものなど、忘却の淵に沈めるべきなのではないだろうか？　我々はそう自問した。我々はこの問いについてじっくり考えた。彼のした弁明を繰り返すこと、あらゆる美徳に対して背き、あらゆる良心を否定し、人類の持つあらゆる気高さと偉大さを無にするような文章を公にすることは、悪徳を保護してしまうことになるのではないだろうか？　我々はそう自問した。事実あの胴体はクラマール〔パリ南西部の町。死刑囚の墓地があった〕で、あの頭部は解剖教室で朽ち果てさせるべきだったのであって、まだ血がしたたる状態で処刑台から降ろして世間に公開し、メデューサの首のように美徳の前に突き出したりしてはならなかったのではないか？……しかし、結局のところ我々は思った。否、ここまで突き進められてしまった犯罪は、危険な前例などにはならない。逆にこの〈回想録〉には興味深い事実の数々が見られるはずだ。心理学者や哲学者が、悪徳によって堕落し、毒液の中の蛇、死体の中の蛆のように罪に喜びを見出し、罪に溺れたひとりの人間の性格についてかけがえのない教訓を得ることができるという意味で。本書が人を惹きつけると非難されることはもちろんないだろう。これらのページを読んで嫌悪と驚愕以外の感情を抱く人間が果たしているだろうか？　その一方で我々は、道徳への敬意と当局への服従のため、何ヶ所かは削除することにした。当局の危惧の念はよく理解できるからである。

　我々が立て、そして守った誓約は以上である。ある著者が本書のまえがきを書くと約束していた。しかし死が彼を奪ってしまったため、ここにその未完の下書きを載せることはできなかった次第である。

パリにて、一八三六年五月二十日

# 序文

親愛なる読者へ。

昨今の私の粗相に君は相当そそられたと見え、私に関わることならたいそう熱心に、ささいなことでも追いかけるようになった。君を満足させないとしたら、私は恩知らず以外の何者でもなくなってしまう。それに、沈黙を守ったとして何になるか。結局君の欲望の餌食になるだけだ。骨相学者、頭蓋骨学者、人相学者、それに解剖学者の群れが見える。私の死体が冷たくなるのも待たずに飛びかかってくる、死体で生きる猛禽類たちだ。こんな最後の務めはご免こうむりたかった。だが仕方ないのだ。いま私はすでに私のものではない。死んだ後はどうなることか。数々の憶測を繰り広げるこの骨相学という学問にとっては、それはひどい獲物の奪い合いになるだろう！　いやいや、骨相学はすでに憶測の段階を越えている。確かな根拠にもとづいている。コレラの病理学と同じくらい進んでいるのだ。

高名な先生方は私の頭蓋骨を手にしながら、私の好み、私の欲望、私の椿事について、非常に精密かつ正確な、そう、先生方があらかじめ知っていた詳細を君に教えてくださるはずだ。

残念なことに科学は無謬ではない。誰しもがそうであるように、骨相学者たちもまた失敗や間違いをまぬがれえない。その証拠がこれだ。この場で語られるというのもまた一興だろう。

デュピュイトラン夫人の小間使いを殺したルモワーヌ、それにその共犯で捕まったジラールの裁判のことはまだ覚えていると思う。[*1] ジラールは、意味もなくやみくもに詩を作っていた。たしか意見陳述まで詩で作ったはずだ。ルモワーヌはといえば、すばらしい料理人だった。そしてとても機知に富んでいた。だが教育はまったく受けておらず、その生涯において一篇の詩も作ったことがなかった。私はルモワーヌをよく知っていたから、彼が詩などにはまったく無関心であったことを保証できる。ルモワーヌは死刑を宣告され、そして執行された。骨相学者たちはルモワーヌの骨格に関する深遠な観察に没頭した。だが彼らの記憶力は、あらかじめ与えられていた何がしかの情報について、どうやら正確ではなかったらしい。彼らはルモワーヌとジラールを混同してしまったのだ。というのもジラールにとっては幸いこのうえないことだが、彼の頭蓋骨は好き勝手に使えなかったからだ。私は講演会で骨相学者たちがこう言っているのを、この耳で聞いた。ルモワーヌの頭蓋骨から得られた発見によれば、ルモワーヌは詩に強く傾倒していたはずだ、と。そしてこの発見は、ルモワーヌが収監中、詩作にはげんでいたことからも裏づけられる、と。ルモワーヌが詩人とは！　かくも満足ゆく結果を見せられては、彼らが私の頭蓋骨に、ルモワーヌに見られたはずの調理化学の隆起やらソーセージプディングの隆起やらを発見しないと誰が保証してくれるだろうか。

よって、こうした衒学的な講演会に（当然健康な状態で）出席し、大学が私の心収縮と心拡張について『医者のクリスパン』[*2]のように議論するのを聞けるとあらば、私は何だってやることだろう！

とはいえ私も気前よく死んでゆきたい。それに、この見わたすかぎりの長広舌学派を避けるためにも、そしておそらく（これについて私は何も傷つくところはないが）私の松果腺と知性の関連性について、および私の頭蓋骨と激しい欲望の関連性についての的はずれな指摘を避けるためにも、私は決意したのだ。この、しかと生きていて肉体も精神も健康な私が、自らの手で、自らの司法解剖と脳解剖を行なうことを。こうした献身の見返りとして望むのは、彼らが私の死後、私の四肢をあちこちの講堂に分散させるのではなく、大いなる復活の日に集結できるよう一つの穴の中で穏やかにさせておいてくれることだ。

それに、そんな苦労や研究が何になるというのか。私自身が、まあそのとき私はもうこの世の人間ではないわけだが、感受性の強い人々をまたしてもおののかせる危険を冒してまで、私の骸骨を君に見せてあげようというのに。もちろん読者よ、私も君にきちんと答えられるかどうかはわからない。というのも君の質問はとても厄介なものだからだ。だが君に向けて書いているこの瞬間、私はまだ死んでいないし（この心からの序文を君が読むとき私が死んでいる――埋められている、とは言わない。その恩恵に浴するかどうかはわからないからだ――ことは間違いないが）、実のところ君に教えることはたくさんあって、聞き逃されては困るくらいなのだ。

仮にまだあと百年生きられたとしても、君の目に自分が価値あるものに映るようにしようなどとは思わない。だから君は、私が真実を虚飾しているのかどうか、私の頭蓋骨を手に判断してくれたまえ。私にもはや自己愛はない。たしかに突如として有名人になってしまったわけではあるが。そう、フィエスキ〔国王暗殺未遂犯。一七九〇―一八三六〕に弁護士はその洗練されかつ簡潔な弁論で教えてやっていたが、私もまたクルティウスのサロン*3でフィエスキの隣に展示される光栄にあずかるかもしれないのだ。

このようなわけで君に、私の人生、私の想い、そして私の根本的思想の奥義を授けようと思う。もし君がこの本の中に小説めいた場面を求めているなら、君は思い違いをしていることになる。私はきわめて充実した生涯を送ってきたが、小説の中にいくらでも見つけられるようなエピソードには事欠いていているのだ。君に約束するのはただ一つ。君に、私と同じくらい、私の心の内を読ませ、そして私の鼓動拍動のすべてを数えさせてあげよう。

君は目を閉じて、ただ私の誠意に身をゆだねればいい。誓いなどしたことはないが、……

（七行の検閲）

# わが第二の序文

この〈回想録〉、読者が待ち焦がれているであろうこの〈回想録〉が、あと少しで読者を失望させるところだった。

私の〈回想録〉の抜粋とやらが裁判記録つきで出版されると報じられたとき、私は思わず筆を擱き、心地よい無為にこの身を完全にゆだね、穏やかで徳高き怠惰の中で肥え太ろうとした。

だが私の〈回想録〉の抜粋とは！　原稿はまだせいぜい半分終わったところだったのだ。そのためこの新聞報道を目にするや否や、私は原稿をめくり、何枚か切り取られてはいまいかと確認した。すべてそこにあった。自分の書いたものがきちんとあることを確認した私は、かくも苦労の甲斐がなくかくもわずらわしい仕事を、私の許可なしにとはいえ引き受けてくれた親切な人物に対して、早くも感謝の念を捧げはじめていた。だがそれから数日後よくよく聞いてみれば、この新聞は、たしかに私が書いたものではあるが、本書の出版とはいささかの関わりもない記事のほんの二十行ほどを根拠に「ラスネールの回想録の抜粋」という見出しで報道したということだった。

このような手口を私は本書の中でみな暴いてゆく。読者も、こうした手口について私がどのように考えているかを知ることになるはずだ。よってこれ以上この問題にとどまる必要もない。

多くの自称観察家たちが、私を評価しようなどというぅぬぼれを抱いてきた。私は、あまりに奇妙かつあまりに真実とかけ離れた姿で描かれてきた。だから私が、自分に関係する事実だけでなく、自分の意見や考え方、判断の仕方も見せたとき、読者は気づくはずだ。自分がこれらの人々に、いままでどれだけだまされてきたのかということに。彼らは私に会ったこともなければ知りもしない状態で私について語り、最後になって私に近づいてきて、私が話したことについて少しも正確でない、しかし自分たちの理論体系には沿った報告をして、個人的見解に合致させてきたのだ。

それから白状しておくと、私は善良な人間であるかのように見せかけて、ときどき人が想像するよりも意地が悪かった。私に興味があるという口実で、私のところに記事の題材を探しに来る人間をどれだけ見たことだろう。彼らは私が心の内を明かすと思っていたのだ。かわいそうに！私が二十年間の研究と経験の成果を一気に失うわけがないではないか！

私のことを（彼ら好みの言い方をすれば）独房の中でひたすら殺人と復讐を夢見る男として描いた人々がいた。彼らは間違っている。私はそこまで馬鹿ではない。たしかに私は復讐心が強かったが、死を前に克服しようと思っている。それは私自身のためでもあるからだ。復讐は、それがかなうことはないのに企てる人間をあまりに苦しめる。

長いこと私は人類を憎み軽蔑してきた。それは本当だ。こんにち私は人類を、いままでよりもずっと軽蔑している。だがもはや憎んではいない。なぜか？　それは憎しみが強いられるものであるのに対し、軽蔑はそうではないからだ。私が何もしなくても、軽蔑のための新しい動機は日々供給してもらえるのだ。

じつを言えば、いまこのとき、私は誰に対してであれ、いかなる憎しみや復讐の感情も抱いてはいない。逆に私は何人かに対して、深い敬意や真摯な愛情を抱いている。ある人に対して私が捧げるのもこの二つの感情だ。読者がこの〈回想録〉を手にできるのもこの人のおかげなのだと言っておかなければならない。この〈回想録〉が何かの役に立つとすれば、読者が感謝すべきなのは私ではなく、この人なのだ。

隠しておいてはならないことだが、フォルス監獄にいた頃、私はすでに我が人生の物語の一部を書いていた。ある明るみにしたくない事情があって、その物語は破り捨てざるをえなかった。その物語は大急ぎで、しかもかなり控えめに書かれたものだった。文体の無頓着さこそがその物語の特徴であり、何よりその物語に、いかなる自己愛の感情も持ちこまず、法廷での審理によれば私に求められていたはずの、そして私がこんにち主張したい唯一の美徳である率直さがこめられていたことの証だ。したがって、これで最後になるが、私はどんなささいなことでも私が嘘をついていると証明しようとする人間の挑戦には、相手が誰であれ応じるつもりでいる。

私について語ってきた人々は、果たしてそれほどまでの確信を持って出て来られるものだろうか？

ラスネール

# 第一章　少年時代

## 父の肖像

父はフランシュ＝コンテ地方の立派な農家の出身だった。たしか一七四五年の生まれだったと思う。この地方は、周知のように、その少し前にスペインの統治下から奪取されたばかりであり、まだ祖国の慣習を多く保ち続けていた。父はといえば六人兄弟の長男だった。そのため祖父母は、生活に苦労しているわけではなかったものの、父の教育に大金をかけて残りの兄弟の将来を危うくするわけにはいかなかった。こうした財産上の理由のほかに、もう一つ理由があった。先祖代々の慣わしを敬虔に保つ、善良かつ素朴な農民であった父の両親は、子どもたちを自分たちより高みに引き上げて自己愛を満足させた結果、いつの日か子どもたちに馬鹿にされるなどということはしようとしなかったのだ。よって父はあと少しで、一生純朴かつ善良な農民のままでいなければならないところだった。だが宗教に関するあらゆるものに大きな敬意を示していた父は、小教区の主任司祭と領主とに好かれることとなった。こうしたわけで父は、田舎司祭が与えられる程度の教育のようなものを受けることになったのだった。さらに父はときどき城に招かれるという特権まで得て、領主様から慈善に満ちた心遣いを示された。この愛情深い優越感は、私からすれば、いまの金銭的特権階級の高慢さと衒学趣味に相当するものだ。

さて、この二種類の交際は二つの結果をもたらした。一つは父が宗教と、そして父からすれば教皇と同じくらい正しい司祭たちに対する愛情をますます強固にしていったということ。もう一つは父が、自分よりも生まれがすぐれた人々に受け入れられたことで、貴族が衰退するにつれて失われてゆくあの輝きのようなものが自分にも及んでいるものと思いこみ、感謝の念とそして自己愛のために、いかなる状況においてもこれを守ろうとしたことである。よって私は、貴族と聖職者のことを父が誰より熱心に、じつのところ誰より非理性的に擁護する姿であるとか、貴族と聖職者をけなす者には誰より盲目的に、そして誰より激怒して反対する姿を何度も見たのだった。貴族と聖職者をけなす者が死刑宣告を受けたなら、父も喜んで署名しただろうとさえ言える。宗教的、政治的な狂信は、人間をそれほどまでに不当で野蛮にしてしまうということだ。

父のこの尊大な性格、この口うるさい性質、この人間関係における不屈の頑固さ、これらは周囲の人間を不幸にしながら、そのじつ最初の犠牲者は父自身だったのであるが、こうした性格を決定づけるのに強く貢献したであろう原因がもう一つある。それは父が長男だったということだ。あの頃の、そして現在でもほとんどそのままであるが、長男の権利というものがフランシュ＝コンテの一農家においてどういうものであるのかを多くの人は知らずにいる。フランシュ＝コンテという家父長制の地方では、古い偏見は一つも払いのけられることはない。それらは、ときにはおろかしく思えても、やはり社会を幸福にしてくれると思われているのだ。フランシュ＝コンテで長男であるということは、一家の主人ということでもある。父親が不在のとき、長男は父親の代わりをなす。父親以外の家族は、長男に対して最大の敬意を払い、決して親しい口は利かない。それゆえ、子どもの頃から自分のまわりに、本来は対等であるはずの兄弟たちからの従順や服従しか見てこなかった父が、以降同類に対しての厳しく耐えがたい性格を保ち続け、その反面、同じく子どもの頃から自分よりもずっと優れたもので創られた存在とみなしてきた司祭や貴族に対しては媚びへつらい、ほとんど隷属的であったとしても、別に驚くにはあたらないのだ。

どうやら私も、多くの人が好むように、こうした細々としたことについて長く話しすぎているようだ。だが父が私に受けさせようとした教育との関係上、私の性格にこれほどまでに大きな影響を与えた父の性格がどのように形成されたのかを伝えておくことは、必要で、しかも不可欠なことだと思うのだ。

すでに述べたように父への教育は、その導き手の善意にもかかわらず最小限に限られていた。父の、その一生を通じての知識と教養は、読み、書き、計算、そしてほんのわずかの綴りと国語だけとなってしまった。こうした教育はまったく輝かしいものではなかったが、それでも父を、家族が土地を耕作し開墾する上での役立たずにすることだけは避けてくれた。二十歳になった頃、もう家族の世話になりたくないと思った父は、何通かの口利きの手紙と百フラン〔一フラン＝約千円〕ばかりを携えて、リヨンの町に運試しにやって来た。故郷から助けてもらったのはこれが最後だった。

父はそれこそ、幸福は作れないが富は作り出すといった職人の一人だった。そのうえ父は、この時代にリヨンで成功するのに必要なものすべてを持っていた。働き者で、粘り強く、控えめで、倹約家で、出不精で、革新だけでなくもっとも無邪気な快楽さえ敵に回していた父は、いまパン屋にいるように当時は商売の世界にいた旧弊な卸売業者たちに気に入られたのだ。こうして、あらゆる下役を経て、父は経理係に、通商担当に、ついにはリヨンの鉄卸会社、アルベール兄弟商会の共同出資者になったのだった。

以降一七九二年頃までの二十年間、父の生涯は労働と倹約の二語に尽きた。いや、趣味の論争、激しい政治論争をそこに付け加えるべきかもしれない。これは親友たちに対しても繰り広げられた。親友たちはフランスに現れはじめていた新しい思想に対し、父ほど激怒する才能には恵まれていなかったのだ。

父の財産はこの頃、つまり一七九二年にはほぼできあがっていた。四十七歳ぐらいにはなっていたが、自分の性格に合うような従順で柔軟な性格の女性など見つからず、いまだに独身だった。そうした女性は、いわば父のために絶え間ない犠牲を強いられる存在だった。こういう宝にはなかなか出会えるものではない。だが運命がそれを見つけさせてくれた。

裕福で独身とはいえ、自らの秩序・倹約の信念に忠実だった父は、家を買うのが得策だとは思っていなかった。父は寮に住み、寮で食事を摂っていた。その寮というのは、四人の子どもの世話をする貧しい未亡人の家で、少しでも家計の足しにと、部屋のあるかぎり下宿人を入れていたのだった。この未亡人は大きな不幸に見舞われたばかりだった。夫は画家、というかすぐれた素描家だったのだが、賭博に熱狂し、大負けして極貧すれすれになってしまったあげく、自らの命を絶ち、そしてすでに述べたように不幸な未亡人に、まだ母を手伝えないような四人の子どもの世話を残していったのだ。この悲しき一家の長女、それが私の母だった。夜、帰ってきて眠りにつく前、父はこの下宿先の長女と話をしたものだった。父のような生真面目な性格の男と会話が続くような人間は、この一家の中で彼女一人だったのだ。こうして毎晩話をする中で、父は彼女の穏やかでしなやかな性格を高く評価するようになった。そして、これまで引きこもって女性とほとんど関わらずに暮らしてきた男の心の中で、尊敬は愛情へと簡単に変わったのだった。当時青春の花ざかりにあった母が傑出した美に恵まれていたことを考えれば、この愛情もまったく驚くべきことではない。しかし父は決心するのに長い時間を要した。年の差を不安に思っていたのだ。父は四十七だったと言ったが、母は十八だった。だが考え尽くした結果、年の差と、それから父自身はそんなことは考えてもいなかったが財産の不釣合いにもかかわらず、父は結婚を申しこんだ。こうした提案は善良なる未亡人、娘を下宿人と頻繁に二人きりにして、内に秘めた思惑がまったくなかったわけでもない善良なる未亡人を、一体どれだけ喜ばせたことか。ともあれ父は裕福で母は貧しかったため、ほどなく取引成立となった。母自身が私に話してくれたことなのだが、驚くべきことに、父より相当若かったにもかかわらず母の側でもこれは恋愛結婚だったらしい。父は婚姻の前でさえ、そして母に言い寄るその瞬間においてさえ、口やかましくぶっきらぼうな性格を隠せずにいたというから、これはまったく信じがたいことである。双方から強く望まれたこの結婚が、自分にとって死ぬまで続く不満と極貧と不幸の原因になろうとは、母は思いもしなかったことだろう。いまこのときまで生きていなかったのは本当に幸せだ！

## 母の苦悩

母に関して数語

母以上に敬虔でありながら信心に凝り固まらず、貞潔ぶるのではなく清廉で、人の苦しみに敏感で、人の欠点に寛大で、そして自分自身の苦しみには甘んじる女性を私は知らない。この苦しみは、父からいつくしまれながら浴びせられたものであり、父に対してはできるだけ隠されてきたのだが。しかし何より称賛すべきなのは、母が同性のことをあしざまに言うのを聞いた覚えがないということだ。母について不満を言う人が、私以外にいるとは思えない。なぜ私は、自らの不幸と欠点の一部を母の不公正が生んだものとし、母のせいにしなければならないのだろうか？なぜ母を非難するのが、母をあれほどまで愛し、そして母のためならいくらだって命をなげうち自分の幸福さえも犠牲にしたであろうこの私でなければならないのだろうか？　だが私は真実をすべて語ると約束した。それに、私の将来にこれほどまでの影響を与えた背景を誰かの都合を考えて隠したなら、私はどうやって読者に自分を判断してもらえるというのか。もし母が生きていたら、私の口を開かせることのできるものは何もなかっただろう。だが幸いなことに母は、母にとって苦痛でしかなかったこの世を去った。そう、幸いなことに！　なぜなら私はオイディプスのように新たな苦しみを与えてしまうからだ。

「私の家族の死が必要になるとは、

おお天よ！　私は何と不幸なことか！」

母は、自分に近づく人みなに対して正しく善良だった。その母を私は不公正のかどで非難しようというわけだが、犠牲者は自分一人だけだった。だからこの点では私もさして非難はされないだろうと思う。この教訓が多くの親にとって無駄にならないことを願うばかりだ。

話を元に戻そう。

結婚から数年のうちに、母は幸福でなくなり、粗野で短気な男の運命と自らの運命とを結びつけたことで開いてしまった悲しみの水源を垣間見るようになっていた。父の憤怒や神経の過敏さは華奢で繊細な母を苦しめたが、それ以外にしばらくの間母にとってさらなる拷問だったのが、父の嫉妬だった。たしかに、盲目的ではあったものの誠実だった父が、ほどなく妻の貞淑さを確信し、その点に関していかなる疑惑も抱かなくなったということは正当に評価しなければならない。とはいえ父はしばらくの間、母を疑っていたのだった。

世間とそして面倒な交際（司祭たちとの交際は除いて）から逃れた父のような性格の男を思い描いてみてほしい。美しさ、才能、そして社交界での成功によってもしかしたら彼に永遠のさようならを言うかもしれない、娘と言っても通ってしまいそうな女性と結婚した、そんな男を思い描いてみてほしい。彼も当初は妻の幸福のもとを取り上げてはならないと、正しく考えることができていた。だが自分のことは誰もほとんど気にしてくれないのに、妻が方々からたくさんの細やかな気配りとたくさんの賛辞を受けているのを見るのに、彼はほどなくうんざりしてしまったのだ。そこで、高圧的に禁止すれば母は必ず従うとわかっていたから、そうではなく、ありとあらゆる夫の言いがかりをつけて、母を夜会——どうしてもと誘われた夜会——から連れ帰ってくるたびに厄介な夫婦喧嘩をしかけたのだった。母は父の意図を理解した。こうして母は、夫と自分自身の心の平穏のために、社交界には二度と出ず、ずっと家にいることを決めたのだった。母は一種の終身禁固刑を宣告されたのだ。近親者を除いて、司祭に敬意を示すときや大義名分のあるとき以外、家で集まりが開かれることはなくなった。若い女性にとってこれがどれほど楽しい棲家であるかは、諸君の想像に任せようではないか。

結婚から六年が過ぎた。二人には子どもがいなかった。商売を続けていた父は、四十万—五十万フラン所有していた。もはや父は相続人を作ることを考えず、引退することに決めた。そして商売の清算を済ますと、余生を静かにそして裕福に、運命の変転や政治的動乱から逃れて過ごすことを望んで、母と隠居するべく、リヨンから二里〔一里は約四キロ〕のところ（フランシュヴィル）にすばらしい土地を購入したのだった。

一七九七年だった。恐ろしい嵐が過ぎ去り、フランスに落ち着きが取り戻されようとしていた。その嵐のさなか、リヨンは包囲された。それはこの町にとっての危機的な時代であり、人々はいまだにその恐怖を覚えている。父はこれらの動乱すべてに参加した。特権階級としてであることは言うまでもない。何度も命の危険にさらされた。父と同じ意見の人々は、殺されるか、もしくは追放されるかした。父の嫌悪していた新しい秩序は、フランスにおいて優位になり、やがて父が信仰していたものに取って代わってしまった。*4 すでに社交的でなかった父の気質が、社会をもはや我慢ならないと思うまでにとげとげしくなってしまったとしても驚くにはあたらない。結婚していなかったなら亡命貴族と運命を共にしたであろうことは疑う余地もない。父の性格には、粘り強さと偉大さのようなものがあった。もっと完全な教育を受けて、その狂信がすべて引き抜かれていたらどんなによかったことか。いかなるものにも濫用の危険性がある。教育の効果について私が話すというのもいかがなものかとは思うが。

世の中から身を引いて戻らないまま、一年は経っただろうか。母は妊娠し、男の子を生んだ。これが私の兄だった。兄についてはまたしかるべきところで語るとしよう。いまは、兄がどうなったかは知らないとだけ言っておけばいいだろう。もう六年も噂を聞いていない。生きているか死んでいるかさえ知るよしもないのだ。もし兄が偶然これを読むことになったならば、私が描く肖像画は兄をまず喜ばせはしないだろう。だがせめて私が語る真実を認めてはくれるだろうと願っている。

息子の誕生は、父の退職後の計算と計画をまだ少しも狂わせてはいなかった。神の恩恵などもはや期待してはいなかったのだが、自分の名を継ぐ者に財産を十二分に残してやれることがこの頃はまだ確実だったため、母と同様、父も息子をそれこそ神の恩恵として迎え入れたのだった。偽りの、あまりにはかない期待だった。運命とは人間の一番強い欲望を叶えつつ、思いもしなかった苦しみで打ちひしいでは喜ぶものと見える。自分を悲しませてきた不妊のかどで母が幾度となく責めてきたに違いないこの奇妙な運命は、今度は母に途方もない多産をもたらして意地悪く喜んだようだ。十三回の続けざまの妊娠。それは母に、アブラハムの妻よりもはっきりと、自分の子孫はずっと先まで途絶えまいと感じさせたのだった。途絶えるときはほどなく来るかもしれない。だが長く残酷な臨終の苦しみが待っていることだろう。私たちの家族ほど逆境や不幸に見舞われた家族はまずないからだ。この家族を構成する者の中では、自分が一番幸せだったはずだとさえ私は思っている。

結婚して初めての子どもの誕生に、母は喜びでいっぱいになった。母は私の兄に自ら乳を与え、どんなに優しい母親でもなかなかできないような、ありとあらゆる気配りを惜しみなく与えた。田舎の奥地に引っこみ、すべての交際を取り上げられ、孤独には向いていないのに孤独を宣告された母が、これほどまでに単調な人生を愛するのに必要だったのはこうした出来事以外の何ものでもなかった。母はこうして、あれほど待ち続けたこの男の子に愛情のすべてを傾けたのだった。この子一人がいればよかった。別の子どもができないようにするためだったら何だってしただろうと、母は私に告白したほどだ。よって二人目の誕生に、母が、自分ではそんなつもりはないのに不満を感じてしまって悲しくなったとしても驚くにはあたらない。この二人目の子ども、それが私の一番上の姉だった。十七歳で、美しさの真っただ中で、いかなる喜びもこの世で感じることなく死んでいった、かわいそうな子どもだった。大好きな姉さん、姉さんは僕と同じで、母さんの不当な仕打ちの犠牲者だった。けれども僕より繊細だった姉さんは、若い心をさいなむ苦しみに勝つことができなかったんだ。姉さんは僕のたった一人の友だちだった。なのに姉さんが僕に兄弟愛を注いでくれても、僕は応えることができなかった。抱きしめてやってもこの子は何も感じないのだと思ったことでしょう。だけど姉さん、……。

新しい子どもに対する母の嫌悪感は、もう一人の娘——里子に出されていた間に死んでしまった娘——によって強まった。母の場合妊娠は、尋常でないほど労力を要するものであり、苦痛を伴うものだった。繊細で病弱な体質がたたって、母は兄を乳離れさせて力つきてしまった。姉の世話も、金で雇った人間にゆだねなければならなかった。こうした不幸な状況の中、一八〇〇年、私はこの世に生まれた。[*5]私の誕生は両親にいかなる喜びももたらさなかった。早く厄介払いしたいとさえ思われた。私はすぐに乳母の手に任され、乳母は両親をこの面倒な客から解放してくれた。もうこの話に立ち戻らないで済むように言っておくと、母の十三回の妊娠によって残った子どもはたった六人だった。兄、四人の姉、そして私である。

先に進む前に読者に注意しておかなければならない。揺りかごを出るなり起こったとも言える数々の事態について私がここまで詳細かつ正確に語っているのは、第一にこうした事態が、いくら小さかったとはいえ私に衝撃を与えたからであり、そしてこうした事態について私がしっかり記憶していたからである。その記憶も、かなり最近になって母が私にしてくれた告白と打ち明け話によって裏付けられた。そのとき私はすでに社会から締め出されていたが、母は私を、それまでのどんなときよりも心から愛するにふさわしいと思ってくれて、ひとえに自らの弱い性格ゆえに私を子どもの頃苦しませてしまったことを十二分に償ってくれたのだった。

マリーへの愛

私はここに自分の姿を、自然の手から作り出されたままに描いてみようと思う。いまの私の姿から、教育が、状況が、そして私自身の意志が、私の本来の性格にどのような変化をもたらしたのかがわかるだろう。

肉体面について、私はいまもそうであるように、見た目はか細く繊細な体をしていた。体質はつねに丈夫だったが、私より痩せている人間というのもまずいないだろう。だが私が虚弱体質でないことを示すかのように、生涯私は一度も病気にかかったことはなかった。小さい頃は生き生きとした顔色をしていた。美少年ではないが際立った顔つきをしていたように思う。多くはなかったがとても美しい髪をしていた。普通より早く髪が白くなったのは、不幸や悲しみのためというよりも、むしろ学問と絶え間ない熟考によるものだ。不幸や悲しみは私が望むや否やすぐに、私の心にはほとんど響かなくなったのだ。

どうやら自然はその貴重な恵みを私に集めておいて、私を不名誉と不幸の極みと呼ばれるものにたどり着かせるという残酷な遊びをしたらしい。人間の幸福をなし社会の名誉となるあらゆる美点を備えて私は生まれた。それを私自身踏みつぶさなければならなかったというのは私のせいなのだろうか。私は繊細で傷つきやすい心をしていた。感謝しやすく心から愛しやすい私は、まわりの人みなが幸せであってほしいと思っていた。愛されること、これ以上に快く、これ以上に願うべきことはないように思われた。他人の悲しみには涙があふれた。七歳のとき、二羽の鳩の寓話を読んで泣いてしまったことを覚えている。一人きりで孤独だった私は、この年で、友情とはどのような感情なのだろうと想像したものだった。家族の中で受けた不当な仕打ちによって、自分の殻に閉じこもることを、喜びは自分の心の中でのみ探すことを強いられなかったならば、そして不吉な贈りものとみなさざるをえなかった感受性、自然が不幸にすることを決めた者にだけ授ける感受性を捨てることを強いられなかったならば、私は活発で明敏な精神ゆえに、堅実な人間、というよりも優秀な人間になっていたことと思う。ではどうして先のような考えを抱くようになったのかを見てゆこう。この訓戒が多くの親にとって無駄にならないことを願うばかりだ。

いましがた述べたように、愛しやすく感謝しやすい私は、乳母を強く慕っていた。そのため乳母が私を実家へ連れ戻した後で私から去ってゆこうとしたとき、私は涙と悲嘆にくれた。この出来事は、本来なら母に私の心をよく思わせ、受けた世話に対し私が感謝できるのだということを証明するはずだった。だが母は善良な人間ではあっても弱く無知であったから、この出来事は私に対する苛立ちを感じさせたのだった。もしかしたら母は、長い間文句も言わずじっと浴びせられてきた苦しみを誰かに打ち明けるべきだったのかもしれない。それに母が不公正だったのも、悪気からではなく考えが足りなかったからなのかもしれない。私の幼年期を別の女に任せ、自分ではもはやすべて全うすることのできない母親としての責任をその女にゆだねたあとでも、自然の情だけは私に、母の代わりをしていた女のことを一瞬で忘れさせ、母を母だとわからせてくれるはずだと信じていたのだ。したがって、おそらく最初は、傷つきやすさゆえに母は不公正になってしまったのだろう。それに家にはすでに二人子どもがいて十分だったし、多すぎるくらいだった。まだ小さかった姉のジュリーは私より先に実家に戻ってきていたが、すでにこうした母の気持ちの影響を受けていて、私がその後そうなるのと同じように不幸であった。

両親の家に帰ってからというもの、私は何日もの間、乳母がいないことをひたすら嘆き悲しんでいた。そのため無愛想で不愉快な子どもだと思われ、そう決めつけられてしまった。もしできるものなら喜んで私を乳母のもとに返したことだろう。それほど母はこの短い期間、私に対して嫌悪感を抱いていた。私には折衷策が採られることとなった。私という不愉快な人間をいわば厄介払いするべく、両親は私を十七歳の少女の心遣いと思いやりにすべてゆだねたのだった。この少女は私の家で牛の世話をしていたのだが、この機会に私の子守りに昇格したというわけだ。

私の幼年期の世話をさせるのにこの少女が選ばれたのは、私にとっては運の情けだった。マリーはまさに愛情と感受性の宝庫だった。公正に言えば、母も含め私が生涯出会った女性の中で、マリーは誰よりも完璧な女性だった。この少女は、私が両親から手ひどい拒絶を受けているのを見て、そのぶん私のことが好きになったのだ。彼女は本当の母親以上の思いやりをもって私の世話をしてくれた。私たちは、まるで私が分別のつく年齢に達していたかのように、もしくはマリーが私と同じ年頃の子どもであったかのように、お互いに理解し合っていた。彼女は何度私をなぐさめてくれたことだろう。彼女は何度私とともに涙を流し、私の心に満ちてきた悪意を追い払おうとしてくれたことだろう。何という愛！　自分とは何の関わりもない子どもに対する、何という献身！　ああ女たちよ、あなた方しかこうした感情は持てないのだ。

実のところ私はマリーにしっかり恩返ししていた。母が、気まぐれからか気晴らしからか、至る所で私からマリーの腕を取り上げようとすると、私はひたすら泣いて地団太を踏んだのだった。

仕方あるまい、私にとっての母親とは、私を愛してくれた、私を世話してくれたマリーなのだから。「まあ、聞き分けのない子ね！」母はいまいましそうに言った。聞き分けのない子！　ああ母さん、母さんはどれだけ僕のことを知らなかったんだ！　あとになってしてくれたように、母さんさえ僕の心を読もうとしてくれたなら、母さんも僕もどれだけ苦しまずに済んだことか！子どもが決して間違わない、そして他のどんな子どもよりも私が味わってしかるべきだった母親の口づけ、たとえたった一度でも、それは私の生き方にどれだけの変化をもたらしてくれたことだろう！　なぜなら諸君、こうした思い――私は当時感じたままに語っているわけだが――それは私の心の中にずっと残り続けたからだ。このことは私以上に母にとって重荷となったはずだ。もし母への復讐を望むことなど私にできていたなら、母の涙は私の仇を十二分に討ってくれたはずだ。

いつも感じやすく、しかしときに盲目で、子どもの一人に対してこうした不公正なえり好みをする女たちよ、子どもたちにとっての摂理であり、彼らの神でなければならない母親たちよ、自らの母親を不公正だと非難するような息子は、立派にもならなければ敬虔にもならないのだということを、そして彼の心においては何ものも、子どもの頃のあなた方の抱擁と愛情に代わりえないのだということを学ばれるがよい。

私が家にやって来たそのときから母は私をいわば白眼視してきたわけだが、父は必ずしもそうではなかった。何ものもまだ私をつらく悲しませることのなかった頃の、やんちゃで生き生きとした私の顔つきや子どもらしい機知は、父を感心させ、父はいつも私を膝の上に乗せたがるのだった。しかし私に対する父のふるまいは他の人々に対するのと同様むらがあったから、気まぐれな父性愛に身をゆだねることなど私には決してできなかった。その父性愛は、幾多の状況において、とくに兄に対しておそらく父自身よくわからずにしているえり好みやえこひいきによって否定されたのだ。子どもの、とくに息子の目というのは何と鋭いことだろう。わずかなまなざし、わずかな身振りが、彼にとっては何と意味のあることだろう。

それに私はあの優しいマリーにものすごくなついていたものだから、マリーの腕の中でなければ気分がすぐれないほどだった。両親から見向きされない子どもに好かれた彼女は、すでに母にとってそうだったように、父にとってもわずらわしい存在になりはじめた。マリーは家の他の人たちからは好かれ尊敬されており、はっきりした理由もなしに暇をやることなどできなかったから、彼女のほうからお暇請いをさせようと、あらゆる侮辱、あらゆる口論が彼女に向けられた。家族から嫌われた痛ましい子どもである私に世話と愛情を注ぎ続けるために、一体どれだけの嫌な思いを、マリーは不満をもらすこともなくこうむってきたことだろう。私を皆から守るには自分しかいないということを、マリーはどれだけわかっていたことだろう。ああ、私が聞き分けのない子どもであったかどうかはこの人に聞いてくれ、この、幼年期の私を育て、本当の母親の隣で十年間も母親がわりを務めてくれたこの人に！　私が当時愛されるに値したのかどうかはこの人に聞いてくれ、引き離されてからというもの私に会うときはいつも泣かずにはいられなかったこの人に！　ああ、私が目に涙をためて母のところから戻ってきて母の不公正に胸を貫かれているのを見て、私の涙に自らの涙を重ね、「だめよ、かわいそうな子、あなたのお母さんでしょう。

お母さんの言うことはいつだって聞かなくちゃ。神様はきっとあなたを祝福してくれるし、お母さんだっていつかあなたを好きになるわ」、そう言ってくれたこの教育も受けていない少女の数多の思い出を、諸君はおかしいと思うだろうか！　ああ諸君、この世のあらゆる美徳の鑑を見たいと思うならば、フランシュヴィルに行きたまえ、そこにいまもこの人が、屈辱的な状況にありながらも崇高だとさえ言えるこの人がいるはずだ！

マリーとはその後たびたび会った。厳しく粗暴な男と結婚し、夫の欠点を勇敢な忍耐力で耐え忍んでいるのだ。子沢山の母親となり、育てることさえままならないが、極貧の中でマリーは、自分に一日たりとて幸せな日を与えてくれなかったであろう摂理をとがめもせずに生きている。彼女の瞳が非難の目的で天に向けられたことは一度もなかった。マリー、赦してくれ。美徳を否定したとき、僕は君のことを忘れていたんだ。僕にしてくれたあらゆる善行の代償として、僕がどうなったか知らずにいてはくれないものだろうか。君の幸せのための、これが僕の最後の願いだ。

## 世界を観察する

どうあっても両親の心を手に入れられず、両親が兄をえこひいきするのをやめさせることもできないと確信すると、私は自分の良心の奥深くへと降りてゆき、自分に悪いところがないかどうか、誠心誠意考えてみた。良心は否と答えた。こうして私は、両親のことで悲しむのを完全にやめ、彼らの冷たさに態度を硬化させたのだった。このとき以来、私の心は父に対して閉ざされた。

母に対してそうでなかったのは、母親を愛するのをやめることなど息子にはできないからである。

いずれにせよ私の中で、ある一つの、奇跡的とさえ言える変化が、誰にも気づかれないうちに起こったのはこのときだった。偉大で力強い考えが私の前に現れたのだ。八歳にして私は、私だけの力で人間になった。これ以降、教育は私に何も影響しなくなった。私の道徳教育をしたのは私だった。いまある私を作ったのは私なのだ。よって、道徳家たちよ、私の不道徳化とやらのかどで十八世紀哲学を非難するのはもうよしたまえ。エルヴェシウス〔哲学者。一七一五―七一〕、ディドロ〔哲学者、作家。一七一三―八四〕、ヴォルネー〔哲学者。一七五七―一八二〇〕、それにルソー〔哲学者、作家。一七一二―七八〕を初めて読んだとき、これらを読むのは二度目なのではないかと思った。少なくとも私の考えの一部は彼らの著作の中に再見された。しかもそのとき私は十二歳だった！　ヴォルテール〔哲学者、作家。一六九四―一七七八〕の話をしないのに驚かれるかもしれない。正直なところヴォルテールは好きになったこともなければ尊敬したこともなく、私の共感をかき立てた唯一の点は、彼が他に例を見ないくらい厚かましく人類を嘲弄したことだった。私も人類は十分この軽蔑に値すると思う。

もしこのとき以来、私が自分の考えを別の方向に向けようとしていたならば、美化するつもりはないが有能だった私は間違いなくひとかどの人物になっていたはずだ。このように言う根拠として、私が学校の成績を自慢しようとしているなどとは思わないでほしい。そんなくだらない成功によってではなく、私は、読書によってというよりも厳しい瞑想と絶え間ない観察によって十三歳ですでに得た、人間の心に関する広く深い知識によって自分自身を判断しているのだ。

観察することに対するこの愛、むしろ熱狂は、家族と周囲には幸せを望めないということに気づくや否や生まれた。気が合うような同じ年頃の子どももおらず、自分自身に集中し、自分自身の中に喜びを見出すことを強いられて、私は自分を取り囲むあらゆるものの観察に一つの喜びを見出したのだった。家に来る客たちの性格を、どれだけ根気強く私は知ろうとしたことか。しばらくのちに、どれだけの喜びをもって、私は自分の指摘が正しかったことを知ったことか。この種の一連の研究を経て私は、ひとたび一人の人間の心を熟知すれば他の人間についてもほとんど同じ尺度で測れると結論できるようになった。それはある意味では正しかった。だがほどなく私は誤りに気づき、人間は心に数多の襞《ひだ》を持っており、その襞はつねに発見に満ちているのだということを長い経験から悟ることになる。この種のことがらについてここまで深い洞察にたどり着いた人間はほとんどいないだろうと私は僭越ながら思っている。私が下した評価が間違ったことはまずない。

ではこうしたことは私をより幸せにしてくれたのか？　残念ながらそうではなかった。この知識は心を干からびさせる。この学問に没頭する者に災いあれ。これは手を出した者にやけどをさせる、赤く燃えた鉄だ。人間を軽蔑し、嫌悪することさえ私に教えたのは、この不吉な知識だったのだ。人間たちよ、私の目にあなた方がありのままの姿で映ってしまったのは私のせいだろうか。私が至る所で、利己心が社会の利益という外套をまとっているのを、無関心が友情と献身の後ろに隠れているのを、悪意や他人を傷つける意志が美徳や宗教という名で飾られているのを見てしまったのは私のせいだろうか。

いくら子どもであったとはいえ、この知識は私の心から生気を失わせた。これほどまでに利己的で、これほどまでに「自分たち」ではない者に対して冷淡なこれらの人間たちに、もしある日自分が助けてもらわなければならなくなったとしたら、それは何とも哀れで何とも不幸なことだとも考えるようになっていた。私は愛し愛されることにすべての幸せを見出そうとするだろうから、自らの手で感受性を押し殺さない限り人にだまされてしまうのだということを理解した。人間の心の中をくまなく探し、いつだって自分には見せてはもらえないものを探し出そうとすることの狂おしいほどの願望さえなければ、私は幻想の中で幸せでいられたのかもしれない。幸せとは、それ自体幻想なのではないだろうか？　幸せなど、本当に存在するのだろうか？

冬に何度か町に数日滞在するのをのぞいて、私は幼年期をすべて田舎で過ごした。しかし四歳年上の兄が教育の始まる年齢に達したため、父はとうとうリヨンに完全に定住することを決めた。私には兄よりもずっと学業の素質が見られ、そのときすでに少なくとも兄のレベルには達していたため、私たち兄弟はともに同じ私立学校に入れられることとなった。

この回想録の中で、兄はもう少し完全な姿で描かれることになると思う。この頃の兄はといえば甘やかされた子どもそのものであり、利己的で、しかし意地が悪いのではまったくなく、両親を思いのままにし、どんな気まぐれにも従わせていることに満足し、私が自分に屈服しようとしないからといって私をいじめるのでもなければ私にまで影響力を広げようとするのでもなかった。ただこのように言っておけばいいだろう。つまるところ、のちに私に訪れた不幸の一部は兄のせいであるが、この頃は、そしてこの後も、私たちは互いに愛情も嫌悪も抱くことはなかったのだ。

学校での最初の頃、私は自分がもの覚えが良いということに気づいたが、学校の宿題にはほとんど精を出さなかった。すでに学業の恩恵を感じなくなっていたからというわけではなく、学校で教えられることは、事実そうであったようにすぐに理解できてしまう確信があったため、焦ることもなく瞑想と観察にふけり続けていたのだ。

子どもが、自らの知性の前に現れた最初の事実によって、周囲の人間は不公正だと確信し衝撃を受けるというのは不幸なことだ。そして間違わないでほしいのが、自分が不公正を受けていることを子ども以上にわかる者はおらず、自分に対して人が間違っているか正しいのかを子どもほど正確に判断できる者はいないということだ。よってそのことが実の両親によって最初に証明されたとしたら、そして両親よりも自分が正しいのだということを認めなければならなかったとしたら、それは不幸なことだ。最初に愛し尊敬すべきはずの者たちが子どもの性格にとって不利な形で見えたとしたら、子どもは世の中について一体どのように考えることになるのだろう。この瞬間から子どもは人間すべてを軽蔑するようになり、仮にその後、尊敬し賛美せずにはいられないような人間たちに出会ったとしても、人類に対する偏見から目覚めるどころか、それらの人間たちを例外としか見ないようになるのだ。

毎日数時間とはいえ両親の家を離れることで、私はすでに新しい世界に足を踏み入れていた。教師や仲間たちの中で私は、すでに述べたようにほとんど他人を見かけない家の中では心に浮かびようもなかった新しい感覚、新しい考えに衝撃を受けた。数日後、この新しい感覚から覚めた私は、再び観察者としての役割を続けることにした。

私は公正というものが存在するのかどうか、何としても知りたかった。ああ、そんなものを信じ続けることはできなかった。教師たちには気まぐれと、理由のない、どう考えても個人的状況に由来する不機嫌しか見出せなかった。どこよりも財産の多い両親のもとから来る生徒たちに対する、よりよい容姿をした生徒たちに対する、もしくは誰よりもよい服を着た生徒たちに対する不当なえり好み。貧しい一家から来る、みすぼらしい服を着て、やせっぽちで、顔立ちも好ましくない、あわれないたずら小僧たちはといえば、教師の不機嫌の重圧がかかるのは彼らであり、教師が苛立ちを吐き出すのは彼らに対してだった。ああルソー！ 君の『エミール』は、実現不可能と思われる理論がいくつかあるとはいえ、貴重な真実がいっぱい詰まっていて、君の本の中では唯一楽しく読めた本だった。親や教師と呼ばれるすべての人々よ、生徒を正しく、徳高く、立派にしたいのならば、あなた方自身が生徒の目にそう映るようにしたまえ。

素朴な子どもたちにすぎない私の仲間たちであるが、その社会性は十分すぐれているように思えた。たしかに彼らの中にも、不公正という強者の原理は見られた。腕力で知られたある生徒にはごますりがたくさんいた。だが無条件の、何より下心のない献身、愛情、友情が一体どれだけあったことか。しかしこれらをあまり褒めてもいけない、というのもこうした感情はその後、子どもの頃には知らなかった情念である野心や吝嗇によって壊されてしまうからだ。自己愛という情念だけはどの年齢にでもある。

当時、すなわち一八一〇年頃、公教育において宗教教育はあまり重要ではなかった。それは付属部分にすぎなかった。そのため宗教に関する私たちの大なり小なりの熱意は、ほとんど気にかけられなかった。と、ここで筆を止めたなら、私が悪党になったのも当然だと多くの人が喚くことだろう。待ちたまえ。もちろん私だって、すでに述べたように宗教を愛していた両親の家で育てられながら、宗教への愛に駆り立てられずにこの年まで来たわけではない。家ではすべてが神の名において行なわれ、すべての行ないが神に関連づけられていた。こうしたことについて、ときどきふざけていい特権を得ていたのは兄だけだった。一度だけ私もふざけさせてもらおうとしたが、人でなしであるかのような扱いを受けたのだった。同じ過ちは二度としなかった……

（十行の検閲）

このことはまだよく知られていないだろうが、理解を試みてみたい。私は自分の心の奥に尋ねた。そして断言するが、心から、……

（三行の検閲）

たしかに私の理論体系の中では、いまなおそうであるように、多くのことが私を困惑させていた。反論しようのない理論を打ち立てられるほど深い論証はまだなかったのだ……

（三行の検閲）

唯一私が信じ続けていたのは、私の行動は信仰など一度も必要としたことがなかったから、何らかの神が存在しようとしまいと、そのことは私の行動を一切変えることはないということであり、そして神に敬意を表す唯一の方法は、他の人間たちに対して公正であるということだった。なぜなら——私は自分に言った——なぜなら私たちは、私たち自身の中に、当然ながら良いことないし悪いこと、悪徳ないし美徳を感じている。神がそのことを私たちに隠そうとしなかったのは、私たちが自らの行ないと神とを一致させることを神が望んだからだ。よってもし神が自分を信じてほしいと思っていたならば、自分に何らかの信仰心を寄せてほしいと思っていたならば、神は何ら疑われないような形で、一人一人の心の中に現れたのではないだろうか。こうした考察は私がまだ若い頃に得たものであるから、もちろん反論がないこともないだろう。私もそのことは感じながらも、時間とともに確信が深まるだろうと思い、きわめて誠実に研究に没頭したのだった。とはいえ出発点がここだったということは認めておこう。

## 不公正な両親

兄と私は学業課程に通い続けた。私たちは二人ともリヨンの学校の、兄は第五学年〔中学校一年〕に、私は第六学年〔小学校六年〕に入学した。これもまた新たな不公正だった。だが両親は、兄は私より年上なのだから私より勉強が遅れているように見えるという恥はかかせないでやろうと思ったのだった。実際には私は第五学年に入れたし、兄はせいぜい入れて第七学年〔小学校五年〕というところだっただろう。兄は、少なくとも学業に関しては絶望的なくらいできなかった。そんなわけで、しばらくすると兄を下の学級に降ろすという問題が出てきた。そこで私たちを引き離さなければということになったのだが、その機会は簡単にやって来た。ある日兄が、先生に怠け者扱いされてひざまずかされたと言って大泣きしながら帰ってきたのだ。家では、このかわいそうな子にそんなことをさせた乱暴教師に対する呪詛の嵐が巻き起こった。両親は兄を退学させた。それ以降、兄が家を離れることはなかった。両親は兄をこんなにも無礼な連中と関わらせたくなかったのだ。もし私だったら、手ひどく殴られて帰ってきたところで、先生はよくやった、お前はそうされるに値すると言われたことだろう。

だが私はそんなことはもうまったく気にしなくなっていた。そもそも家にやって来たときから、両親が兄と私の間に耐えがたい差別を設けるのを見てきたのだ。この差別はその後、姉のジュリーと妹のルイーズの間にも見られたが、やはりひどいものだった。父と母が兄を不当にえり好みするだけではなく、家にやって来る客たちも、私の家族の好意を失わないために、これに合わせなければならなかった。初めて家にやって来た見知らぬ人が、やんちゃで生き生きとしている私を見て感心して、兄には目もくれずに私を撫でたとしたら、その人は即座に不興を買い、またお越しくださいと言われることは決してなかっただろう。子どもだったとはいえ私は頭が良すぎたため、こうしたことに気づかずにはいられなかった。両親からしてこうしたことを隠そうともせず、そのようすにはぬけぬけとしたえり好みが見られ、多くの人を驚かせた。最初のうちは私もかなりつらかったが、最終的にこれに憤りを覚えるようになってからは、自分には何も非がないのに自分から悲しむだなんてまったくのお人好しではないかと考えるようになったのだった。

通常、自分の利害に関しては公正に判断できないものだということはわかっていた。だが私の目の前には比較の対象があった。ジュリーとルイーズの姉妹の間でも、両親のふるまいには同じ不公正が存在していた。たしかにどちらもかわいらしい子どもだった。私はジュリーのほうが好きだったが、それでもどちらも好きだったし、同様にどちらからもとても好かれた。ジュリーのほうが好きだったというのは、家で一番可愛がられていない女の子がジュリーだったからにほかならない。だがジュリーは長女で、年齢以上といえるほどのすばらしい心と、気高くすぐれた感情の持ち主だった。まったく、ジュリーはひたすら厳しくされ、ルイーズはひたすら甘やかされていた。この自然の情の不可思議と母親による不公正を説明できる者はしてみるがいい。だが、より不可解に思われるのは、兄もルイーズもいわゆる両親に甘やかされた子どもだったにもかかわらず、兄は利己的ではあれ常に感じのよい子どもだったし、ルイーズも温和で、横柄なところなど少しもなかったことだ。さらに不可解なのが、私もジュリーも、父と母の愛をすべて持って行ってしまうかのように見えた兄とルイーズを一度も嫌ったことがなかったということだ。公正だった私は兄を恨むことなどできなかったのだ。兄は私を苦しませようとはしていなかった。兄が私のことを両親に悪く思わせようとしていなかった以上、兄のほうが私よりも好かれているからといって、非難すべきなのは兄ではなかった。

私のせいではまったくないということ、そして家でこうむっている不当な扱いが私自身によって招かれたものではないということがひとたびよくわかると、私は母の関心を引こうとはしなくなり、嫌われないようにしようとすることさえなくなった。このときから私が、母の愛を再び手に入れるために何かをするということはなくなった。私は母が自ら私のところに戻ってきてくれるのを待ったのだった。その日はやがて来ることになった。だがそれは私たち二人にとって何と遅すぎたことか！

これまでの人生で、私はいつもこんなふうに行動してきた。慣習や偏見やしきたりや、社会の法律でさえも、それに反する行ないをしなければならなくなったとき、私はいつだって自分が間違っているのかそれとも正しいのか、誠心誠意自分に問いただした。そして自分のほうが正しいとわかれば、ためらいも恐れもなく目的に向かって進んだのだった。たしかに私は、それ自体非難されるべき行ない、自分の目から見ても非難に値する行ないをしばしばしてきた。だがそれは私にとってそうすることが必要不可欠になってしまったからであり、こうした極端な状況に置かれているのも自分のせいではないと、さらに認めるのだった。社会にとって、そして私にとって、何とも情けない言い訳ではないか。

とはいえすでに述べたように、兄は家に完全に帰ってきてしまっていたので、兄専用の家庭教師をつけようということになった。そして自分より小さいのに教養のある弟が目の前にいることで兄に屈辱を味わわせてはならないと、両親は私を実家から遠ざけ、寮に入れることにしたのだった。それはまた、わずらわしくて不愉快な子どもをたとえ一時でも厄介払いする良策でもあった。私はまず、リヨンのいわばはずれであるクロワ＝ルッスにあるアンファンス寮に送られた。だがそれでは近すぎて、休暇の日にどうしても私がちょくちょく帰ってきてしまう。もう少し厄介払いしたいということで、私はリヨンから十二里離れたサン＝シャモンの学校に向けて旅立たされることとなったのだった。

旅立ちを告げられたとき、私はいかなるつらさも感じなかった。もう両親のことは好きではなかった、少なくともそう思っていた。だが最後の瞬間になって、母は一瞬母親としての心を取り戻し、私を何度もやさしく撫でた。それは嬉しくもあり、つらくもあった。父はといえば、私と父は友愛の情という点から見ればすでに無関係な人間同士のように暮らしていたから、せいぜい私を抱擁する程度だった。それでも父は私を愛していた。だが、父が私よりも兄のことを好いていたことに加え、父が私に対する見せかけを保つのにはまた別の理由があった。それはじきにわかるだろう。旅の道々、私は暗い考えに悩まされた。家族からこんなにも遠く離れたところに初めて追いやられて、一体これから起こることへの悲しい予感を感じずにいられただろうか。実の両親に手荒く扱われたりなおざりにされたりしているというのに、私のことで受け取る金のこと以外私に関心がないような赤の他人に、一体両親以上の思いやりや善意を期待することなどできただろうか。

## サン＝シャモンでの寄宿生活

幸いにもこれは心配のしすぎだった。サン＝シャモンの校長は、望みうるかぎりの誠実な人間で、まるで父親のように私を受け入れてくれた。そのため私には、実の家族の中にいるよりもずっとこの私立学校にいるほうが性に合っていた。子どもがこうした状況にあるとき、間違っているのは子どもではなく両親だということは確信していい。最初に抱いた印象がサン＝シャモンで一年間過ごすうちになぜ大きく変化したのか、はっきりとはわからない。おそらく家族のことを多少なりとも忘れる中で、また新しい仲間たちから快く受け入れられもてなされる中で、嫌人症と、そして結果的に観察者としての性質がほんの少し失われたためだろう。というのも注意してほしいのが、一般的に観察者というものがあまりに不公平で何事も悪く取りやすく不幸せであるのに対し、幸せな人間というものは観察などみじんもせず、ただ生きているだけだからだ。

とはいえ、心の中の想いに以前ほど支配されずにいたこの一年間は、学業にとっては有益だった。むしろ能力のすべてを学業に使うことで、私の成績は急激に上がった。学年末に私は四つの賞を受賞した。それまで一つの授業を受け続けたことがなかったものだから、受賞するというのは初めてのことだった。私のことを自己愛が強いと非難し、どうせそれを狙っていたのだろうと思っている諸君は、私がこのとき喜びの絶頂にあったものと考えるに違いない。そんなことはまったくなかった。私が受けた賞、栄冠、喝采、それらを一体誰が見ていてくれただろうか。私に対していかなる愛情もいかなる関心も抱いていない人々に見てもらってどうするというのだ。ああ、もし母がそこにいて、私の頭に栄冠をかぶせてくれたなら！　だから、善良な校長がヴィラール〔元帥。一六五三―一七三四〕の有名な言葉を繰り返したとき、私は自分がみじめでふっと笑ってしまったのだった。「成功は友人と分かち合えるとき、少なくとも友人の目の前で享受できるとき望まれるものだ。というのも私たちは、私たちの成功を友人が喜びの目で眺めてくれることを確信しているからだ。」こうしたわけで私は、この年にしてつねに自己愛を抱いていたのだった。これとはまた別のまったく異なる感情も抱いていたが、そのことはじきにお話しすることにしよう。

休暇が始まっていた。いつものように私は家族のもとに帰った。私が着く前に、私の素行がすばらしいという知らせと、私の学業への熱意を示す確たる証拠が家に届いていた。父は私を心地よく迎えてくれたが、喜劇に出てくる父親さながらに、やはり説教をするのだった。母は、このときは私に対する偏見をすべて捨て去っていたようだった。母は涙を流して私を抱きしめ、胸にかき抱き、そして接吻を浴びせたのだった。私は一言も発することができず、母とともに涙を流した。ああ、あれは私が味わった唯一の純然たる幸福の瞬間だった。あの日に死ねていたら！

……もし母がこうした愛情を示し続けてくれていたならば、母は自分の人生も私の人生も変えることができたはずだった。四日もすると、すべてがいつもの状態に戻った。母は不公正に、私は無関心に。

だが本当のことを言っておかなければならない。これ以降の私の観察によれば、どうやら私の性格さえ変わっていれば、母は私を十分愛する気になったのかもしれないのだ。だがすでに私は精神的な打撃を受けていた。私はもう子どもでは、それもいつでも撫でてもらえるような陽気な子どもではなかった。子どもとしての愛情のしるしを母にいくらかでも示していたら、母の心を取り戻せたのかもしれない。そうしてみなかったことを心から反省はしているが、そうしてみようとしたところで、私は高慢さゆえに、自分の優位な立ち位置を失うのを恐れたことだろう。これは私の最大の欠点だった。私以上にこの種の屈辱に敏感な人間はまずいなかった。私が誰かに友情を示すには、その友情が受け入れられることが確実でなければならなかった。社会に敵対してはならないと努力していたとき感じた数々の屈辱も、やはり私の過敏な反応によるものだったのかもしれない。だがその屈辱はあまりに強く感じられたため、私の軽蔑は明確な憎悪へと変わったのだった。

諸君は言うだろう。「人間の心は何と矛盾していることか。あなたは自分の誇りを鼻にかけ、屈辱を受けるのはつらいなどと言っているが、人々からまるで恐ろしい悪人であるかのように見られたとき、あなたはそれをものともしなかったではないか」と。たしかに重罪裁判所では一瞬たりとも顔を赤らめたことはなかった。だがかつて軽罪裁判所の被告席に二度出廷したときは、恥ずかしさで真っ赤になっていたのだ。これでわかっていただけただろうか？……いや、まだわかっていないようだ。諸君も思っているように、私は人から軽蔑されるよりは嫌悪されたり憎悪されたりするほうがいいと思っている。だが裁判の際に落ち着いていられたのはそのためではない。落ち着いていられたのは、もはや嫌悪も憎悪も軽蔑も私にとっては何でもなくなっていたからだ。落ち着いていられたのは、私が自殺していたからだ。――話がそれてしまう。戻ろう。

休暇が終わり、私はサン＝シャモンに向けて再び旅立った。サン＝シャモンでは、もうあと二年過ごすことになっていた。このとき私の道徳教育が、初めて受ける古代史の授業の中で始まった。勝利によって正当化された、どれだけの恐怖、どれだけの不当な行ないを私は古代史の中に見出したことか。私は自分に言った。人間とは何なんだ。僕は一体どんな連中と生きていかなければならないんだ。僕はいままで不当な行ないを蒙ってきたが、そんなのちっぽけなもので、ほんの少しの哲学や無関心さえあれば動じなくて済むようなものだった。だがいつか世の中という舞台で何かを演じなければならなくなったとき、僕はどうなってしまうことか。いま勉強しているこの歴史には何が見られるだろう。加虐者と被害者だ。では僕はこの二つのうちどちらかの役を選ばなければいけないというのか？　こうして私は厭世主義と嫌人症に立ち戻る。人間を軽蔑するあまり、学びたいという意欲さえ放棄してしまうところだった。再び学問に取りかかったのは、利己心と個人的な喜びのため以外の何ものでもない。

この学校は宗教的な教育を主としているわけではなかったが、この点を怠っているというわけでもなかった。学校での通常のお務めのほか、私たちはときどき、とくに四旬節の期間には、あちこちの教会に連れて行かれ、説教師たちの説教や朗読を聞かされたものだった。これは若い級友たちにとってはたいへん退屈なものだったが、私にとってはそうではなかった。私はそこでも研究し、観察していたのだ。

　ここまでで、私が宗教についていかなる考えも持っていなかっただけでなく、神さえほとんど信じていなかったということがおわかりいただけたと思う。神を信じるには、人が私にさせようとしているのとはまったく別の考え方をしなければならなかったはずだ。すでに見たように、両親の信じる神を私は信じることができなかった。私はキリストのように言ったものだ。「あなた方はその実によって彼らを見分けるであろう。」〔「マタイによる福音書」、第七章〕この神は一体どんな実をもたらしたことか！　私は神についての考えを、より確実により深めようとした。まず私は福音書を丹念に読んだ。福音書とは崇高な作品であると心から思う。だがこの場合の福音書とは書かれたままのものであって、原文においてであれ解釈においてであれ、作家たちが人間の弱さではなく利益が求めるものに従わせてしまった福音書ではない。[*6] 福音書……正直なところそれは何よりも純粋で何よりも利己心を排した、最も美しい道徳だ。キリストは人類の幸福を作り出してくれるような宗教を打ち立てようとしていたのだ。この宗教を人間はどうしただろうか。福音書のあとは教父たちの著作を読みたまえ。教父たちのあとは公会議の歴史を読みたまえ。それから、使徒の後継者たちの歴史を読みたまえ。そして聖バルテルミーの虐殺〔一五七二年に起きたカトリックによるプロテスタントの虐殺〕に思いを致すがいい……。[*7]

そう、もし仮に同胞を幸せにすることしか人間に望まず、信仰の寛容さを守ってくれる神が預言されていたなら、私も神を信じたであろうことは認めよう。だが言っておくがそれは感情的にであって、理性的にではない。というのも理性はどうせあとからやって来て、すべて持って行ってしまっただろうからだ。教理と同時に道徳まで持って行ってしまったかもしれない。なぜなら覚えておきたまえ、いかなる宗教も神秘なしには存在しえない、つまり人間が自分の理性を犠牲にしないことには存在しえないからだ。どんな宗教にも疑問の余地がある。それは事実であり、それを否定するのは盲目であるか不誠実だということだろう。さて、あなたが入信したばかりの人に、その人が信じている教理が間違っていると証明してみせたとき、そしてその人があなたと意見を同じくしたとき、教理と道徳とを混同して、その人が次のように結論してしまうおそれはないだろうか。……

（三行の検閲）

例えばだ。心からキリスト教を信じる貧しい労働者にこう言ってみたまえ。「ねえ君、宗教は教えてくれる。幸せに生まれなかった人間や幸福など聞いたこともない人間のことを、神は永久に忘れてしまったんだ。そんな宗教をどうして君は信じられるんだい？　神の法など知るよしもなかったプラトンやソクラテスやその他の有徳の人々を、キリスト教の神は地獄に落としたかね？」もしこの労働者が理性に耳を傾けたなら、こう答えるだろう。「いいえ、そんなことはありえません。神はそんなに不公正ではありません。」だがもしこんなふうに理屈を並べてこの労働者に、彼の信じる宗教など次のようなものだと説き伏せることができたなら、……

（三行の検閲）

同様に、自分がされたくないと思うことを他人にもしないというのは、……

（三行の検閲）

だがこれが人間の精神の弱さであり、そこを突いてしまうと危険だ……

（二行の検閲）

こんな衝撃を受けるとは！　この点では信念のためになされた政治革命も同じだ。政治革命はまずすべての人を傷つけ、その後、策士たちのせいで、本来望んでいた道からは結局外れてしまう。どの時代もそうだった。人間が……（一行の検閲）する時代はいつ来るのだろうか。

　そんな時代は来るまい。なぜなら人間は完璧でありえないからであり、人間の弱さを利用しようとする人間はいつだっているからであり、そしてまた人間はただ善行をなすのが楽しいからというだけで、見返りの希望なしに善行を決心することなどまずできないからだ。だが社会にとって、宗教的な衝撃と信仰に対する批判ほど危険なものはないということは理解してほしい。聖職者の影響力が減ったことで何かが得られたとしても、その明らかな代償として人類は不道徳になった。何と言おうと人類には抑止力が必要なのだ。

　ここまで、サン＝シャモンの説教の間に脳裏に浮かんだすべての考えを要約してきた。これらの考えは、私の思考の中でまだみずみずしく保たれている、というのも私は長い間こうしたことについて考えては楽しんだからだ。これがこの年頃の子どもの考えだなどとは、多くの人にとってはなかなか信じ難いことだろう。だがそうだったのだと答えるより仕方ない。

# 第二章　学校時代

## 宗教の問題

とはいえ私はさらに二年間を学校で過ごした。こうした考えに一人でふけっていたことから察するに、私はきっとラテン語の勉強をないがしろにしていたのだろうと思われるに違いない。ラテン語をまったく顧みなかったというのではない、ただ適当にやっていたからすばらしい成績を得なかっただけだ。とはいえ勉強はつねにはかどっていた。もの覚えが良いからそうなってしまうのだった。

休暇はいつも家で過ごしており、この三年目の学年末も家に帰り、その後もまた同じように家に帰るものと思っていた。だがそうはならなかった。

サン゠シャモンにいた頃、私はなぜだか知らないが、プロテスタントの教理の説明が一部含まれている本を手に入れた。著者が誰だったかすら覚えていない。私はその本をむさぼるように読み、そして信じるようになった。もしすべての宗教が……

（三行の検閲）

ある日、級友の一人との打ち明け話の中で、こうしたことについても話し合っていたのだが、私は彼に自分の信念を教え、もし不幸にもこの世で一つ宗教を信じなければならないということになったなら僕は好んでプロテスタントの宗教を選ぶだろう、なぜならそれはカトリシズムよりもはるかに単純であるように思えるからだ、と付け加えた。この級友は私ほど聡明ではなかったものの、このような信仰告白に憤慨するどころか大賛成し、当面は何も漏らさないままでいた。しかしその後、私にとって、というより私の両親にとって屈辱的な出来事が起こった。この少年は、同じくリヨンに住んでいた父親の家に休暇を過ごしに行っていた。そしてある日少年は、どんな話の中でだか知らないが、二つの宗教について私が彼にした話を父親に向かって繰り返そうという気を起こしたのだ。彼の父親、P氏は、少なくとも私の父と同じくらいは信心に凝り固まっていたため、このささいな過ちに恐れをなすと、かくもおぞましい信条を吹きこんだのはどこの誰だと息子に尋ねた。この信条がどれほどおぞましいものであるかをP氏がくどくど述べたものだから、気の毒な小僧は追い詰められて、自分をこんなふうに洗脳したのはラスネールだと明かすよりほかなかった。彼はさらに、ラスネールは自立したらすぐにカトリシズムを捨てて、プロテスタント教会に受け入れてもらうのだと断言していた、とまで付け加えた。おわかりのようにこれは嘘だった。もし強制されたなら、私はためらうことなくプロテスタントになっただろう。だがそうした状況などあるわけもなし、私はどんな宗教もまず評価せず、一つの宗教が別の宗教に取り換えられるに値するだなど考えることさえできなかったのだ。あれは私としては確信のない発言、根拠も何もない欺瞞だったのだろう。

いずれにせよこの情報に怒り狂ったP氏は、サン＝シャモンの学校長に手紙を書くと、自分がいま聞いたことを知らせ、いかなる理由があろうと息子を私のような不信心者と同じ寄宿舎に住まわせ同じ空気を吸わせたくないから、息子を学校に帰すつもりはない、という断固たる意志を告げたのだった。言い忘れていたが、サン＝シャモンの学校の経営は別の人間の手に渡っていた。最初の校長は、人が知りうる限り最良の人間で、良心に従って義務を果たし、あらゆる職務の中で何より尊敬すべき教育者という職務の中に下劣な利益など少しも求めない、こんにちではまず見かけない真の教育者だった。その後継者は、もちろん悪人というわけではなかった。だが彼にとって学校は紛れもない商売だった。この欠点さえなければ、彼もまた私の知る最もすぐれた聖職者たちの一人であっただろうし、実際そうした聖職者を私は多く知っていたのであるが。

聖職者の一部についてこれから意見を述べる中で、不公平だ、偏見だなどと非難されないために一言。この意見が私の不信心から来るものだと思ってほしくはない。私は公平だ。思い上がりかもしれないが、公平だと思っている。

実のところ、いかなる宗教感情も抱いたことがないとはいえ、たいてい私はフランスの聖職者に対して大きな敬意を抱いている。聖職者とは全国民の中で最も美しい人々だ。この世に残るわずかな美徳が見出されるのは聖職者たちにおいてだ。注意してほしいが、ここで言っているのはイエズス会士や、宗教を出世の方法としか捉えないあらゆる策士たちのことではない。こうした連中こそ最悪で、彼らにはどんなことだってできてしまう。私が言っているのは、信念を持って務めにはげむ、よき司祭たち、とくによき田舎司祭たちのことだ。たしかに人々に信じさせたいと思っているほど、彼らの教理に対する信念は揺るぎないものではないのかもしれない。とはいえどうしてそのことで彼らを責められようか。信仰告白を聞いてみたら彼らの信仰が期待されてしかるべきほど確立されていなかった、そんなときでさえ、どうして彼らを責められようか。ほとんど望んでもいないのにこの職業に放りこまれ、使命感と言っても家族によってかき立てられた使命感しかないのに、生まれ持った理性を、理性よりも威圧的な権威の前に屈従させなければならなかったのだ。これだけでもすでにある意味、謙虚ではないか。

それにその後、こうした感情的な信念を論理的思考が打ち破ったとき、彼らにどんなすばらしい献身を望むというのか。棄教してはならないと、悪評を買ってはならないと、彼らは人生のあらゆる喜びを何と犠牲にしていることか。それなのに諸君は、今度は彼らの置かれた状況や彼らが強いられている生き方につきものの欠点を責めるようになるのだ！　では彼らは私たちとは違う性質の人間だとでもいうのか。彼らは完璧でありうるのか。哲学者たちよ、宗教に対する軽蔑と彼らをなぜ一緒くたにするのか。私がこれまでの人生で見てきた大部分の司祭たちは、これ以上ないほど立派な人々だった。だがもし彼らが自分の発する言葉を信じていないとすれば、彼らの行ないには偽善が含まれていると諸君は言うのだろう。そうかもしれない、だが偽善と悪評のどちらかを選ばなければならないとしたら、偽善のほうがずっとよいではないか。それに立派な道徳を示す偽善とはどんな偽善か。彼らに説得された人は何と幸せなことだろう！　その人を取り囲む人々はもっと幸せだ。ああ、もし私も神を信じられたなら……。

いままで何も信じられなかったことを白状せざるを得ない人間が、このように信条告白しているのだから、以下のことを私が本心から述べているのだということも疑われることはないと思う。

P氏の手紙から、サン＝シャモンの校長は、事態が自ら現場に出ていかなければならないほど重大であり緊急であると判断した。和解に至らなかった場合、どちらかを退学させなければならなかった。最終的には和解にたどり着きたいと思った。ではどのように失敗してしまったのか見てみよう。

リヨンに着くなり、校長はただちに、いわば原告であるP氏に会いに行った。校長にとってこれは金銭問題だっただけに、よりいっそうの忍耐力と熱意とを持って、P氏にもう少し穏やかに考えてもらおうとした。校長は一方では寮生を二人とも置いておきたかったし、他方ではP氏の不興を買うことも私の父の不興を買うことも恐れていたわけだから、彼がこの交渉にどれだけ細心の注意を払ったかがわかるだろう。校長はP氏に苦情を言われるだろうし、私の父が信者団体にとても良く思われていることも知っていた。一学校長にとって、これは私の父を恐るべき敵にしかねない状況だった。P氏は手紙に書いたことを校長にもう一度じかに言うとともに、もしラスネールが今後も在学するのなら息子は学校には帰さないという揺るぎない決意を繰り返した。つまり校長は、意に大きく反して、P氏が正しいと言わなければならなかったのだ。さもなければP氏はきっと、サン＝シャモンの学校は紛れもない不信心の源だと町で叫び回ったことだろう。

## 父の怒り

こうなると難点は、私の父をきわめてそっと丸めこむということだった。[*8] 校長がひどく哀れな顔をして家にやって来たので、私も何か新展開があったなと感じた。けれども好奇心から、いまどうなっているのか、校長の表情は嘘ではなかったのか知ろうと、扉のところで聞き耳を立てていたのだった。父と二人きりになるやいなや、校長はお悔やみの言葉を述べ始めた。父には何のことだかまったくわからなかった。校長はこう述べた。どんなに高潔で、どんなに宗教に熱心であられても、不幸にもこの点に関してご家族の中に見られるすばらしいお手本を見習おうとなさらないお子さんをお持ちになった親御さん方に私は心から同情いたしております、と。さらに長々と弁明せざるをえなかった校長であるが、ついにP氏から聞いてきた話を大げさに語ったのだった。

この耐え難い新事実に、父の激怒と母の悲しみがどのようなものであったか想像してみたまえ。私は呼び出された。とはいえ遠くにいたわけではなく、すべてを聞いていた。だから私は、気後れするどころかはっきりと言ったのだった。たしかにこうした言葉の一部は言ったかもしれない、事実、僕にはカトリックよりもプロテスタントのほうが好ましく思えるのだから、と。この稲妻のような言葉に、父はあと少しで正気を失い私に摑みかかるところだった。父をあおり、ますます高まってゆく怒りを見て、もし私が頭上の雷を方向転換させて別の人間の頭上に落としてしまおうと、次の言葉を悪魔的な茶目っ気で付け加えていなかったら、どうやってこの言い争いを終わらせることができたことかわからない。「こういう理論を公言しているのは僕だけじゃないよ、多くの生徒が本を読んで同じような考えを引き出すのを聞いたもの。」

　私の策略は期待していた以上に成功した。父はもう私には目もくれず、その怒りのすべてを身の置き場もなくなった哀れな校長に向け、そして私は校長の情けない顔を見てたいそう興じたのだった。父は校長を激しく非難し、ご自分の学校でどんな本が読まれているか注意できていないではないか、と、今度は父のほうが私の不信心のかどで校長を責めたのだった。結局、事件はサン＝シャモンの校長にとってこれ以上ないほど悪い形で終わった。というのも校長がP氏の家に戻ると、P氏はどんなことがあっても、いかなる理由があっても、息子はもうこの学校に足を踏み入れさせないとはっきり伝えたからだ。二日後、校長は父のところに戻って来て、私を学校に帰してはどうかと提案した。校長はやはり歓迎してもらえなかった。

　この予想外の事件の翌日、父は息せき切って、当時リヨンの卸売商M氏の家が主な集会所になっていた、イエズス会の信者団体に事件を報告しに行った。宗教に対して、それも自分の家庭の中で加えられた攻撃を報告するとともに、怒りを鎮めに行ったのだ。M氏と父の関係は、父に、ひいては私にあまりに多くの影響を与えたので、少し述べておかないわけにはいかない。M氏は商売においては良心も誠実さもなく、私利私欲のために、聖職者・一般人を問わず町のイエズス会士たちの集会と団結の中心としてふるまっていた。M氏の家、それは教皇権至上主義の教理に猛り狂った使徒の集う場所だった。彼の家は、およそ狂信的なあらゆることがつねに密談される場所で、当世の退廃と宗教への無関心に対する反対宣言が絶えずなされていた。

　人間が作る他のすべての団体と同様、このカトリック団体にもだまされ役とペテン師がいた。

父は前者の中にいた。M宗教会議によって父の憎悪が向けられることとなったある寛容すぎた哀れな聖職者をのぞき、父にとって僧衣を着た者はみな神聖で不可侵なものだった。この哀れな聖職者以外の聖職者を、父はみなの反対を押し切っても擁護していた。父の怒りをかきたてたくなければ、マングラは悪党だなどと言ってはならなかった。[*9]そんな噂を流したのは信仰の敵、一七九三年の吸血鬼どもだと、父は誰より熱心に言い返したことだろう。そのため父は、信者団体の全員から、申し分のない人物として見られていたのだった。その間、M氏は怠けることなくうまく商売していた。商品に可能な限りの高値をつけていたことは間違いない。それに彼は、いわゆる小さな商売もしていた。団体の中のどれだけ取るに足りない仲間であれ、彼の店以外のところに買いものに行ったり彼の店に友人、知人を送りこんだりしないのは不敬な行為とみなされただろう。彼の店に行くことは神の偉大な栄光のためであり、不信心に対する宗教の勝利のためだったのだ。親類や友人こそ一番の客、という有名なことわざにならい、M氏はすべての友人にこれ以上ない粗悪品を売りつけていた。たしかに少し高かった。だがそもそも彼のような人間を相手に値切ることなどできただろうか？　この聖人君子が、良心が命じる以上のものを諸君に要求しようとしたなど、一体想像できるだろうか。父の服代はいつも他の人の三割増しでM氏のもとに入っていた。

　父が目に涙をためんばかりにして報告した事実を使徒評議会が知るや否や、信者たちの間には、自分に任せられた生徒たちにかくも危険で冒瀆的な本を持ちこませていた怠惰で罪ある校長に対する呪いと弾劾の合奏、合唱が巻き起こった。そして教会の権力に直接属さない中、高、私立学校はまさに堕落の源であり、若者にとっては神学校かせめて中等神学校でなければよい教育は望めないのだという結論に達した。父はこの厳かな言葉に十字を切ると、この決定的な判決に感服し、心から従った。この衒学会議の間父は、投票しよう！　とか、閉会だ！　などと声をからして叫ぶくせに自分では絶対に演壇に立たない有名な議員たちのように、うなずくことでしか意見を表明しなかったのだった。

M氏には、リヨンから四里離れた村、アリックスの中等神学校に通う息子がいた。そこで私もここに送られて、救済を開始されることになった。これはまた、M氏にとっては商品をほんの少しでもさばく機会だった。彼は父に、こうした学校では青や緑など普通の色はたいそう下品に見えるのですよと言うと、自分の店で私のために布地を選ばせ、一揃いの、見たら笑ってしまうような色の服を作らせたのだった。この見事な装備で私はアリックスに向かわされた。いままでのサン＝シャモンの制服も何とか持って行くことができたのだが、そのせいで苦労を味わうはめとなった。

## アリックス神学校

このアリックス神学校とは、まったくどんな学校だったことか！　これほどまで悲痛で醜悪な一瞥に衝撃を受けたことは、それまで、そしてそれからもなかった。大人、子ども入り交じる四百人近い者たちの中に、人間の顔をした者は十か十二。神学校に入った私の心は締めつけられ、息が詰まりそうで、のちに私の教師となる人の優しさと好ましい態度がなければきっと意気消沈してしまっていたことだろう。

この教師、それがレフェ・ド・リュジニャン先生だった。この不快な学校で過ごした、私には半世紀以上にも思われた一年間、私を失意と絶望から救ってくれたのはこの人ただ一人だった。私が出会ったあらゆる教師たちの中で、レフェ先生ほど親切で、自らの職務について良識のある人間を私は知らなかった。これほどまでに生徒に好かれ、生徒に出された課題を手伝ってくれた教師はいなかった。同様に、これほどまで生徒たちに、それも区別なく生徒たち全員に関心を寄せてくれた教師はいなかった。生徒たちの一人が、その勤勉さや知性や性格ゆえにレフェ先生にいくらか愛着を抱かせることがあったとしても、それが不公平へと堕することは決してなかった。それに誰も、心の中でさえも、そのことで先生を責めようなどという気を起こすことはなかっただろう。生徒たちに対するこの関心は、彼らの教育に関係することだけでなく、彼らの健康や充足感、それに娯楽にまで広がっていた。そして教師と生徒の間のこのいわば友情と感謝の関係を、卒業した後レフェ先生のほうから壊すということもなかった。その後の人生で私は先生に何度もお会いしたが、先生がいつも、自分のもとで学んだ生徒たちのその後を気にし、彼らが世の中にはばたいてゆくのを愛情こもったまなざしで追い、自分のできる範囲内で彼らを助けてきたのを見た。不幸なことに先生は人間をあまりに強く信じすぎていたから、最後にパリでお会いしたとき、私を助けることはできなかった。もしできていたら私はいまここにはいないだろうし、先生が悲しみ苦しむのも避けられたはずだ。私の置かれた状況を知るなり、先生は急いで私になぐさめと、それから私にとっていつだって大事だった先生の友情を与えにやって来てくれた。この点については、この回想録の最後に再び触れることになるだろう。

当時レフェ先生はまだ若く、せいぜい二十歳そこそこといったところだった。生徒の多くは先生よりも年上だった。よって先生は私たちの教師でもあり友人でもあった。私たちにとっては先生の授業が息抜きだったのだ。先生がいなかったら退屈と悲しみで死んでしまっていただろうと言ったが、それは本当だ。というのも私はいつも退屈を恐れていたからだ。その後どんな状況でも退屈からは逃れられるようになったが、この頃はまだその方法を知らなかったのだ。

それまで私は、家にいるよりは学校にいるほうが幸せだという理由から、学校に通う中で実家を懐かしんだことはほとんどなかった。だがアリックスでは何という違いだったろう！　怒りっぽく陰気で禁欲的な教師たちの顔。愚かで青白く偽善的な生徒たちの顔。一日に最低四、五時間はある、修行、ミサ、聖母のためのミサ、黙想、講演、説教、生きとし生けるすべてのものや教会と関わりのないすべてのものに対する怒り狂った説教。たしかにホラティウスを楽しく読ませてもらってはいたものの、私は生涯において唯一不幸なときをこの場所で過ごし、私の幼い哲学はこの場所に数ヶ月間転がりこむはめになったのだった。ここはまったくうってつけの場所だった。というのも私の立場になってみたまえ。退屈と嫌悪にどっぷりと浸されて、その見返りが私には何もなかったのだ。私には家族の思い出や、この試練と苦しみの日々の果てに家族のもとに帰れるという幸せな考えで悲しみをやわらげることができなかった。そんな希望があれば私も支えられたのかもしれないが、そんな幻想を抱くことが私には不幸にもできなかったのだ。

つねに悲しんでいること、それも、いまより幸せな未来が来るという希望もなしに悲しむこと、それは私の力を越えていた。私は自分がこの世で置かれた状況のことを、すでに拭い去った悲しみのことを、拭い去ろうとしている悲しみのことを、この先拭い去らなければならない悲しみのことを長々と考えたが、なぜ自分がそんな目に遭わなければならないのかわからなかった。その点において私はそこまで不幸せというわけではなかったのかもしれない、というのも自分がこうむっている不公正に、私の血はたぎり血管は躍り狂っていたからだ。夜、ときどき私は、人が見たら仰天してしまうほどの怒りの痙攣に陥っていた。その状態はあまりに激しく、長くは続かなかった。私の肉体は気力とともに少しずつ弱まり、体調は悪化し、衰弱し、麻痺の一歩手前まで来てしまったのだった。

私がここまで体調を崩したのは生涯を通してこの時期だけだったのだが、一目見ただけでは誰もそうとは気づかなかった。自殺という考えが浮かんだのもこの時期だった。みじめな人生を終わらせようと考えたのは十回ではきかない。私を思いとどまらせたのはたった一つの考えだった。一番大きな発作の中で、私は自分に言ったのだ。待て！　人生の楽しみをまだ何も知らないじゃないか。むしろ苦しみしか感じたことがないのに人生を捨てようだなんて、まるで間抜けのすることだ！　遅かれ早かれこの状況は変わる。少しでも幸せというものを味わえたら、死なぞ好きなときにやって来ればいいんだ。私は四ヶ月近くの間、こうしたつらい状態にあった。けれどもつねに闘っていながら、私は自分の影以外の何者でもなかった。自分が何者であるかもわからず、何も好まず、ただ植物のように生きていたのだ。

幸いなことに春が来て、レフェ先生が田園の、まるで絵のように美しい場所に散歩に連れて行ってくれたため、こうした暗い気分も少しずつ晴れてきた。五月の太陽のやわらかな光を受けて、他の植物のように、私の樹液も活動を再開しはじめるのが感じられた。それは新たな衝撃で、私は夢でも見ていたかのように目覚めると、健康とともに陽気さや辛辣さが戻って来て、私は救われ、肉体と精神の完全なる均衡の状態に戻ったのだった。こうした衝撃を感じたのはこれが最後だった。

元の状態に戻るやいなや、私は哲学的な瞑想と観察を再開した。そして私たちに向けて唱えられている説教に少し耳を傾けてみた。はっきり言って、このとき以来、どんなに私が信心深くなったとしても……

（九行の検閲）

## 陰険な空間

さきほど話したような一種の病気にかかっていたとき、私は無気力状態に沈みこんでいたわけだが、それは私の顔つきに、この施設の大部分の顔つきとぴったり一致するような、悲しくて特徴のない雰囲気を与えていた。そのため私に注意が払われることはほとんどなかった。礼拝堂では、私の陰鬱で茫然とした雰囲気は黙想によるものだと思われていたし、私の沈黙と考えこんでいるような雰囲気は内省によるものだと思われていた。それ以上聞かれることはなかった。私は群衆の中にいた。しかし人生を取り戻したと感じてしばらくすると、祈禱やミサの間の私のうわついた雰囲気、ぼんやりした目、それに、あるときには退屈、あるときには冷笑がときどき顔に表れていることにまでまわりは気づくこととなった。それ以降私は、われらが慈悲深き使徒たちの聖なる怒りの言葉を一身に受けることとなった。幾度となく私は彼らの酷評と仰々しい演説の対象になった。事実、私の場違いな制服に彼らは気分を害していたのだ。説教壇で彼らは大声で言ったものだった。ああした堕落施設を出た若者たち、学校という名で呼ばれながらサタンの学校にほかならないああした施設を出た若者たちに、あなた方はどんな信仰を、どんな宗教を期待できるというのですか。この聖なる学校にいまだ悪魔の制服を恥ずかしげもなく着て来る者たちに、どんな手本を示せというのですか！　私はほくそ笑んだものだった。私が彼らの中にどんな罪ゆえに連れて来られたのかを知ったら、彼らはさらに何を言ったことだろう。知られないように気をつけていたのだ、石を投げつけられるのが怖かったからだ……

（八行の検閲）

それはこうした光景だった！……

それまでいた他のどの学校でも、私は陽気で社交的でさえあった。私はおおむね思いやりのある性格だった。というのもこの点に関して私の性格と一致するような性格の人間を、ほとんど必ず見つけることができていたからだ。いわゆる友人はいなかったものの、子ども時代の仲間なら何人かいた。だがアリックスではそうではなかった。そこではどの顔も気に入らず、不快だった。若者らしい陽気さなどどこにもなく、至る所に氷のように冷たい真面目さと、陰気で陰険な雰囲気。ここで過ごした一年間のうちで、同じクラスの七、八人をのぞいて、一人の神学生に三度と話しかけたことはなかったように思う。これが他の場所だったら、それがどんな場所であっても、私は相当無愛想に見えたことだろう。だがここではこうした雰囲気は普通であったし、多くの生徒は、彼らに対する私の慎重さに腹を立ててなどいなかったはずだ。というのも彼らは、偽善者たちが私のことでくだらぬおしゃべりをしているのを聞いて、私がルシフェルの手先だと心から思いこんでいたからだ。

こうした取るに足りない顔を観察するのにほどなく飽きてしまうと、私はまったく別の種類の瞑想にいざなわれた。私が詩人になったのはこの年のことであり、詩作が好きになったのは、私に楽しい時間を、人生で最も幸せだったかもしれない時間を過ごさせてくれたホラティウスのおかげだった。こうした学校では読書は限定されてしまうから、私が教養を高められなかったこともお察しいただけると思う。だがこの種の勉強もまったく無駄というわけではなかったわけだ。詩作が大きな喜びをもたらしてくれたと言ったが、自己愛からであるとか、名をなそう、何とか目立とうとして打ちこんでいたと思われては困る。こう主張する最良の証拠は以下のようなことだ。十五歳からいままで、私は様々な状況においてつねに詩作に励み、大量の詩句を――凡庸であったり良い出来だったり、ときにはうぬぼれなしにすばらしい詩句も――作り出してきたが、私の手によるものを世の中に四篇と見つけられるわけがない。なぜなら十篇も発表していないからだ。作って楽しんだあとは、なくなるにまかせたり、その紙でパイプに火をつけたりした。最近の詩をいくつか取っておいたのも、それが利益につながるという希望を人に抱かせられたからであって、そのように決心したのはそのためだけで、決して文学的栄光のためではない。私の詩の不正入手に抗議したのも、やはり自己愛からではなく軽蔑と憤慨のためであり、また読者たちをだますいかさまをさらけ出したいと思ったからなのだ。もっともこれに関してはまた後で述べることになるだろうが。

そうこうするうちに学年末になっていた。私は依然として、われらが説教師たちから烈火のごとく雄弁な怒りを浴びていた。ついに私は劫罰に処せられた魂とみなされるようになった。よって休暇の際、父が私をリヨンに連れ帰りに来たとき、学校は父に、息子さんの宗教原理は当校のそれとはほぼ相容れませんから来年はもうお寄越しになりませんように、とご親切にも告げたのだった。父にとって何たる侮辱だっただろう、それも父と一緒に同じく息子を迎えに来ていたM氏の前で！　父は私に説教しようとしたが、私は父にはっきりと答えたのだった。父さんは僕の考え方がわかっているでしょう、偽善は僕には向いてない、それに神学校には聖職者を志す人たちだけが送られる。僕は聖職者になろうなんて考えたことは一度もないのだから、僕をここに入れたのが間違いだったんだ。私の口答えに父は口をつぐんだ。そしてこの逆境に意気消沈することもなく、しかも私に当たり散らすこともなく、父は私をリヨンに連れ帰ったのだった。

私がいろいろと家から離れているうちに、私を迎える母の愛情は年ごとに薄れていった。母の偏見は何も変わっていなかったのだ。

父は、今度は商売仲間たちからもう少しましな助言を受けて、私をリヨンの学校に寄宿生として入れた。両親は私を家に置いておきたくなかったのだ。兄はといえば、もうずいぶん前に、まだ終わっていないのに学業を放棄してしまっていた。そして絵画や音楽などの習い事しかしていなかった。[*10]両親は私にはそうした先生をつけようなどとは思っていなかった。私が絵画や音楽を少し知っているのも、実家を完全に離れた後で学んだからだ。

リヨンの学校では六ヶ月間、寄宿生として過ごした。この時期は私の記憶にほんの少しの痕跡しかとどめていない。だがこの学校が嫌いでなかったことは覚えている。

六ヶ月が終わる頃、ちょうど私の学んでいた寮の界隈で反乱が起こった。私は何も関与してはいなかった。学校のまわりで共和国万歳と叫ぶのが聞こえたと言う人がいたという[*11]。それは明らかに偽りだった。というのも加担こそしていなかったものの、私は反乱を見ていたからだ。翌日、見せしめが行なわれた。寮の二十人ほどの学生が家に帰された。その中に私は入っていなかった。二日後、学校側は私を迎えに来るようにと父に手紙を書いた。校長は父にこう勧めた。息子さんはかっとなりやすく、どうも巻きこまれてしまいそうなので、まわりの熱狂が収まるまでしばらく自宅にかくまっておかれてはどうでしょうか、私がこう言うのは息子さんのためなのです、と。まさに偽善者ならではの芸当だった。このとき校長はすでに決めていたのだ。

一週間後、私を見るのにうんざりした父が私を寮に戻そうとすると、校長はイグナティウスの子どもたち〔イエズス会士〕のごとく遠回しな表現をたくさん使いながら、私を寄宿生として戻さないよう、ただ通学生として授業だけを受けさせるよう父に勧めたのだった。これは父にとって好ましいことではなかったし、母にとってはなおさらだった。よって父は何度も同じことを頼みに行ったのだが、結局校長の同じ言葉しか引き出せなかった。校長には私を追い出す理由が他にあったのだ。しかし校長はその理由を父に知られたくなかった。というのも、もしそうした動機から私を追い出したのであれば、なぜもっと早くそうしなかったんだと父は校長に言ったはずだからである。その動機が何かということを、このときすでに私は言わないまでもうすうすわかっていたし、しばらくしてはっきりと確信したのだった。

私たちの舎監――パリでたしか校庭の犬と呼ばれているような――は、あらゆる悪徳からできた男だった。私の間違いでなければ、その後、盗みで職を解かれている。だが問題はそれではない。この男は、おぞましいことこのうえない趣味〔男色のこと〕に溺れていた。何人かのお人好しすぎる若者たちの無経験に、この男は恥じらいもなくつけこんでいたのだ。ある日、私はこの男の犯行現場に出くわしてしまった。その日以来、この男は自分の不潔な行ないを私が暴露するのではないかというおそれから、自分は危険にさらされることのないまま私に復讐し、私を厄介払いしたいと思うようになった。

ある木曜のこと、学校に戻る前に両親に会いに行こうとした私は、道すがら古本屋で『パレ＝ロワイヤルの回廊』という、本当にほとんど覚えていないのだが、版画を除けば淫らなところなど何もない、薄っぺらで取るに足りない本を買った。休憩時間、この本が私のポケットから少しはみ出ていた。すると舎監は私に近づき、本を取り上げた。題名を読むと、彼は私を咎めようとした。私は彼に、私が彼をどう思っているか、このことで騒ぎたてるとどんな痛い目に遭うかわかるような返答をした。彼は本を持ち去り、その後このことについては何の音沙汰もなかった。ただ数日後、校長のところに行ったとき、校長が発したいくつかのかなり曖昧な言葉から、舎監から報告を受けたのだろうと感じた。私が家に帰されたのは実はそのためだったのだ。

通学生として落ち着いてしばらくした頃、私は自ら校長に説明を求めに行ったのだが、私の追放は実は舎監のせいだと、うまく白状させることができた。もちろん私もただで済ますような人間ではなかったから、自分が見たことを校長にはっきりと述べたのではあるが、提供できる証拠もなかったし、それに事が事だけに言いふらせるような事件でもなかった。

ともあれ私が追い出されたのはこれで三度目だった。ある新聞は、ラスネールは一度退学になっている、ときっぱり非難したが、その一部はこれで裏付けられることだろう。[*12] つまりこの新聞は間違っているわけだ。このようなことを言うのは私の名誉のためにはならないが、真実を話すと約束してしまったのだから仕方がない。

## 読書遍歴

学校の授業を受けながら家で過ごした五、六ヶ月の間、私の教育は授業によってよりも家での個人的な学習によって非常に大きな進歩を遂げた。というのも実のところ、私はかなり頻繁に授業を休んでいたのだ。私が気晴らしできたのはこのときだけだったし、それにラテン語はまったく問題ではなかった。仲間たちと脱走し、学校の授業をさぼったあと、家で光が漏れないよう蠟燭のまわりにいろいろ置いて夜通し本を読んだことが一体何度あったことか。家は、もし厚かましくもボワロー〔詩人、批評家。一六三六―一七一一〕を禁書にしようということになったら実際そうなってしまうようなアリックスとはちがった。私はすぐれた本ばかりを取りそろえた家の書斎で、そして町の貸本屋で、自ら選んだあらゆる類の本を手に入れることができたのだ。

それらの中で私が最初に読んだのはラ・アルプ〔作家、批評家。一七三九―一八〇三〕の『文学講座』で、私はその文体をとても好んだ。ラ・アルプの人柄を尊敬しているわけではまったくなかった。というのも彼の宗教に関する意見を心から信用することなどできなかったからだ。次に読んだのはモリエール〔劇作家。一六二二―七三〕だった。ラ・アルプによって得た漠然とした知識しかなかったので、モリエールを探していたというのではなく偶然だった。モリエールの面白さをひとたび知ると、私はむさぼるように読んだ。その後続けて二十回は読んだだろうか。その都度新たな楽しさを感じたのだった。モリエールを読みながら人間を観察するのが好きだった。その後、今度はルサージュ〔作家。一六六八―一七四七〕の『ジル・ブラース』の番だった。ルサージュには楽しませてもらったが、いくら人間を軽蔑していたとはいえ、私は人間がそこまで堕落しているとは思えなかったものだから、のちになって再び読んだときほどにはこの作家の方針は好きにはなれなかった。その後、ルサージュが何も誇張してなどいなかったことが私には嫌というほどわかり、彼が事実を曲げずに描いたこと、そしてこんにちではその描写はもしかしたらかなり美化されてさえいるのかもしれないということを認めざるをえなくなったのだった。

それからラ・フォンテーヌ〔詩人で『寓話』の作者。一六二一―九五〕もたくさん読んだ。それまでラ・フォンテーヌと疎遠になったことはなかった。もうずっと前からラ・フォンテーヌは暗記していたから、彼とはいわば古い友人だったのだ。私にとってこれらの読書は、目の前で起こっている事柄に応用するためのかなり真剣なものだった。そのため、ときどき家族に隠れ、気晴らしに小説を借りていた。最初のうちは本屋に選んでもらっていたのだが、本屋は私に、あるときはジャンリス夫人〔子ども向けの道徳的小説を書いた作家。一七四六―一八三〇〕、あるときはデュクレ＝デュミニル〔怪奇小説を得意にした作家。一七六一―一八一九〕を渡したのだった。

何という読みもの！　私はすぐに飽きてしまった。そこで自分で選んで、『ドン・キホーテ』を楽しく読み、それからアベ・プレヴォー〔作家、聖職者。一六九七―一七六三〕やコタン夫人〔作家。一七七〇―一八〇七〕の小説、それにマルモンテル〔作家。一七二三―九九〕の短篇を読んだのだが、『ドン・キホーテ』以外はあまり好きになれなかった。残念なことにこのときウォルター・スコット〔イギリスの作家。一七七一―一八三二〕はまだあの面白い歴史小説を書いていなかった。あるとき偶然スターン〔イギリスの作家、聖職者。一七一三―六八〕を手にしたのを覚えている。読んでみたが、まだ自分には理解できないなと感じ、あとで読むことと頭の片隅に書きこんでおいた。何を読むべきか誰も導いてくれなかったものだから、私はほとんど偶然に任せて読んでいた。

　歴史書を手にしたのは休暇が終わる少し前だったが、そうでなければ私の心は完全に奪われてしまっていたことだろう。歴史書は以来、私のお気に入りになった。歴史書は、字の読める者には何より多くのことを教えてくれると思う。というのも、歴史書の教えは事実に基づいているからだ。いつの時代も人間は同じだ。ある状況下である人間が何をしたかを見れば、同じような状況のもとで別の人間が何をするかが予想できるだろう。それは適宜使用することのできる尺度なのだ。

　ヴォルテール、エルヴェシウス、ディドロ、ダランベール〔数学者、物理学者、哲学者、作家。一七一七―八三〕など、十八世紀の哲学者たちに関して言えば、もちろん彼らの名前も名声もよく知っていたし、まわりの人々が彼らを嫌わせようとしていたことがそのぶん私には魅力だったのだが、読むのは控えておいた。彼らの本の中に見つけられたであろう何万もの理論の結論ではなく、私は事実に基づいた自分自身の理論体系を作り出したかったからだ。つねに徹底した人間だった私は、そのせいで自分の意見に固執しているのかもしれない。理論体系とは馬のようなものだ。一度でも乗ってしまえば、それで終わりなのだ。

## 聖体拝領を受ける

もし読者がここまで、この回想録の筋道を注意深く追ってきたならば、とりわけこの回想録が書かれた意図を注意深く追ってきたならば、私がまだ最初の聖体拝領について語っていないことに気づいたはずだ。だが黙ってやり過ごそうとしたわけではまったくない。むしろこの出来事は私の人生において非常に重要だったため、ここでいくらか詳細を述べておかないわけにはいかない。

ご存じのように兄は私より四歳年上だったから、当然私より前にこの聖体拝領という厳かな儀式も経験したはずだった。しかも平穏で突出したところのない性格だったから、それが遅れることなどありえなかった。

しかしその頃兄は体が弱く、通常この儀式に指定される時期にちょうど病気になってしまったため、儀式を少し遅らせなければならず、結果としてちょうど休暇の時期に当たったのだった。家にいた私は観察することができた。

兄が、間違いなく犯罪など考えたこともない気立てのよい性格をしていたということは確信している。だが私より信心に向いていたとは思えない。私の姉と妹でさえも、もちろん貞潔であったとはいえ、せいぜい女にふさわしい程度の信心といったところで、お務めも機械的に、熱意もなくこなしていたにすぎない。両親が宗教原理をどれだけ誇張していたかを考えれば、こうした指摘も無意味ではないだろう。

私はといえば、その後の人生にいかにも重要であるかのように描き出されるそのお務めを兄がどのように果たすのか、何としても見たいと思っていた。そもそも兄がこれからすることを理解しているのかどうか、注意深く観察した。そして理解していないとわかった。もちろん、兄の年頃の他の多くの子どもたちも同じだった。兄はまだ十一歳だった。そのため兄は最初の聖体拝領を、そうと気づかずに受けたのだった。受けなければならなかったからだ。[*13]……

（三行の検閲）

教会からの帰り道、兄は母と軽い口論になったのだが、いつも譲歩していた母にとってこれはかなりめずらしいことだった。不幸にも母はその日譲歩しなかったのだ。母は兄が神のことに心を奪われていると思って、その状況に勇気づけられると、いつもより少しだけ議論を進めてみたのだ。だが母のベニヤミン〔旧約聖書の登場人物で、ヤコブの十二番目の息子で、とりわけ愛された〕は、いつもの称賛すべき習慣に従い、母を無礼な言葉で、それも聖体拝領台に歩み寄ってきたばかりの子どもの口にはふさわしくない言葉で追い払ってしまったのだった。私はその場にいた。それはまるで母の心臓に加えられた短刀の一突きのようだった。母は涙をほとばしらせながら部屋に行き、閉じこもった。そしてずっと出て来なかった。もし私に勇気があったなら母をなぐさめにも行っただろうが、きっと冷たくあしらわれたことだろう。私は心の中で、カトリシズムに、そしてそれが家庭にふりまく幸せに敬意を表すにとどめた。私がカトリシズムをそれと認識したのは、いつもこうした証によってだった。

私が聖なる儀式への参加を認められたのがアリックスではない、ということは諸君も感じていることだろう。この問題はアリックスでは検討されたことすらなかった。そもそも私はたしかかなり進んだクラスの生徒だったので、最初の聖体拝領をまだしていないなどとは疑われもしなかったのだ。そのため学校もそのことを問い合わせるのを怠っていたわけだが、私が間違いを指摘すべきことでもなかった。正直なところ、私を日々見てきたどの施設も、私に聖体拝領をさせようと決めることはなかっただろう。聖体拝領をさせてもらうのに必要だったのは、リヨンの学校を追放されたあとに私が置かれた状況以外の何ものでもなかった。

このとき私は十五歳で、聖体拝領はこのときを逃したらもう後がなかった。両親は毎日このことで私にしつこくつきまとった。私はといえば、この世で何よりも嫌悪する偽善者の役を演じることなく聖体拝領から解放してもらうことしか望んでいなかった。幸いなことに、小教区は学校とはちがった。誰も私が何をして何を考えているのかは知らなかった。他ならぬ両親の評判から、司祭たちは私を非常に信心深い若者だと考えた。父はまず私を公教要理受講者に登録させた。私は学校での授業や勉強を言い訳にして免除を頼み、講座にはせいぜい二、三回しか出なかった。それなのに私は聖体拝領を受けるにふさわしいと認められてしまったのだ。

私は聴罪司祭の正式な赦免を受けた。この司祭は気取りのない人で、これからすることに私があまり乗り気でないことを私の顔つきから判断すると、聖体拝領を少し延期することさえ勧めてくれた。私は思い切って答えた。「神父さま、十年経ったとしても、いまほど聖体拝領を受ける気になっているとは思えません。」聴罪司祭はこのたいそう偽善的な言葉の意味がわからなかったので、私を快く帰し、正式に赦したのだった。

この頃、タルマがリヨンに来ていた。[*14] 告解室を出ると、翌日初の聖体拝領を受けることになっていた私は、タルマがマンリウスを演じるのを見に行った。そして家に帰るのが少し遅くなったので、言い訳として教会にずっといたかったんだと答えたのだった……。私は翌日没頭しなければならないキリストのことよりも、マンリウスのことを考えながら、心穏やかに眠りについた。[*15]

……

（三行の検閲）

私が凶悪犯になったというのも驚くべきことだろうか。ここからは真面目に話そう。繰り返しになるが、私はいつも偽善を嫌悪してきた。だが聖体拝領は私にとってまったく強制されたものだった。そうすることでしか私は家族と穏やかに暮らせなかったのだ。

聖体拝領の日、兄はすばらしい大蠟燭を持っていたが、私には小さな蠟燭しか渡されなかった。私には他に、献金用にと二十スー〔一フラン〕が渡された。私は十サンチーム〔〇・一フラン〕しか献金しなかったが、教会から出るとき貧民たちに十フランやった。この十フランの金がどこから来たものかはすぐにわかるだろう。ついでに言っておかなければならないが、生涯を通じて私は多くの慈善を行なってきた。世間の恵まれた人間たちは利己的で嫌いだったが、恵まれない人間たちは、いつも、少なくとも自分のできる範囲で助けようとしてきた。誰かが苦しむのを見るのはいつだって嫌だった。

初聖体拝領は、私にとっては最後の宗教行為でもあった。以降、私は教会には現れなくなり、司祭はとても落胆することになる。両親には堅信式〔洗礼を済ませたあと、さらに信仰を強めるために受けるカトリックの儀式〕も済ませたと信じこませようと努めながら、実際にはそれさえしなかった。

## 母の金を盗む

学校を追放されるまで、つねに家に閉じこもり仲間もいなかった私には、金を使う機会など一度もなかった。家を離れて学校に入学した際、父は私にいくらか金をくれ、また私のためにと校長にいくらか託した。だが使う機会がほとんどなかったので、足りなくなったことなどなかった。それゆえ、私は金の価値というものを知らなかったし、享楽の手段とみなしたことすらなかった。

だがひとたび通学生となってもう少し上の年齢に達すると（この頃、私は十四歳ぐらいだった）、授業をさぼる中で私は同じ年頃の仲間たちと付き合うようになった。授業時間が過ぎてしまえば家に帰り再び外に出ることはなかったから、私がいくらか楽しめるのはこの時間だけだったのだ。こうした気晴らしの時間は、学業を犠牲にして得られたものではあるが、すでに見たように私がたゆまぬ読書をしばしば夜更けまで続け、家で一人、教養を高めるのを妨げることはなかった。

だがもうお気づきのように、十五歳から十六歳の若者四、五人の間では、いつも学校をさぼるだけ、つまり森を散歩するだけとは限らない。私たちはときどき遠足をし、ブロットーまでペタンク〔フランス発祥の球技の一つ〕をしに行ったり、ビリヤードのようなものをしたりすることもあった。それには少し金がかかった。真の仲間らしく、私たちは互いに金を融通し合った。金のある者が、ない者のために払ったのだ。父も母も、私に一銭たりとて渡すのをためらっていたようなので、最初のうち私はいつも払ってもらう側の一人だった。しかし、いつも払ってもらうというのは私の性格に合わなかった。

　もっともこの仲間たちから離れる決心をするべきだったのかもしれない。だが彼らは、私がいままで出会ったことのない、初めての気の合う仲間たちで、彼らと別れるというのはつらかった。仲間たちと一緒にいると、私はもう頑固で無愛想なやり方は捨て去って、かわりにとてもくつろいだ気分になっていた。そしてひとたびこの輪の外に出ると、また元のように戻るのだった。つまり私は仲間への愛情と自己愛とを調和させる方法を、自分の分の勘定を払い、ここまで親切に払ってくれた仲間たちに埋め合わせする方法を頭の中で探していたのだった。金を手に入れるためには、もはやなくてもまったく困らなくなっていたギリシャ語の辞書を売るという急場の策しか見つからなかった。二十フランした辞書は六フランで売れた。

　この見事なやり方で手に入れた金を快く手放していたそのとき、兄は私が遊び仲間たちと一緒にいるのに出くわした。仲間たちのほとんどはリヨンの立派な卸売業者たちの息子だった。私がいくらか払っていたのを見ると、兄はどこで金を手に入れたのかとたずねた。お金なんてないよと私も最初は答えたのだが、その答えでは兄は満足しなかった。兄は私から秘密を無理やり引き出そうとしたが、結局できなかった。兄の非難に怖いところは少しもなく、どうやら単に金の出どころを知りたいだけのようだった。やがて兄はこう言った。「こんなふうに金があるっていうことは当然家から盗んだってことだよな。」私は驚いて言った。「家から盗む？　そんなの不可能だよ。母さんはいつも戸棚の鍵を持ち歩いてるじゃないか。」事実、私は家計費が母の戸棚の中にあることに気づいてはいたものの、母が部屋にいないとき、鍵はいつもなかったのだった。

兄は私よりも事情を知っていた。兄はこのとき十九歳だった。同じ年頃の若者たちとはあまり付き合わず、そうした付き合いを好んではいなかった。お針子や、あまり貞淑でない女たちとの付き合いのほうがずっと好きだったのだ。そして厚かましくも愛人の一人を日雇いのシーツ係として家に入れることまでしていた。後になって母もそのことを知ったが、この女を追い返すようなことはしなかった。それほどまでに母は兄に心酔していたのだ。

しかし母が善意の限りを尽くしたにもかかわらず、こうした知り合いの女たちには、兄には払えないほどの金が必要だった。しばらく前から仕事がうまくいかなくなっていた父は、どんどん倹約家になり、母が毎月少なくとも千フランにものぼる家計費のために金をせがむたびに口喧嘩をするのだった。父は、母が兄のためにそこから一部取っていることなど疑ってもいなかった。もし知っていたら、自分は若い頃自分の楽しみのためには二年間で十フランと使わなかったんだといつも私たちに耳にたこができるほど言い、実際本当にそうだった父は、それはそれは大騒ぎしたことだろう。

出費が通常予算を上回ってしまったあるとき、兄は思い切って母に無心するのではなく、母が部屋にいない瞬間をとらえることを思いつき、百スー〔五フラン〕硬貨を何枚かくすねたという。当初母は金が抜き取られたことを軽く疑っただけだったが、それでもこの疑いは十分に母の注意を以前より高めることとなった。二度目、母は事実を確信すると私に疑いの目を向け、ある夜、私が寝ているとき、もしやまだ証拠品を残しているのではないかと、私のポケットや部屋の中を捜索したそうだ。だが何も見つけることはできなかったので、家族の中でひどい言い争いを起こすであろう父には言わずにおいたのだった。私はこうした事態を、そして母が私の部屋に来た理由をまったく知らずにいた。母は私には何も言わなかったが、兄には隠しておけなかった。そして金が盗られたのだということを兄に明かすと、私を疑っていることまで打ち明けたのだった。兄は母の誤りを指摘せずにおいた。母は兄に、私のいわゆる再犯を防ぐために、部屋から出るときは必ず戸棚の鍵を抜いて枕元に置いておくつもりだとまで教えたという。

兄は気づかれないだろうと考え、思い切って盗んだわけだ。しかし母が警戒していると知るやいなや、現場を押さえられることを恐れて、少なくとも自ら足を洗ったのだった。ところが私を使って火中の栗を拾わせようと思いついた。だから「母さんはいつも鍵を持ち歩いてるじゃないか」と私が兄に答えたとき、というよりたずねたとき、兄は答えたのだった。「お前、とぼけてるな。そうじゃないことはよく知ってるんだろ。母さんが鍵をどこに置いてるかよく知ってるんだろ。」私は答えた。「ううん、そんなこと気にしたこともないってば。」兄は言った。「そうか、なら教えてやる。母さんは枕元に鍵を置いてるんだ。だから母さんがいないときに部屋に入って戸棚を開ける、ただそれだけのことなんだ。」私には兄の考えがすぐに理解できた。私は答えた。「わかった。けど僕が袋に手を突っこんでいるところに母さんが入ってきたらどうするの？」兄は言った。「馬鹿だな。俺が母さんを引きつけておくんじゃないか。」

私には金が必要だったし、裕福で通っている両親から少々くすねるのがそこまで悪いことだとは思っていなかった。とはいえ兄からの正式な提案を受けていなければ、自ら決心することなどなかっただろう。私は承諾し、私たちの新しい共同体が作られた。それも、断言してもいいが、パリの一流の、熟練の盗人の共同体に匹敵するほどうまく作られたのだった。私たちには独自の既知の合図があって、私たち以外の誰もわからないような、自分たちで作った隠語さえあった。その妙に優しい雰囲気から、兄はこの種のことでは私と同じくらい悪賢い相棒だった。私たちの隠語を考案したのも兄だった。そのようなとき、兄はどれだけうまく母を丸めこみ、愛撫する術を心得ていたことか！ そしてまさにそうした瞬間に私にも話しかけていたのだ。兄が母に「キスして」と言うとき、それは私には「早く行け」という意味だった。「二十回（三十、四十回）キスしてね」と言ったときは、私にはこう言っているのだった。「二十フラン（三十、四十フラン）盗ってこい。」初めてのとき、私は八十フラン盗み、兄に六十フラン渡し二十フラン取っておいた。以降も私たちはだいたいこのように分け合った。兄の年では私より金が要るだろうと感じていたのだ。どちらも子どもの使い方しかしていなかったわけではあるが。

いま冷静に過去を眺めてみて、家庭内で犯されたこうした盗みが、のちの私の行動に大きな影響を与えたということを感じずにはいられない。それはあくまで私の行動にであって、私の基本方針にではない。いかなるものも私の基本方針を改めたり変更したりすることはできなかった。とはいえ、いまもそうであるように、当時も以下のようなことはわかっていた。何も持たず、飢えで死にかけている者には権利があり……

（六行の検閲）

こうした一種の原則は認めながらも、私はこう白状せざるをえない。家での長い実習期間がなかったら、最初の盗みを犯すにあたり、私はもっと長くためらったことだろう。

子どもたちよ、決して親から盗んではならない。相続の先払いだ、親の持ちものはいつか自分のものになるんだからなどと正当化しても無駄だ。この点に関して仮に君たちに理があるとしても――それだって簡単に反論できてしまうものではあるが――私は次のように主張しよう。悪は、君たちが自分のものだと主張するこうした不正な所有ではなく、良心を曲げざるをえなかったことに、もう癖になってしまったこうしたごまかしに、そして父親の金庫にこっそり手を入れに来た者にも隣人の金庫を襲う者にも見られる正真正銘の盗人の態度にあるのだ、と。最初の一歩は踏み出された。君たちはつらい思いをした。だが二度目はそれほどつらくないということは覚えておいてほしい。三度目はもっとずっと楽になるだろう。

私たちの共同体の中で、見事な役を演じたほうではもちろんなく、しかし罪がより深かったほうである兄には、私よりもずっと優っていることがあった。それは盗みを犯すときにどうしても沈着ではいられず、ものを考えられないという点であり、そのことから私は、兄は家の外では決して何かを盗もうなどとしなかっただろうと確信した。勇気がないから盗まない者は善良ではない、と人は言うだろう。たしかにそうだが、そのような者に対し検事総長は何もできない。

私はといえば、たしかに他の人間なら普通最も動じるであろうことにも決してためらうことはなかった。幼い頃から不公正をこうむってきて、私はすっかりかたくなな人間になり、自分自身で、他人とはまったく違うものの見方を編み出したのだ。だが他人を軽蔑していたからといって、苦しめようとは思わなかった。私が感じてきた不当な行ないはほとんどは両親によるものだったが、両親に対していかなる恨みも抱くことはなかった。この頃はまだ復讐欲などというものは知らなかったのだ。これはその後、私にとって強烈なものとなり、どれほど冷静な人間になっても、またどれだけ自分の感覚や感情を抑制できるようになっても、この激情だけは決して飼いならせなかったのであるが。

ここまで来たら白状するが、私は悪意を持つだけでなく冷酷にさえなっていった。……私に機会があったとき、私を侮辱した者は災いをこうむった。私は必ず復讐したし、復讐が果たされるまさにその瞬間まで憎しみの片鱗もうかがわせないだけにいっそう危険だった。だがいま話題となっているこのとき、私はずっと後に発達することになるこの激情をまだ知らなかった。すでに述べたように私はかたくなな人間だったが、正しい人間だったし、少なくともほとんどいつも自分は正しいと信じていた。社会に生きる人々が行き来する道を、私は完全に、それも意図的に離れたわけであるが、それでいてうまくいかないことがたびたびあったのも、したがって驚くべきことではないのだ。

### 不吉な予言

考えれば考えるほど、もし両親から盗んでさえいなければ、いまの状態にはなっていなかったと思う。とはいえ自分も褒められたものではなかっただろう。なぜなら理論ないし原則はつねに心の奥底にあり、ただ実践が足りなかっただけなのだろうから。実践が足りなかった、というのは、家庭内でのこの不吉な実習がなければ、盗みを決意するにあたり私は強い嫌悪感に打ち勝たなければならなかったと思うからだ。それに対し、私はすでに父の家に入った紛れもない盗人ではなかっただろうか？　いつか自分のものになるものの一部を自分のものにするのはそれほど罪と思っていなかったとはいえ、実際私は、自分を尊ぶ感情や繊細な感情の多くを抑えなければならなかったのではないだろうか？　成功できる機会を慎重に選ばねばならず、現場で取り押さえられたときの恥ずかしさに前もって慣れねばならず、そうした恥ずかしさだけでなく、私にとってはのちの社会全体の軽蔑と同じくらい残酷だったであろう姉と妹の軽蔑ももののともしないようでなくてはならなかったのではないだろうか？　だからこそ私は、私の破滅の原因をこの悲しき前科に見出すのだ。私の破滅は実の兄によるものなのだ。言うもおぞましいことだが、真実なのだ。

これとほぼ同じ頃、私はまた別の粗相をし、それは私に、うまく説明できないが自分ではわかっているある別の影響をもたらした。これまで頻繁に話してきたことであるが、私は学校の授業のかわりに遠足するということが何度かあった。あるとき私の欠席は二週間近くに及んだ。教師はそのことを校長に報告し、校長は両親に告げなければと考えた。そして校長は父に、これについての簡単な手紙をしたためたのだった。

手紙は私が帰宅したとき、ちょうど届いたところだった。母は手紙が来たことを私に告げ、さらにベッドの上にその手紙があるのを見せた。校長が父に何を書いたか、私にはすぐ思い当たった。そしてそれ以上考えることなく、思いつくまま私は問題の手紙を巧みに手に入れ、自分の部屋へと走り閉じこもったのだった。父がいつも通り二時にならなければ帰って来ないことはたしかだったから、私にはまだあと一時間あった。私は紙を一枚手に取ると、何が何でも窃取したかったこの手紙とまったく同じ形に折った。そして校長の署名を真似ると、校長の名で父に、三ヶ月の期限がしばらく前に来ております、どうぞ授業料を納めに会計課においでくださいと書いたのだった。このすばらしい手紙を書き終えるや、私はそれを最初に手に入れた場所に置いておいた。

　手紙は父が帰るとすぐに渡された。父は何もおかしなことに気づかず、なぜもっと早く学費を払わず忘れていたのだろうと訝しんだだけだった。父はその忘却を償うため、私に金を渡すと、会計課に行って領収書をもらって来てくれと頼んだ。このいたずらを続けるために、私はあと少しで領収書を作って金は取っておこうと考えるところだった。だがこの誘惑には屈しなかった。このときはまだ誰も私のいたずらには気づいていなかった。校長も父に通告し、その通告がきちんと届いているものと思って安心し、私にそれ以上関わることはなかった。このようなわけで、私は休みたいときにはまったく自由に休んだのだった。

　三ヶ月ぐらいたった頃、すべてが偶然明るみに出た。父はこの事件を、公文書偽造の訴追にあたった検事総長と同じくらい真剣に扱った。だが面白いのはここからだ。

　二日後、私は父と出かけることになった。私たちはテロー広場〔リヨン中心部の広場〕を横切っていた。

その日は死刑が執行される日で、何も知らなかった父と私はギロチンを前にしてそのことに気づいた。父はそこで立ち止まると、ステッキで処刑台を指しながら私に言った。「ほら見ろ。素行を改めなければ、お前もああやって死ぬことになるんだぞ。」

父親の口から出た何と恐ろしい予言！　一体何を根拠にしていたのか。私が家で悪意ある行いをしたことは、生涯を通じて一度たりとてなかったというのに。

このとき以来、私とこの恐ろしい装置の間に見えない関係ができた。私はこのことを、自分では気づかないものの頻繁に考えた。ついにはこの考えにすっかり慣れてしまい、自分は他の方法では死ねないのだと思うに至った。何度私は夢でギロチンにかけられたことか！　だから死刑の儀式は私にとってもはや目新しいものではないはずだ。実を言えば、こうした夢をようやく見なくなったのは今回勾留されてからのことなのだ。

父は日々ますます無愛想で偏狭になっていった。あらゆることが気に入らず、兄を除いてすべての人間に口論を吹きかけようとしていた。ついに近づくことさえできなくなった。機嫌が悪化したのは、年齢や何かしらの事情のせいだったのか。父はこのときどのような立場に置かれていたのか。

リヨンに完全に定住するようになり、私たちに教育を受けさせるために田舎の屋敷を手放した後、父はしばらくして再び商売に戻った。田舎の地所で過ごした作業と労働の日々に慣れてしまっていたため、町では何もすることがなくてすぐに飽きてしまったのだ。それにまた大家族の長として、このままでは家族にあまり財産を残してやれないとも思った。父親というものの何と宿命的な野心だろう。そこで父は当時リヨンで栄えていた絹の卸売を始めたのだが、絹のことはまったくわからなかった。そのため父は、資本はないが絹製造に詳しい協力者を得なければならなかった。だがどんな提携であれ、父と長く続くわけがなかった。それで父は、様々な締結を解消すると、完全に会社の主となり、そこで自由に指図するために一人になり、製造監督する事務職員たちだけを雇うことにしたのだった。というのも父が詳しいのは経理だけだったからである。その結果どうなっただろうか。事務職員たちは損害にはかかわらず、また資本を危険にさらすことなくただ利益にだけ関心があったため、父に見当違いな投資をさせ、評判の悪い、実際しばらくして破産することになる人々に売らせた。こうして父の財産は増えるどころか少しずつ減っていったのだった。失くした金を取り戻そうとする賭博師に似て、父は勝負を離れるどころかますます勝負にのめりこんだ。しかし失敗したことは決して誰にも言わなかった。私たちが父の怒りの嵐を家で頻繁にこうむっていた原因はそこにあったに違いない。

　このように失敗するまで、父は私を弁護士か医者にするつもりだった。それに必要な授業を受けさせることが、その頃の父にはできたからである。だが仕事がますますうまくいかなくなり、それが不可能であることがわかると、父は私を商売の世界、それも父自身の商売の世界に入れようと決めたのだった。それはすでに兄にも定められた道だった。学年末になると父は、こうした分野に進む者はみなそうであったように、私に製造を学ばせるため労働者のところへ奉公に出したのだった。だが私をつねに縛りつけていた父は、そのやり方に従い、このときもあまりに短い鎖を私につけようとしたため、私は怒って鎖を断ち切ってしまった。私に対してはそんなふうにすべきではなかった。抑圧は私を苛立たせるだけだったのだ。私は力や容赦ない父権にはかたくなに抵抗した。だが優しさや愛情には譲歩したことだろう。私は父に、こんな道には絶対進みたくない、何ものも僕にそうさせることはできない、とはっきり言った。どうにかして父を説得しようとした。そして二ヶ月間のみじめな見習いののち、私は解放された。すでに休暇の終わりに差しかかっていたものだから、父は万一の用心にと、そして事がもっとうまくいくことを期待して、私の学業を終わらせることにしたのだ。しかし私を家に置いておきたくはなかった。私も、このときばかりはそれは間違いではなかったと思う。父は私をシャンベリー〔リヨンから東に百キロの町〕の学校に送ったのだった。

シャンベリーで過ごした一年間も、私の記憶にほとんど残っていない。学校生活、ただそれだけだ。しかし幸せだったことは覚えている。終わりのほう以外は、であるが。私はここで輝かしい成績で学業を修めたのだが、またしてもひどい目に遭うことになったのだ。どうも私はすべての学校から退学させられる運命だったとみえる。

休暇まであと二週間という頃、散歩の途中で、私たちを引率していた教師が、学校で一番小さな子どもに、それもまったく不当に罰を加えようとした。私は抗議した。教師はかわりに私を罰しようとした。私がはねつけると教師は人身攻撃を加えだした。私たちは二人のヘラクレスのように、というよりも二人の屑拾いのように闘った。困ったことに相手は聖職者だったので、私の行ないは不服従というよりも正真正銘の瀆聖とみなされた。私は独房に入れられ、休暇までそこで過ごすという罰を宣告された。学校は父に手紙を書き、私の行ないを知らせるとともに、父に対する敬意ゆえ私を休暇前に退学させるようなことはしないが、そのかわり私は休暇まで罰を受けるだろうと付け加えたのだった。

この独房で私は、コンシェルジュリー監獄[*16]の独房でよりもずっと退屈してしまった。私は何度か扉を三つ四つ破ってはそこを抜けだした。そして校長の庭や、ときには町へ、心静かに散歩しに行くのだった。飽きると独房に戻った。というのも当然のことながら金がなく、シャンベリーからリヨンまで徒歩で散歩するというのは適切ではないと思ったからである。この二週間の罰は、その間おそらく二十四時間と眠っていなかったため、私には長く感じられた。孤独の中で気を紛らわせるため、詩作に没頭し、そのせいでしばしば眠れなかったのだ。

## 詩作の喜び

この独房で私は馬鹿げた詩を二千行近くも書いたのだが、別段驚くべきことではない。よい出来であれ悪い出来であれ、私ほど並外れて簡単に詩が作れてしまう人間はおそらくいないからだ。自慢するために言っているのではなく、これはまさに天賦の才能なのであって、当然それに恵まれていたからといって立派だというわけでもない。だが注意しておくべきなのは、私は自分の作った詩を見せるのを好まなかったということであり、誰かに読んだとしても書き写させることは決してなかったということである。この習慣は一八三三年、自己愛からではなくただ利益のためにいくつかの政治詩を発表するようになる頃まで続けられた。したがって、いくら見た目では信用できそうな人々でも、誰々が一八三三年以前、つまり彼らいわく少年時代の私の自筆原稿を持っていると発表したとしたら、それはまったくのでたらめだ。そんなものは存在しないし、それが巷に出たとしたら、それは文学界のいかさま師たちによって売り出された偽物でしかない。こうしたいかさま師たちの大風呂敷にも厚かましさにも、もう驚きはしないが。

詩はどれだけの優しさを、喜びを、我が生涯に与えてくれたことか！　数々の至福の時間を過ごすことができたのは詩のおかげだ。詩は私の数多の艱難辛苦をなぐさめてくれた。こうした喜びを理解できるのは詩人しかいない。つまり私は詩人として生まれたのだ。そう、もしロビンソンのように無人島にいたら、私は詩を、私だけのために、詩作の楽しみのために、木々や野生の山羊に語るために作ったことだろう。

詩人がみな私のようであるかどうかは知らない。だが私は詩を作るのも簡単なら忘れるのも簡単で、公開できるのも私以外の人間に委託して保管してもらっていた詩だけなのだ。こうした用心をしていなければ、最近の詩についてだって他の詩と同様、こんな思いきったことは言えなかったはずだ。一言たりとて頭の中には残っていなかったことだろう。生涯私は、誇張なしに見積もって三万行近くの詩を作ってきた。探してご覧になるといい。

さらに特異なこととしては、いくつかのこっけいな小詩をのぞいて、長めの作品を作ろうとしたことが一度もないということだ。オード、風刺詩、小唄、私のお気に入りはいつもこれらだった。詩作は好きだったが、反対に散文で書くことほどうんざりすることはなかった。読者には気の毒だが、詩の女神の言葉に誇張法の衣を脱ぎ捨てさせるのはとても難しいことなのだ。それがもしできていたなら、読者は私の回想録を韻文で読むという快楽を味わえたであろうし、私にとってもそれはこの稚拙な散文よりもずっと楽だったことだろう。

それと、人殺しの詩人がいたからといって驚かれても困る。私だけではないはずだ。つい最近も、バル＝ル＝デュック〔フランス東部ロレーヌ地方の町〕の詩の女神の乳飲み子が一篇の詩を私にくれたのだが、人一人殺すには十分なくらいよくできていた。とはいえ私もここまで社会に多くの害をなしてきたわけだから、この詩をお目にかけることは差し控えねばなるまい。

ここまで読んでくれた諸君は、私が学校という学校から退学させられた、とまでは言わないまでも、もう来ないでくれと懇願されたというのがたやすく理解できることだろう。私にできたのは、ただ名誉ある降伏をすることだけだった。なぜ退学になったのか？　最初は信心に凝り固まるということができなかったからだ。最後は、たしかに自分には関係ないことではあったが、不公正に抵抗しようとしたからだ。もともと他人のことに関わる習慣などなかったのだから、それだけにいっそう私は称賛されてしかるべきだろう。私を殴った司祭にこちらも手を出すなどというおそろしい罪を犯したときも、ひどい方法で罰せられた。私は二週間の独房のほか、本来もらえるべきだった表彰される栄誉も、数々の賞を受ける栄誉も剥奪されてしまったのだ。私としてはそんなものはパイプほどにも意に介していなかったが。当時はまだ喫煙者ではなかったから、これっぽっちも意に介していなかったという意味だ。この頃はまだ喫煙などという困った悪癖は少しも身につけていなかったのだ。

喫煙という言葉を口にしたからには少し話しておかないわけにはいかない。煙草、とくに嗅ぎ煙草ではない、くゆらせるほうの煙草は、考えられている以上に人間の人生に大きな影響を与える。少なくとも私の人生には大きな影響を与えた。煙草さえ、この幻想的で官能的な煙さえなければ、私はいま頃立派な卸売業者だったかもしれない。この不可解でふんわりとしたゆらめきが空気中に漂ってゆくようすに人は惹きつけられる。私を堕落させたのもそれだった。それは私にひたすら詩と恍惚だけを想わせ、私はこの世の事柄に立ち戻るのをひたすら惜しんだものだった。煙草を吸うと、私は覚めていながらに本当に夢を見るのだ。喫煙なくして詩が、詩なくして喫煙がありえるだろうか。煙草を吸わない詩人など、私には思い描くことはできない。想像力に火をつけ、現実を遠く離れた想像世界の穏やかな無気力へと諸君をいざなってゆくのに、パイプにまさるものはないのだ。煙草を吸わずに何もせずにいるなどということができようか。もし私に息子がいたら、彼を怠け者や詩人にできるほど裕福でないかぎり、彼が成年になるまで喫煙しないよう私はできるだけのことをするだろう。信じていただきたいが、ふざけているわけではない。この事実に関心を示す生理学者が一人もいないということさえ不思議に思える。おそらく彼ら自身が煙草を吸わないからだろう。そのうちそういう日も来るかもしれない。それまで私は主張しておこう。考える人間で喫煙する者は、世間の諸事には適さない。一家の父親たちや学校を出てカフェに行こうとする若者たちに、この深淵は賭博場と同じくらい若者たちを呑みこんでしまうのだということを忠告しておく。

19世紀前半のリヨン。市内を流れるローヌ川（上）と船着き場（下）
（Arthur Kleinclausz, *Histoire de Lyon*, Pierre Masson, t.3, 1952）

# 第三章　放浪生活

## 唯一の恋愛体験

ついに私が解放される日がやって来た。私はシャンベリーからリヨンに向から馬車に乗せられた。それはリヨンまで二日かけて行く小さな乗合馬車だった。私たちはポン＝ド＝ボーヴォワザンで就寝した。

馬車がいつも休憩に立ち寄るこの田舎宿で、旅人の配膳係をしていた愛想のよい娘の一人から、私は初めて愛の神秘の手ほどきを受けた。その頃、私の体は心の発達にはまったく追いついていなかった。無知の衣を脱ぎ捨てる機会は、リヨンの学校で通学生として学び、私よりも成熟した仲間たちと連れだって教育施設と呼ばれる場所〔娼家のこと〕に出入りしていた頃は言うまでもなく、いくらだってあった。だがそうした機会を利用したことはなかった。娼家にいた女たちと笑い、ふざけるだけで満足していた。ただそれだけのことであって、私の官能はまだ語り始めてはいなかったのだ。こうした女たちとは遊ぶ気になれなかったということは何となくお察しいただけるだろう。よって、早熟な不節制で体質が弱まるのを危惧し、単なる好奇心の衝動にすぎない感情をさらに推し進めようとするなど無益なことだと思っていたのだった。ポン＝ド＝ボーヴォワザンで私の初体験の相手となったこの娘には、そんなことはとても信じられることではなかった。それほど彼女は私を、いままで見てきた同じ立場の男たちとは違うと感じた。彼女に対して私は恥ずかしがることもなければ興奮することもなかった。まるで三十歳の男のようだった。彼女の腕から離れるとき、私は心の中でこう言っていたのだ。「何だ！　たったこれだけのことか？」

私の恋愛体質とは風変わりなものだった。そのことはいずれおわかりになるだろう。誰かを真剣に愛したのは生涯でたった一度きりだった。この恋は五年続いた。こんにちもなお続いていたかもしれない。我が信仰の対象とでも言うべきこのひとと、乱暴な別れ方さえしていなかったなら。

社会に出て少し経った頃、私はドルムイユ夫人と偶然知り合った。彼女の夫がまだ生きているということは十分ありうるし、愛すべき妻と私の間にあった親密さを知って喜ぶわけがないから、私には彼女をはっきり名指しすることはできない。そのためここではドルムイユ夫人という喜劇風の名前で呼んでおくことにする。

彼女を初めて見たとき、それは私を長い麻痺から覚まさせる電撃のようだった。ずっと夢見てきたひとが、いまここにいるのだと思った。幸いこのうえないことに互いに好感を持っていたのか、私はドルムイユ夫人のお気に召さないわけではなかった。ある夜会の後で夫人は、私に無関心ではないことがはっきりわかるような形で返事をしてくれた。ほどなく私たちは完全に心を通じ合わせることができるようになった。二人は同じくらい熱烈に愛し合った。

しかし私には心を配らなければならないことがたくさんあった。もし夫が私たちの現場を押さえたら、夫人はおしまいだ。長い間私は夫人を家に訪ねるだけで、それもたいてい嫉妬深い夫がいるときに夫人を訪ねるだけで満足していた。夫が私を警戒したことは一度もなかったと思う。私たちの関係は、好都合な状況に恵まれなかったため、四ヶ月もの間、完全にプラトニックな状態のままだった。

この状態を早く終わらせるかどうかは単に私次第だったのかもしれない。だが私はそれを差し控えていた。というより逆に、夫人に対して心遣いを見せながら、その実、もはや後戻りできない瞬間がやって来て、夫人の最高の好意を奪うのを恐れ、私はふるえていたのだ。ドルムイユ夫人を熱愛していたとはいえ、夫人を前にして私の官能は私に何も語りかけなかった。私は夫人を恍惚として眺めるのだった。夫人は私にとって神のようなものであり、そうしているだけで幸せで、快楽と肉体関係とがその状況を終わらせてしまうことを恐れていた。それまでの二、三の気まぐれに際しての自らの恋愛体質について、私はすでに優れた観察を行なっていた。二人の恋人が絶えず成し遂げようとするあの目的は、自分にとっては欲望の墓場であると気づいていたのだ。だから私は、自ら作り出した偶像を自らの手で壊してしまうのを恐れていた。そしてそれは間違いではなかった。

あれほどまで楽しく歩んできたこの小道を離れなければならない、さもなくば間抜けか宦官ということになってしまうそのときがついにやって来た。ドルムイユ氏が数日間リヨンを離れていたため、私たちにはいつもより少し自由があったのだ。私と夫人の間ではじめての、いつもより少し激しい愛撫が、私たちの官能に火をつけた。

外見上、私は成功した。私たちの関係は五年間続き、その間私はドルムイユ夫人をつねに情熱的に愛してきた。だがあの何とも言えぬ未知の、心とろけるような魅力を夫人のそばで感じることは、もうあれ以来なかった。思うにそうした魅力とは、生涯でただ一度だけしか味わえないものなのだ。

悟られないよう努力してはいたが、夫人のほうでもそれは同じだったようだ。だが確かなのは、夫人の感情は官能に優っていたということだ。こうした付き合いをしていたとはいえ、私はときおり友人たちと乱痴気騒ぎをしたり、町のご立派な場所に出入りしたりもしていた。それでもドルムイユ夫人への私の愛は何も変わることはなく、むしろ反対にその愛はいっそう純粋なものになるのだった。そのため夫人も、こうした軽いお楽しみを私が白状することがあっても、嫉妬することなどまったくなかったのだった。

ところがその後、予期せぬ事態が起こり、夫人は私の手から奪われ、私の心は彼女とともに葬られてしまった。以降、夫人のかわりとなったのは我が夢の女《シルフィード》だった。*17 それほどまでに夢の女はしばしば、夫人の容貌をともなっているかのように私には思えた。だから夢の女が私に詩的霊感をもたらしたからといって驚くことはない。私はただ、我が人生の夢を詩句に乗せただけなのだ。

これ以降、私の心が恋愛関係の中に入りこむことはもうなかった。あるかわいいお針子《グリゼット》だけは別で、この娘は数日の間、私にかなりの気まぐれを起こさせてくれた。この娘を我がものにするために、私はできるかぎりのことをした。娘を部屋に招き入れたが、それでも何も得ることはできなかった。勝利を明らかにすべきだと思った前日、私は娘に告げて狩りに出かけていた。しかし思っていたよりも早く帰って来ることになった。息せき切って私は娘の家へやって来た。そして私の知るある若者が、娘が私にあれほどまでかたくなに拒み続けていたものをたった一度で手に入れたのを見て大いに落胆したのだった。実際この若者は私よりもいろいろ気前よくやっていたのだ。ほんの十五分前まで気がふれた者のように恋していた私だったが、これを見て情熱は一気に消えてしまった。逆上するどころか高らかな笑い声を発すると、私は目を覚まさせてくれたこの若者に感謝し、殴り合うためではなく、彼の成功と私の快復を祝してパンチ酒を一杯飲もうと、恋敵と連れだって出かけて行ったのだった。

以来、どんなに軽いように見えるものでも、私はつねに、そして細心の注意を払って愛情を抱かないようにしてきた。自身の経験から恋愛がどのようなものなのかがわかったのだ。それは、闘おうなどという気を起こしてはならない敵であって、敗北しないためには逃げるしかないということを納得したのだ。よって誰か女が私の心に何か強い印象を与えると、私はその女を疫病のように避けた。女性に関して私は、荒々しい欲望を満足させようとするサテュロス、魅力に売りもののように値がつけられたヴィーナスたちしか相手にしない、まさにサテュロスでしかなくなった。このやり方は実のところそれまでより金がかかることはなかったし、それにどれを取っても同じような女たちを征服せんがための告白や、わずらわしい予備交渉といったあらゆる退屈をしないで済んだのだった。

だがこのことだけは認めなければなるまい。私は自分の快楽のためにではなく、女たち特有の好ましさ、とくにその優美な感受性ゆえにつねに女たちを愛してきた。この点において男と女の間にはとても大きな違いがある。ある女が恋愛において裏切りを働いたとしても私は赦すし、それに私たちだって同じことをして仕返ししているではないか。女と私たちとを結びつけているもの、それはほとんどの場合、虚栄心にすぎないのだ。だが裏切った、心移りしたといったささいな欠点は、他のどれだけ多くの長所によって償われていることだろうか！　あらゆる私利私欲から解放されたあの優しい関係、あらゆる憐憫の衝動に揺れ動き、あらゆる不幸を生来の適切な機転で計り知れないほど繊細になぐさめてくれるあの心、女の主人であり支配者であるかのようにふるまい美徳を鼻にかける男には決して見られないこうした数々の長所は、女にしか見られないものだ。それも、誰よりも堕落した女の中にさえ、やはりうっとりするような感受性のほとばしりを見ることができるだろう。私はあれほどまで長い間女たちの魅力に無関心でいたが、そのことを女たちが赦してくれることを望むばかりだ。私にも女たちの心を正当に評価することぐらいはできる。十人の哲学者の魂の奥底よりも、たった一人の女の中にこそ多くの美徳が宿っているのだ。

### 父の決断

シャンベリーからリヨンに着いたとき、私はそれこそまさにベレロポーンの手紙を持っていたわけだが、違うのは、その内容をだいたい予想していたということだ。[*18] それでも自分で持ってゆくというのはやはりつらかった。一瞬破り捨ててしまいたい気持ちにも駆られた。だがそんなことはしなかった。というのも嵐に直面するのが一種楽しみでもあったからだ。それに私は自分に言った。今日であれ一週間後であれ、それは必ずやって来る。恐れたり嫌がったりして降伏したらそのうち臆病になって、もはや決心することすらできなくなる。

ためらったことを心の中で恥じると、私は父に勇ましく手紙を渡した。骨相学の先生方によれば私は強靭さを示す頭蓋骨の隆起を持って生まれてきたというが、明らかに間違っておられる。むしろ私は人目につくほどに、弱く、変わりやすく、はっきりしない性格をしていた。もしも慈しみ深く育てられ、家族に愛されて幸せでいたなら、私は一生誰よりも優柔不断で誰よりも外界の影響に左右されやすい、ポール・ド・コック〔大衆作家。一七九三―一八七一〕の描くよい子そのものだったことだろう。幼少期に受けた印象が、持って生まれた性格を変えてしまったのだ。家族からの愛撫を取り上げられ、家族からひどい扱いを受けた以上、打ちのめされないためには非情な心とあらゆる試練に耐える強靭さで武装するしかないのだと私は確信した。それらを身につけるべくしばしば繰り広げてきた自分自身との闘いも、さらには自分自身の心に注いできた絶え間ない監視も、そうしたことを納得させてくれた。他の多くの点と同様にこの点においても、いまある私を作ったのは私だ。自然によって作られたものは何もない。

こうして私は断固とした態度で武装し、父のあらゆる急所を一気に突くことになる恐るべき書簡を手渡したのだった。手紙が父に教えたこと、それはまさしく独房にいた間の私の度重なる若気の至りにほかならず、さらに手紙は、脱走を容易にするべく私が壊した扉やこじ開けた閂《かんぬき》の代金が総額五十フランほどにのぼることも伝えていた。

人間には言いたいことがありすぎて何も言えないという瞬間がある。このときの父がそれだった。それに父は、私がこれから世の中に出てゆく以上、学校風の説教などもはや要るまいとも考えていた。父が強く言ったのは、私のどうでもいい楽しみのために下手に払わされることになった、そして実際払ってくれた五十フランのことだけだった。父は私に、明日にでも代訴人の友人のところに連れて行き、司法と訴訟を少し勉強させると言った。というのも――このとき父ははっきり言った――裁判沙汰に関する知識を習得させるのは、法律の授業を受けさせようというのでもなければ弁護士にしようというのでもなく、単に将来私にさせようとしている商売上有益だからだ、と。

父のこの宣言は私をとても悲しませた。自分には裁判官としても抜きんでるだけの能力があると思っていたのに。私は再度心の中で父を不公正だと非難した。だがこのとき私は間違っていた。その後わかったのだが、このとき父はすでに事業で困窮しており、私の新たな教育に必要な費用を出すことはできなかったのだ。せめてそのことを言ってくれていたら、二人ともあれほど不幸にならずに済んだだろうに！

ところが私の生き方は、母にはなかなか大目に見てもらえなかった。母が学校時代の私の冒険にたいそう憤慨した、というのではない。これが兄のことであれば、母は心の底から笑って済ませたことだろう。しかし私には母の気にさわる何かがあった。そのため私に近づかなければならなくなるという思いから、母は私の学業が終わりにさしかかっていることに苦痛を感じていた。そして私がシャンベリーから帰ってくる前、母は父に、私が家にとどまることのないようにしてほしいと頼んだのだった。

そこで私は通常の慣わしに反し、自分がこれからその下について働くことになる代訴人が住むアパルトマンの小部屋で眠り、多くの見習いたちが食事する、事務所に隣接した惣菜屋で三食を摂ることになった。私に対するこの措置は、やはり不公正が大部分を占めていたことを除いては、好きでもない実家から遠ざけてくれたことで、私にとってたいそう都合のよいものであった。

## 代訴人事務所で働く

こうして私は初めて世間に出た。最初のうち、私の表情はまったくさえなかった。初めの半年間、私はあらゆる読書や研究を中断した。いつもの熟考や歴史に関する深い知識をもって、過去の人間たちといま自分が目にしている人間たちの間にあるであろう関係の分析に完全に没頭していたのだ。世の中が歴史に描き出されているほど醜悪なのかどうか、自分自身で確かめてみたかったのだ。だがすべての光景は、すでに読んだ覚えのあるものだった。どこを見わたしても、狡猾、利己心、金銭愛、それに無私無欲の仮面に隠れた個人の利益。ああモリエールよ、聖職者タルチュフをあれほどまで力強く描き出したモリエールよ、なぜ君は人間のあらゆる美徳に含まれる偽善の一覧を完成させなかったのか。人間は普通、最も実践されることのない美徳をこそ誇示するというのに！

こうした観察は、当初は世間という地面にしっかと足をつくべく始めたにすぎなかったのだが、日々得られる観察結果にひどくうんざりして、憂鬱、ほとんど絶望に陥ってしまった。知らず知らずのうちに私は呆けてゆき、もはや社会の一部であるとも思えないような、まさに自動人形のようなものになってしまった。学校時代に私と知り合っていた者たちはこの変化に驚いていた。その他の者たちは私を白痴か何かだとまで思った。私もこれについてある奇妙な出来事を一つ覚えている。

父は私を預けた代訴人に、私が学校でとてもよい成績を修めたことを請け合っておいた。代訴人はしばらくの間私を見ていて、たいそう驚いた。この代訴人と共同で働き、同じアパルトマンに住み、同じ事務所を使っていた別の代訴人などは、ときどき「こいつ何て馬鹿だ！」とまで言うほどだった。この代訴人は、私を見るときは必ずと言っていいほど肩をそびやかすのだった。事実この代訴人が何か説明しても、私はわかっていないように見えたし、本当に理解していないこともあった。私はこの代訴人を愚鈍な目つきで眺めていた。私の想像力はずっと遠くにいたのだ。ある日この代訴人は、メジエール宛ての手紙を書きながら、メジエールは何県にあるかとたずねた。見習いたちは地理に明るくなかったので、誰も答えることができなかった。私はほとんど何も考えず機械的に、顔も上げずに「アルデンヌ県」と答えた。代訴人は地理事典を開き、私が言ったことの確証を得ると驚いて飛び上がった。そして、バラム[*19]は自分の動物が話しかけてきたときこんなふうに眺めたのではないかというふうに私を眺めながら言った。「何てことだ。どうしてこいつが知っているんだ？」そう、この代訴人が知らなくて私が知っていることは、他にも山ほどあったのだ。

自らの研究と引き換えに得られたこれらの発見であったが、それに飽きた私はようやく分別を持って考えられるようになり、もっと妥当な解決策を採ることにした。私は自分に言った。人間たちのことはもうわかった。そのほとんどが軽蔑に値することも知った。だからといって、そうした私の気持ちを示して人間たちの憎しみをひきつけ自ら不幸になろうというのか。むしろこれについて学んだことはもう忘れてしまおう。お互いのためだ、親切にし合うことで人間関係は初めて美しくなるのだから。感情を隠してこちらの親切心を見せよう、そうすれば相手のほうでも親切にしてくれる。どちらも裏表がないわけではないが、お互いいつも悪い面を見るよりは幸せだろう。そう、共に自由に生きようではないか。それが私が実際にしたことだった。そして観察によって得られた成果は自分一人のために取っておき、観察によって生まれた人類への軽蔑からはできるだけ自分を守ったのだった。

このことから私は、正しくて高徳な人間などいままで会ったことがないと、自分は他の人間よりもすぐれているのだとでも言おうとしているのか？　もちろんそんなことはない。類まれなる貴重な長所を持った人間、誠実で繊細な人間、義務に専念し美徳を――少なくとも諸君が美徳と呼ぶものを――実践する人間に出会うことは多々あった。美徳、私の知る美徳とはただ一つ感受性であり、それは他のどの美徳よりも価値のあるものだ。だが感受性を持った人間の何と少ないことか！　他人の不幸に対して、理論の上や素晴らしい本の中でではなく実際に同情することのできる人間の何と少ないことか！　自分には関わりのない不幸に、多くの人間は何と厳しく何と無関心であることか！　救いの手を求める者に与える施しといったら、心動かされることもなく尊大に上から言い放つ「働け、怠け者め！」という言葉だけの人間が一体どれだけいることか！こうした人間たちは、悪徳や怠惰を推奨するわけにはいかないのだから、と言い訳する。悪徳と呼びたければ呼ぶがいい。冷淡で、傲慢で、相手を辱めることなしには善行ができず、その善行も金まかせの優越性を見せつけることが目的の裕福な人間たちよ、もし悪徳を持つ者が食べてはならないのだとしたら、諸君は今宵本当に食べられるのだろうか？

この協定がひとたび採択されると、私は急に物腰を変え、いわゆる若者になった。本来の性質そのものに、開けっ広げで率直になった。友人を作ろうとし、実際作ることができた。大好きだった友人のうち、一人は最近亡くなってしまった。どんな事情も私を彼から離すことができないくらい、私は彼に、自分の最も秘めた考えさえも託していた。はばかりなく言えば彼は私のことをよくわかっており、私を好きでいてくれた。この頃の友人は他にもたくさんいて、彼らはいまも存命だ。彼らとの友情は、私の人生の一時期を輝かせてくれた。彼らとの心なごむ思い出を、私は大事に保っている。彼らのほうでもそうあってほしいものだ。あの頃の友とこの嘆かわしい名声を得た男は別人なのだと彼らが思ってくれたなら！　こう願うのは、死刑宣告を受けた後も私への好意の証を示してくれた者たちがいたし、とくに判決の前には、私が誰より愛し敬ってきた友人の一人がそうした証を示してくれたからだ。小唄「友へ」[*20]は三人の友人に宛てられたものだが、そのうちの一人が彼だ。だからある博学な骨相学者[*21]が私の語ったこととして、私には友人などいたためしがなく友情など信じてもいないと言ったと聞いたときには、憐れみから本当に笑ってしまった。三十男の友情などは信じていない。だが若き日の友情は、そう、信じているとも、熱烈に信じているとも。信じていなかったとしたら、私はまったくの恩知らずだ。すでに述べたことだが繰り返そう。惜しみない友情や献身を強く感じ、理解することのできるのは若いうちだけだ。たしかにこれらは長続きしない。未来を不安な目で見やり、世間で地位を得ようとするようになると、友情や献身はもはや捨てられてしまう。そして利己心が生まれ、若き日の古きよき友人たちは、そのうちの数名の心にのみ期待できることとなる。だが新しい環境で作られる関係などには何も期待してはならない。友情とはもはや中身のない言葉、それどころかみなそれぞれこの関係に利益を見出そうとし相手をだまそうとするものだから、もはや利己心にすぎなくなってしまっているのだ。しかし二十歳の心を信じられないとしたら、世の中はまったく何と気の毒で、何と不幸せなことか！

社交上の私の欠点といったら一つだけ、それもまずめったに友人たちを傷つけることはなかったのだが、それは辛辣さで、私もこれを直すことはできなかった。多くの人の中で私の印象は損なわれた。もちろん度を越してからかうことはなかったから、私の公然たる敵になることはなかったのであるが。友人に対してときおり警句をもらしてしまうことがあっても、いわば意図的にしていることではなかったし、それに必ず本人の目の前でだった。本当の敵を作ったことは、監獄の中以外ではなかったように思う。誰かに対して恩を施す機会はほとんど逃さなかったし、それも自分を犠牲にして、ときには自分でも気づかぬうちにしていたことを覚えている。

## 父との軋轢

数ヶ月経ち、私の下宿がとても高くつくことがわかった父は、家でならもっと安く養えると考え、私を家に呼び戻した。またしても新たな抑圧だった。ついにある日、私はもうがまんできなくなり、父と激しく言い争った後、もう一生戻って来るものかと言い捨てて、怒り狂った男のように家を出た。代訴人のところに戻ればよかったのだ。代訴人のほうでは、私がどうやって生きていこうというのかとかなり心配していた。幸いにも翌日、兄が会いに来て金を置いていってくれた。父の承諾を得て母が持たせてよこしたのだ。これは大きな間違いだった。厳しさとまではいかなくとも断固とした態度を見せて、とにかく私のことなど忘れてしまうべきときは、このときしかなかったのだ。父親の家を飛び出した子どもは、それ以降、父親の庇護と援助を当てにしなくなるものではないだろうか。もし放っておいてくれたなら、私は人にだまされていたとは思うが、それでも私にとって大きな幸せだったにちがいない。それまで作り上げてきた毅然とした揺るがぬ性格上、私は屈することなく何かしら決心して、自分しか頼りにしないことにそのうち慣れたことだろう。そしてあさましい行為などせず、家族の名誉を、せめて姉と妹の名誉だけでも絶対に傷つけまいとしたことだろう。家出は三ヶ月しか続かなかった。元旦を機に、私は家に戻った。

この頃から母の私に対する嫌悪感は日に日にやわらぎ、愛情がそれに取って代わるようになり、その愛情は増す一方で、その後決して失われることはなかった。私も母に愛情のすべてを誓ったが、変わったのはそれだけで、他の癖はもう取れなかった。子どもの頃一度も愛してくれなかった母が、私が肉体的に男になってからは好意を見せてくれたというのは驚きだった。そこから、母が何より不快に思っていたのは、幼年期の印象ゆえに私が母のそばで見せてきた無愛想な様子だったということがわかった。三ヶ月家を空けたあと、交友関係の中で味わうことになった開放的で屈託のない雰囲気で帰って来た私を見て、母は快い驚きを覚えたのだった。

これとは別の状況もまた、母の愛が完全に戻って来るのに役立ったのかもしれない。すでに見たように私には兄の勧めで、というか兄のために、家から金を盗むという癖がついていた。シャンベリーから帰って来た頃、兄はすでに父の会社で雇われており、父の全幅の信頼を得ていた。金を調達するのにもはや私の助けなどいらなかったのだ。そこで、私が再び、今度は自分自身のために盗みを働こうとすると、兄はできるかぎりのことをして、母が私の策略に気をつけるようにしたのだった。兄がそうしていたのは見え見えだった。兄にとってはもう何の得にもならないのだ。二、三度、私は盗みの現場を押さえられた。家族は私をひどく非難したし、自分でもそうされて当然だと思う。だが傑作なのは、私を最初に軽蔑したのが兄だったことであり、私のほうでも兄を告発してすべての恥を兄の上にかぶせることをしようと思えばできたのに、寛大にもそうせず、兄の好きなようにさせていたことだった。

兄も、つい最近他の者たち[*22]が思いこんでいたのと同じように、私には彼に非を認めさせるだけの証拠がないと思っていたのだろう。兄は間違っていた。私はこのときも、そしてこれ以降も、私を貶めようとする者には借りを作らないようといつも注意してきた。兄が気づかぬうちに、私はたしかな証拠をいくつか抱えていたのだ。兄に手加減してやったのは、父と母にひどい衝撃を与えるのを恐れたからだ。二人とも兄をとても愛しており、それは二人の古くからの習慣だった。

兄のことをもっときちんと知って、こんな習慣はもうやめにしたほうがよかったのかもしれない。とくにこうしたことに関しては軽口でも赦さなかったであろう父は。母はもっと寛大だった。そこで、兄が処罰されないままのうのうとしているというのも嫌だったから、私は母に、細心の注意を払ったうえでではあるが、兄と私との間で起こったことのすべてを明かしたのだった。母が事態を深刻に取らないであろうことは十分わかっていた。だから私は母に反論できない証拠をつきつけた。母は私の寛大さに心打たれ、このことを父には話さないようにと私に強く頼んだ。私は母に約束し、その約束を守った。そのため父はずっとこの事実を知らず、まさか自分から最初に盗んだのが最愛の息子だなどとは一度も考えなかったのだった。母はこのことを兄に話して叱ろうとしたが、兄は「うるさいな」と邪険に答えたのだった。

　母の愛情を多少なりとも得られるようになると、その代償なのか、私は少しずつ父に嫌われるようになっていった。この事態については私にも非があったことは間違いない。だが最初の一歩は踏み出されていた。私たち二人の間では、もはやこうなるより仕方なかったのだった。とはいえ、このことで私はいま自分をひどく責めている。この家庭内の新たな対立の原因、それはどんなに強く結ばれた家族もどんなに古く固い友情もむしばんでしまう不和の種、政治だったのだ。

　父が自分の意見にどれだけ頑固でどれだけ過激だったかはすでに見た。ある意味では教皇よりカトリックだった父は、さらに国王より王党派でありたかったのだ。その頃、国王はルイ十八世〔一七五五—一八二四、在位は一八一四—一五と一八一五—二四〕だったが、フランスに帰還したときすべてのジャコバン派を、さらにはすべてのボナパルト派を絞首刑にしなかったということで、父に日々心底から恨まれていた。

少し前に王政復古が成立したばかりだった。この頃まだ私にはいかなる意見もいかなる思想もなかった。至福の王政復古とやらが私に残したものはといえば、永遠の敵たちの首に白いハンカチをふり、「オーストリア人万歳、プロシア人万歳！」と声を嗄らして叫ぶ、町の雅な婦人たちの光景がもたらした印象だけだった。[*23] この時代は間違いなく一つの熱狂、一つの錯乱だった。みな理性を失い、多くの人が、そのあと考え直す時間ができると、自分たちがやりすぎてしまったことを恥ずかしく思うのだった。こうした光景を私はすべて覚えているが、それらは私のものの見方をまだ変えはしなかった。できることなら何も意見など持たずに済ませたかったのだが、一八一八年にそれは不可欠だった。そうでなければ誰もどんな場所であれ姿を現さなかっただろう。そこで私はもっとも愚かしくないと思われた意見を取り入れ、立憲自由主義者となった。だが本当のところ私には政治的殉教者になることなどまずできなかったことだろう。政治にはいかなる熱意も熱狂も抱かなかったし、こうしたいんちきを真面目に取る人々を心の中ではあざ笑っていた。私はといえば自分の意見の勝利のために髪の毛一本捧げるつもりはなかったし、自分の意見に対してさえときおり警句を吐いては、熱狂的な人々の大きな顰蹙を買ったものだった。

だが私が父と同じ政治意見ではないということをまわりにしっかり理解させなければならなかったため、私は、実際に行動したことなど一度もなかったというのに、思っていたよりずっとこの道に巻きこまれることとなってしまった。単に父を悲しませたくないという理由から、私はこの新しい信仰告白を父の前ではいっさい差し控えるよう気をつけていた。だがほどなく中傷家たちが父にこのことを知らせてしまったのだった。

おかげで家は私にとって地獄そのものになってしまった。一日一日が、父が私に吹きかける議論の連続だった。答えないと激怒した。反論するともっとひどかった。善良な王党派であった親友たちでさえ熱烈さが足りないと言ってジャコバン派扱いし仲違いしてしまった父が、私をどんなふうに扱ったのかは諸君の想像にお任せしよう。政治がそれほど真剣なものでなく、それなのにこれほどまでの災難を引き起こすものだとしたら、もはや哀れで笑うしかない。過去の、現在の、そして未来の政治はすべて、だます者とだまされる者、この二語に尽きる。私は政治には意に反して関わったにすぎない。どちらの役もできればご免だったからだ。

### 職場での厄介事

代訴人事務所で一年近くを過ごした後は公証人事務所に入って半年ほど留まり、その後銀行で二年だけ働いた。その銀行の人々はとても真面目だったのだが、私を気づまりにさせる事態が起こってうんざりしてしまったのだ。

手紙を郵便馬車に預けに行っていたのは私と集金係以外に誰もいなかった。ある日、パリの銀行宛ての手紙に千フランの手形二枚が同封された。その日手紙の係をしたのが私と集金係のうちどちらだったか、私は結局思い出せなかった。いずれにせよ数日後、私たちは手形が届いていないという知らせをパリから受けた。自分はやっていないということは確かだったが、集金係はたいそう正直者であったから、彼の無罪もまた私は少なくとも同じくらい請け合えた。このような立場では、まわりが私に疑いの目を向けないのは絶対に不可能だと思った。ほどなく自分の予感が正しかったことに気づいた。そうなると私は自分にとって居心地悪くなったこの銀行を去るべく、できるだけいい形で辞職することにのみ専念した。もしこのときの雇用主が私の最初の詐欺のことを噂で聞いたなら、あのとき自分はやはり間違っていなかったのだと思うに違いない。だがこれ以上の誤りもない。あのとき私の心をそそったものがあったとしたら、それは二千フランばかりの金ではなかった。それにもしそれが事実だったとして、なぜこんにちそれを認めないことがあろうか。私は自分の名誉にならないことでも必ず告白しているというのに。

これとほぼ同じような事件にはすでに遭遇していたが、そのときは直接非難されたという点でより一層不愉快だった。それはさきほど話した公証人事務所でのことだ。退職して一週間後のこと、私はそこの筆頭書記――誰よりも愚かであると同時に、誰よりも軽率な人間だった――から一通の手紙を受け取った。抵当権証明を取って来るようにと言って渡したとかいう十フランの精算を求めてきたのだ。私には、筆頭書記が何を言いたいのかわからなかった。この手紙をたまま手にした父は私に説明を求めた。私は父に、手紙の中で問題にされていることなどまったく知らないと、筆頭書記に家に来てもらって私の前で説明してもらうよりほかないと、それに自分は――このときはまだ――盗人などではないと言った。だが父は言った。「親から盗むような奴はどこからだって盗むだろうからな。」父も自分がかなり的を射ていたとは思わなかったことだろう。私が完全に盗人になるのにあと足りないのは必要と空腹だけだったということだ。その必要と空腹がいつやって来るか、諸君にはいずれわかることだろう。

ここで一つだけ、正直に言っておかねばならないことがある。私もせっかく協調性を見せるようになっていたわけだから、窮乏にさえ陥らなければ、この世で誰よりも正直かつ誰よりも博愛的な人間でいたことだろう。だが私にはつねに大きな欠点があった。それは金の使い方に秩序も規律もないこと、そしてポケットを空にするのが怖いことだった。私はほとんどいつも自分の財力以上に浪費してしまった。だがそれは見せびらかしたり自慢したりするためではなかった。

いつだって不思議に思うのは、人の性格を、とくに私の性格を評価したり判断したりすることには誰より長けていなかった父が、私にいつも不吉な予言をし、それがいつも現実になったということである。

## 放浪の時期

銀行を辞めた後、私はパリにやって来て、文学と政治に少々携わった。いろいろな新聞に記事を送ったが、何も成果はなかった。あるヴォードヴィル劇を上演してもらったのもこの頃だ。すべてが私の手によるものではなく、私は歌の部分を担当していた。パリに行くとき友人の一人が渡してくれた原稿だ。私はこれを、当時流行していて、こんにちでは忘れられかけているある作家のところへ持ちこんだ（この作家がスクリーブ氏〔劇作家。一七九一―一八六一〕だと言う人もいるが、これで彼のことではないことがおわかりいただけるだろう）。私たちのヴォードヴィル劇は上演され、しかも大成功を収めさえした。共著者の名前を明かすことは勘弁していただきたい。彼が喜ばないと思うのだ。ヴォードヴィル劇の題名も明かすまい。なぜなら制作に参加した証として私が添えておいたのは、ただ偽りの頭文字だけだったからだ。

こうしてしばらくの間楽しい独身生活を送ると、軍隊に入りたいという気が起きた。私は偽名で入隊した。だが不愉快な出来事がいくつか起こって、そのうちの一つには完全に腹が立ったものだから、すぐ脱走することにした。私はリヨンに戻った。皆は私が旅をしてきたのだと思い、私がしてきた狂気の沙汰など誰も気づきもしなかった[*24]。軍隊には数ヶ月しかいなかったが、こうした生活は自分向きではないとすぐに感じた。そもそも軍隊では自分のあらゆる主義に反して行動しなければならず、それも一度きりというわけではなかった。自らの意志をここまで犠牲にするなど、私の性格には合わなかった。その後私は再び入隊することになるのだが、いずれその本当の理由がおわかりになるだろう。

しばらくして私はリキュールの行商人となった。仕事はまったくうまくゆかず立ち行かなくなり、私は辞めてパリに戻ることとなった。覚えておいてほしいが、こうした放浪生活を良心が咎めることもなく送っていた私は、いつかは穏やかに生き、愛する文学に没頭するのに必要以上の財産を相続できるものと信じきっていたのだ。無理もない。

とにかく私は再びパリに戻った。全財産はたった千フランだった。私は賭博場に行き、二倍ほど稼いだ。そしてイギリスとスコットランドへの旅に出た。そこではずいぶんと金を使ったが、また賭博で勝った。私は千五百フランを携えてパリに戻ってきた。到着したその夜、賭博場に行ったところ、十一時には一銭もなくなっていた。私は兄に手紙を送ると自分の立場を知らせ、現金をいくらか送ってもらえないかと頼んだ。兄はこの頃には家族の主のようになっていたのだ。兄は私の手紙に説教で答えてきた。私は、もし金を送ってもらえなければ兄の喜ばないような方法で調達することになると、折り返し手紙を送った。返事は来ず、私は叔母のところに行って百エキュ〔五百フラン〕借りた。一時間経った頃にはカード賭博で使い果たしてしまった。再び叔母のところに行くと、親切にも叔母はもう百エキュ貸してくれた。この百エキュには一時間もかからず、二勝負で終わった。

叔母の家に戻るというのは恥ずかしかったため、私は友人の一人から十フラン借りると、リヨンに向けて旅立った。財布に偽の為替手形数枚をしのばせて。ものの試しだった。一万フラン分ほどばらまいた。自分の名前を記しておいたのは最初の二枚、五百フランの手形と千フランの手形だけだったが、それが気がかりと言えば気がかりだった。リヨンに着くと、ただちに全部金貨に換えた。

まさにその夜のこと、私は劇場で兄にばったり会った。私は自分が何をしたか兄に伝えた。私の冷静さとこんな大冒険を落ち着き払って語るようすに、兄は真っ青になった。私は本名で署名した手形がどこにあるかを兄に教えた。兄が自分の名誉のために手形を取り戻そうとするときのことを考えてのことだった。他の手形については、私のところまでたどり着くはずもなく、何も案じることはなかった。私は逮捕されることなど恐れていないことを示すかのように、リヨンで数日過ごしたのち、スイスへと旅立ち、ジュネーヴに行き、そこからイタリアに向かった。ここで私は最初の殺人を犯すことになる。

Vの町にいた頃、私はジュネーヴから来たあるスイス人に出会った。この男は私がジュネーヴで知り合った何人もの人々の話をしてくれたのだ。私たちは同じ宿には泊まっていなかった。このとき私は、フランスのCという町に信頼できる人物を一人置き、手形の問題のなりゆきが伝わってくるようにしていた。だが郵便馬車からだと居場所が知られる恐れがある。そこでこのCの町の人物に、手紙はVの町で知り合ったスイス人の友人の部屋に送るようにと伝えたのだった。しかしこのCの町の人物が何とも下手にやったため、スイス人は手紙が自分宛てだと思ってしまった。彼は封を開けると、手紙をすべて読んだ。かなり曖昧な言葉で書かれていたので何の話なのかはっきり理解できなかったが、それでも私が司法と揉めているという確信を得るには十分だった。スイス人は私に手紙を渡すと、自分が読み知ったことを当局に報告しに行った。それまで私はこのスイス人を、金のこと、それから他のことでも助けてやっていた。そのためこの男の行動は私を憤慨させた。当局の秘書の一人が、私を告発した男は私が気づいているとは思ってもいないようだと教えてくれた。私は何も表情に出さないいまま、その日、町の外で昼食を食べようとスイス人を誘った。そして二丁の小型ピストルを携えて行った。

昼食の後、私たちは少し田園を散歩することになった。私たちは小さな森へと入っていった。私たちが完全に二人きりで、人々の目の届かないところにいるということがわかると、私はこの男に言った。「ムッシュー。あなたは卑怯な振る舞いをした。私はあなたに対して誠実に振る舞ってきたのに、その私を破滅させようと、あなたは私の友人の不手際から知り得た秘密を悪用した。説明してもらおうではないか。」そして私は小型ピストル二丁を取り出した。スイス人は青ざめ、自己弁護しようとした。私は言った。「裏切りに嘘を重ねるものではない。私はすべて知っているのだ。」そして私は、事実はしっかり把握できているのだということが彼にわかるように、彼のした報告を細部にわたって語ったのだった。スイス人は赦してくれと頼んだ。そして自分でも遺憾に思っている、宿の主人にそうするように勧められたのだと付け加えた。まさにこのことがスイス人に対する私の復讐心をかきたてた。彼のへまで、彼以外の人間たちまでが事件を知ってしまったのだ。「好きなように弁明したまえ」と私は言った。「だが私は言い訳など聞かない。ここにピストルが二丁ある。片方は弾が入っているが、もう片方には入っていない。どちらかを選びたまえ。そして同時に引き金を引こうではないか。」スイス人は、こんなのはまったくの人殺しだ、自分はこんなふうに戦う人間ではないと反対した。「そうか。やはり嫌なのか。」こう言いながら私は、弾が入っていると知っていたほうのピストルを右手で取った。「一度?……いや、二度? 三度かな? あなたに腹が立ったのは。」私はスイス人の顔のど真ん中に弾をぶち放った。そして自殺の疑いをにおわせるため、自分が使ったピストルを残し、もう一方を持ち去った。そして悪事をなし終え、悠々とVの町に帰って行ったのだった。

私は宿に荷作りをしに戻り、その夜のうちに出発した。そして再びジュネーヴに向かい、数日過ごして残りの金を使いつくした。だがこの町で、Vの町で起きた悲劇が繰り返されることとなった。

私は、リヨンで破産してジュネーヴに逃げてきた同郷人と同じ宿に滞在していた。彼は無一文で、宿賃がもう払えなくなっており、宿から追い出される寸前だった。私は彼を援助し、窮乏から救ってやることとなった。さて、知り合いのある商売人が私を信用し、分割払いでいいからとかなりの量の商品を託すことにしてくれた。ジュネーヴを発つ前日のこと、その日は商品の引き渡しの日でもあったのだが、Cの町でと同じように、例の同郷人のところにも私宛ての手紙が届いてしまった。同郷人は事実を知ると、ただちに私が取引していたあの商売人のところに行って、気をつけるようにと注意した。このとき私は気晴らしにフェルネー〔ジュネーヴの隣町。フランス領〕に行っていて、何が自分を待っているかなど考えもせずにいた。ジュネーヴに戻ったのは、ようやく前日取り決めておいた約束の時間になってからだった。だがこの商売人が、私とはもう取引できないと、内金として渡した商品の一部を返してほしいと言ったものだから、私はすっかり面食らってしまった。迷ってなどいる場合ではなかった。彼は私を逮捕させるかもしれない。私は嫌な顔一つせずに、この商売人に対してしなければならないことをした。誰のせいでこんなことをする羽目になったのかもわかっていた。私の手形偽造について兄が寄越した手紙を、私が貸してやった金の報いに商売人のところに持って行った、あの親しき同郷人だった。だがこの男は同時に、兄が為替手形を取り戻し支払ったことを私に教えもしたわけだ。私はただちにジュネーヴを後にするとリヨンに向かった。これほど急いで出発する必要がなかったなら、私をこんなひどい目に遭わせたあの同郷人に復讐していたことは確かだ。この男は情報料として五十フランを要求し、私に話す前に受け取っていたのだ。

リヨンではかなりみじめな数日間を過ごした。家からは一スーたりともらえなかった。父の立場がわかっていなかった私は、何てひどいことをするんだと思っていた。

ところが私はさらに侵すべからざる責務を負っていた。親友の一人が、持っていた千五百フランのうち六百フランを貸してくれていた。その彼はこの年除隊しようとしていたのだが、兵役代理人を見つけるためにその六百フランがただちに必要になったのだ。私は最終的に、父が私の厄介払いのためにもうひと肌脱いでくれるのではないかと考えた。そして父に、私が入隊するということだけを条件にこの借金を払い、金も少しばかりくれないだろうかと提案したのだった。最初に入隊したときは偽名だったから、私が一度軍隊にいたことは誰も知らなかった。父は私の提案を受け入れ、入隊証書を持って来たらすぐ払ってやろうと伝えてきた。だがリヨンで入隊するのは嫌だった。私がどんなふうになってしまうのかはできるだけ知られたくなかったのだ。私は母がくれた百エキュほどを手に、グルノーブルに向けて旅立った。母を見たのはそれが最後だった。ああ、あのとき母は私にとって本当に優しい母親だった！　私を待ち受ける未来を考えて、母はどれだけの涙を流したことだろう！　母が亡くなってまだそれほど経ってはいないが、あれ以来母に二度と会えなかった、そのことが私にはこのうえなく悲しいのだ。

## 軍隊生活の悲哀

グルノーブルでは、いつもの習慣に従って、まずは入隊のことは忘れて、知り合いの学生たちとなけなしの金をはたくことから始めた。そしてリヨンに帰るぎりぎりの金しかなくなったところで心を決めた。[*25] 私が選んだのは、ギリシャ戦争に向かう連隊だった。[*26] 入隊証書を手に入れると私はリヨンに戻り、それを兄に見せて父に事実であることを保証してもらうことにした。もう長いこと父と私は面と向かって会っておらず、兄を介してしか連絡を取り合っていなかったのだ。私がしばらく帰って来ないということがよくわかった父は、私の借金を払い、入隊した連隊が駐屯していたモンペリエ〔フランス南部の町〕までの旅費にと金を渡してくれた。その金もヴァランス〔リヨンとモンペリエのほぼ中間にある町〕に着く頃にはもう底をついていて、私は軍隊式に、宿営地をまわりながら、ステッキ片手にモンペリエまで旅しなければならなかった。

私の身なりはほとんど上流社会のそれだった。ブーローニュの森〔パリ西部に広がる森〕を散歩する人のように私がゆったりと道を行くのを見かけると、皆、立ち止まって眺めるのだった。ラングドック地方の夏の酷暑の中、私は田舎道を十八里も、立ち止まらず、何も食べず、しかし疲れもせずに歩いた。ひよわで、ほとんど肉体的な力に恵まれていないように見えても、私はかなり頑健な体質をしていた。寒さも暑さも耐乏も、どんな過酷な状況も私を打ちのめすことはないし、それどころか私から心の平穏を取り上げることもない。不当な行ないや根拠のない侮辱だけが、ときおり私を怒らせ、いつも暮らしているまったき平穏さの中から私を追い立てるのだ。たしかに我慢するのは好きではないが、どうしようもないことに関しては揺るぎない態度で甘んじて耐える。そうする権利があると思ったときしか不満を言わないし、報いられなかったときは、その後もう一切そのことは考えない。

私は連隊が駐屯しているモンペリエに到着した。この二度目の志願は、必要と状況に迫られてしたものであり、何ら信念があってのことではなかった。軍隊の境遇というものは一度体験してみたことがあったが、いかなる点においても自分に合わないということは自分でも納得していた。隠しもしない。軍に戻ったときの私の思惑は、ただここで心穏やかに父の死を待つことだけだった。父が死ねば、もっと自分に合った生活に耽ることができるだろうからだ。私はただ自分を守ること、私を世間で待ち構えているはずの災厄から避難することしか望んでいなかった。だから私は、自分の置かれた状況が変わりでもしないかぎり、完全に受け身の状態でいることに決めたのだ。これは私からすれば、この新しい境遇において唯一幸せでいるための条件だった。だがまたしても不当な行ないの数々をこうむることとなり、腹も立てば完全に嫌気もさしてしまったのだった。私が軍を脱走する原因となった最後の出来事だけをお話しするとしよう。

年末が近づき、四半期分の支給金と明細書を精算することになっていた。私たちのところの会計がなかなか出ないことに気づいた司令官は、伍長も下士官も全員、兵営から外出することを禁止した。だからといって私たちの中隊の仕事がさらにはかどるというわけではなかった。点呼が終わると伍長はとっとと着替え、同じ兵舎にある別の連隊の兵営の扉から外に出て行ってしまっていたのだ。伍長は会計に関しては誰より無気力な男だった。毎晩、伍長が外出しようとすると、私は言うのだった。「伍長殿、ご存じでしょうが我々の連隊は遅れています。とはいえ照合しなければならないわけですから、私一人ではできません。どうでしょう、今晩やってしまうというのは?」伍長は「ああ、明日な!」と答えて逃げ出してしまうのだった。終わらないことは必至だった。伍長もそれがわかっていたので、私を犠牲にして何とか逃げ切ろうという計画を立てた。

クリスマスの日、外出禁止は解かれていた。私は町をひとまわりすると、午後三時になってようやく戻って来た。自分たちの部屋に戻ると、そこには怒ったふうを装った伍長がいて、仕事があるとわかっていながら早々に戻って来なかったとして私を営倉送りにした。私は従った。そして営倉で一時間過ごしてよく考えたのち、伍長に一言、ただちに営倉から出さなければいつもの行ないを少佐に報告する旨を鉛筆で書いて送ったのだった。この言葉に目を回した伍長は、いまのうちに先手を打っておかなければ終わりだと気づき、厚かましくも少佐のところに自ら私の書いた紙きれを持ってゆくと、私に脅迫されたと告げた。そこから今度は司令官のところに行き、事件を報告して私の先回りをした。伍長いわく、私が何もしようとせず彼に仕事を押しつけるものだから四半期の支払いができない、私はいつもそのへんを駆けずり回って遊んでいる、ということだった。そして伍長は私を誰かと替えてほしいと頼んだのだった。

少佐は私に会いに営倉にやって来ると、言った。「君は伍長を非難したようだが、ならば証明しなければならんぞ。」私は答えた。「喜んで、少佐殿。いつなりとお見せいたしましょう。ここから出ずともすでに証明は始められます。今日のうちに帳簿をすべて見に行ってください。そこに書かれているのがすべて私の筆跡であること、そして伍長の手によるものが一文だってないことがおわかりいただけるでしょう。」では見てみようと言って少佐は出て行った。

翌日少佐は戻って来ると、また前日と同じ言葉を、前日よりも少し腹を立てたようすで言った。「昨日言い張ったことは証明しなければならんぞ。」私はまた答えた。「喜んで、いつなりと。」この言葉を聞くと少佐は完全に激怒した。上官に対する告発を証明したいと言うとは、貴様は何と図々しい男だ！　立派な服務違反だ。貴様は委員会にかけられるべきだ。私は穏やかに言った。「しかし少佐殿、証拠を出せと言われたのは少佐殿です。もし逆らったら私は誹謗中傷したということになってしまったでしょう。」すると少佐は愚かしくもこう言った。「証拠を出せと言ったのは、貴様がどこまで厚かましいかを確かめるためだったのだ。」そして付け加えた。「独房十五日間、営倉一ヶ月の刑だ。」少佐は出て行った。

伍長は営倉にやって来ると私を嘲笑った。私は伍長の冗談を喜んで聞いてやった。憤りなど感じてはいなかった。だがもしこのときサーベルを持っていたなら、相変わらず憤りもしないまま、伍長の体にそれを突き刺していたことは請け合おう。その後私は伍長に復讐する機会をずっと狙っていたのだが、確実な機会は得られずに終わってしまった。まわりは私が伍長をひどく憎んでいるものと思っており、伍長に何か起これば疑いが向けられるのは当然私だっただろうからだ。復讐して破滅するなど愚か者のすることだ。

復讐できそうにないとわかると、私は脱走を決意し、実際少し経って実行した。そしてどんな衝撃が自分を待ち構えているかなど疑うよしもなくリヨンに向かった。リヨンに着くと私はまっすぐ家に向かった。誰もいなかった。門番に聞いてみると、しばらく前に出て行ったとは言ったものの、どこへ行ったかは門番にもまったく答えられなかった。リヨンには一人叔母がいたので会いに行ってみた。そして、自分は連隊から脱走してきたところであり、兄に会って相談し、何かしら策を講じるつもりだと言った。「まったく、いいときに帰ってきたものだよ」と叔母は不機嫌そうに言った。「お前の父さんは兄さんと家族みんなを連れてベルギーに行ってしまったよ。お前の父さんは破産して、私も破産させられたんだよ。私も、もう一人の叔母さんも、それから父さんに資金を預けた友だちも何人かね。」それ以上聞くのは無意味なことだと思った。私は自分が何をするのが一番良いかをよく考えるべく、叔母の家を後にした。

様々な状況を思い返してみると、この知らせにもさほど驚きはしなかった。ただ、むろん悪意があってしたことではないにせよ、父が生涯かけて倒産者たちをののしってきたことを考えれば意外ではあった。このことは、考えが一つの絶対的な輪の中に閉じこめられてしまうと、その考えに合わせて行動することがどれだけ難しいかを示している。だが立派だったのは、父が見ず知らずの人はほとんど一人も破産させず、親戚や友人のほうを破産させたということだった。

　リヨンに居続けることはできなかった。私はあまりに知られすぎていた。それに金もほとんどなかった。服も軍服以外持っていなかったし、警察に通報されていることも知っていた。私はあの優しいマリーに会いにフランシュヴィルに行った。マリーは私を実の子どものように迎えてくれて、私はそこで数日間暮らした。やがてマリーは私のリヨンの叔母に会いに行き、私のために金を少しもらってきてくれた。私はそれで一般市民の服を買い、パリへと向かった。パリではここよりもっと安全だとわかっていたからだ。

　パリに着くと私はもう一人の叔母のところへ行ったが、こちらもかなり不機嫌に私を迎えた。我が家の破産で損害をこうむった叔母は、私に対しても感情を害しており、むしろ損害の一部は私によるものだとさえ思っていた。実際、少し前にパリにいた頃、私は兄に頼まれて、父のところに二万フラン預託するよう叔母に勧めており、その二万フランがほとんど失われてしまったのだった。私はブリュッセルの気の毒な母に宛てて手紙を送った。母は五百フラン送ってくれた。この金でアメリカに渡ろうと、私はル・アーヴル〔フランス北西部の港町〕に向かった。だが私は、自分にとって好都合な、思いがけない状況が起こることを当てにしすぎていた。そんな大旅行は五百フランではできないということにほどなく気づいたのだ。

1830年頃のパリ中心部。ラスネールはこの町で貧困に直面した。カネラ画
（Marc Gaillard, *Paris au temps de Balzac*, Presses du Village, 2001）

# 第四章　パリでの犯罪

## 社会との決闘

私は再びパリに戻った。数日も経つと金は底をついて一文無しになり、誰に頼ったらいいのかさえわからなかった。いろいろな職を、いろいろな仕事を探した。だが何も見つけることができなかった。何年か前にしていたように、新聞記事を書かせてもらおうともした。新聞社は私が報酬を要求しなかったときは快く記事を受け取ってくれた。だが報酬を払う記事となるとそうはいかなかった。まさに昔予感した通りではないかと私は思った。気をつけろ、お前に何もなくなったとき、社会は四方八方からお前を追い払うぞ。それが文字通りやって来たのだった。数日後、ついに私は飢えで死にそうなところまで追い詰められた。このときから私は、自らの意志で、盗人、そして人殺しになったのだった。

私のことをよく知りたいと思うならば、ここからは注意して聞いてほしい。私のことがよくわからないとしたら、それはもう私のせいではない。厳密に言えば、社会と私との決闘が始まったのはこのときだ。この決闘は、ときおり私の意志で中断されたが、最終的には再開を余儀なくされてしまったのだった。

私は社会の災いとなることを決意した。だが一人では何もできない。仲間が必要だ。どこで見つけよう。それまで私は、盗人を生業とする人間がどんな者なのか、ほとんど知らずにいた。だがヴィドックの『回想録』を読むと、社会と恒常的な敵対関係にあるこの階級が一体どのようなものか、おおよその見当がついてきた。[*27] 私は自らに言った。私を補佐してくれる者たちを探すならここだ。見つけられるとしたらここだけだろう。だがどうやって？ 私は長いこと考えた。その結果、目的を達成し、私が必要としている知識を得るためには、ああした連中の間でしばらく暮らすことが必要不可欠だと確信した。完璧な構想だった。こうして私は世の中と自分との間に永遠の境界線を引くこととなった。ルビコン川を渡ったのだ〔ユリウス・カエサルがこの川を渡り「賽は投げられた」と言った故事にちなみ、重大な決断をするという意味〕。あとは、あまり重い罰にならないような、たいしたことない盗みを働くのみだった。なすべきことはすぐに見つかった。どんなふうに取りかかったかお教えしよう。

私は貸し馬車屋のところに行き、郊外に行くからカブリオレ〔二人用の幌つき馬車〕を日没まで頼むと言った。金額について私たちは合意した。向うは私のお供に御者を一人つけてくれた。道すがら私はこの御者に、途中で拾ってゆく人がいるからと言って、バール＝デュ＝ベック通りへ、つまり叔母の住む家へと向かわせた。そこに着くと私はあらかじめ用意しておいた手紙を御者に渡し、四階の人にこの手紙を届けてほしい、そうすればその人は一緒に降りてきてくれるはずだと頼んだ。御者は何ら疑いもせず、頼まれた用事をしてくれた。その間に私はカブリオレとともに姿を消し、知人のところへと走らせた。前日その知人に、売りたいカブリオレがあると話しておいたのだ。私はカブリオレをこの知人のところに預け、知人は買い手を探すこととなった。

実際その夜、知人はいい取引先が見つかった、三百フランで手を打っておいたと連絡してきた。買い手の行為は正真正銘、盗品の隠匿だった。カブリオレのトランクを開けた際に、貸し馬車屋の名前で取られた警察許可証が見つかっていた。それに私の状況を考えれば、私がこんな商品を、何らやましいことなく所持できるはずがなかったのだ。ただちに貸し馬車屋のところに行って話を聞くことだってできたのだから、買い手は私よりももっと咎められるべきだった。だが買い手は名士だ。裕福な人間だ。――私は罰せられた。買い手はそっとしておかれた。このように主張する証拠はいくつもある。だが実際のところ、競売吏を隠匿罪で罰することなどできただろうか？

こうして金の誘惑に負けた買い手は、それでも規則通りにしようというのか、領収書を書いてくれと私に頼んだ。私は喜んで書いてやった。それほど私は逮捕されたかったのだ。そのことをもっと証明するのが、すべての取引は証券取引所の近くのカフェで行なっていたのだが、警察許可証が見つかったことを知り、貸し馬車屋が事情を聞かれるだろうと確信してからも、私は落ち着き払ったままそこに通っていたということだ。ひとたび私が領収書に署名してしまうと、約束とは異なり、買い手は二百フランしか払わなかった。

数日後、『コンスティチュシオネル』紙はこのカブリオレのことをかなり詳しく報道した。そのため、買い手の家でこのカブリオレを目撃していた彼の友人は、彼に警告してやらなければと考えた。そして自分が動く以外に方法はないと考え、貸し馬車屋のところへ行ったのだった。その後、当事者たちは証券取引所の近くのカフェに集まった。見逃されてはならないと私が一日中過ごしていた、あのカフェだ。実際彼らは私を見つけてくれた。買い手は私を奥のほうから連れ出すと、貸し馬車屋の前に立たせ、この人を見たことがあるかとたずねた。ところが貸し馬車屋は「いいえ、まったく」と答えた。「いやいや、あなたは間違っておられる」、私は急いで言った。「数日前お宅に伺い、カブリオレを盗んだのは私だ。そしてそのカブリオレはこちらの方に売れたのだ。」一同、仰天。貸し馬車屋は何としてもただちに私を警視庁に連行しようとした。買い手は反対した。むろん私への心遣いからでなかったことは読者もすぐにわかる。

買い手は、私との仲介をした人間から、私にはパリに資産家の叔母がいると聞いており、この叔母が、甥をこうした立場から救い出すために金を払ってくれるだろうと確信していた。買い手は、自分の名声が危うくなるとまでは言わないまでも損害賠償を請求されることを恐れ、示談で解決できたらと思っていたのだ。買い手のもくろみは見当違いなものではなかった。私が彼らとともに叔母のところに行くということを条件に、買い手は原告に、私の逮捕をしばし見送ることを承諾させた。しかしながら叔母のところに行くことを私が拒んだため、彼らだけで行くこととなった。それを待つ間、私は宿に帰してもらえたが、みなが戻るまで彼らの仲間の一人に見張られることとなった。叔母は四時まで考える時間をちょうだいと言い、承諾した彼らは私のところに戻ってきた。そして叔母が金を払うだろうと確信していたあまり、私を自由にしたのだった。

私はといえば、むしろそうはならないだろうと確信していた。むしろ私は、叔母がこんなにも長い猶予を請うことなくただちに撥ねのけなかったことにかなり驚いていた。だがこの間に逃げ出そうとするどころか、私はまたもや落ち着き払って証券取引所のカフェに戻ったのだった。そこへ彼らが叔母から断られて、私を探しにやってきた。私は派出所へ、そこからさらに警視庁へと連行された。

## R氏への不満

私のいないときに裁判で話題にのぼったという、コンスタンとの、つまりバンジャマン・コンスタン〔作家、政治家。一七六七―一八三〇〕の甥との決闘は、この最初の盗みの数日前ではなく、数日後に起こった。*28 だが弁護士のことは赦そうと思う。法廷ではほんの少ししか弁護士に話させなかった。だから彼も、弁護に役立つと思われるものは何が何でも利用しないことには、ほとんど口を開かずじまいになるところだったのだ。私はただ、この決闘はあの盗みよりも後のことなのだから盗みには何ら影響しようがないのだということをわかってもらうべく、こうして注意しているだけなのだ。弁護士が事日付が証明してくれるし、それにこの件に関して私は少しも訴えられなかったのだ。弁護士が事の一部を削除し、別の形で公衆の前に提示したとしても、それが被告の利益になるときであれば、彼の動機は気高いものであり、彼を恨むことなどできない。

だが私がいまなお不満に思ってしかるべきなのは、R氏が執拗に、それもいかにも誠実そうなようすで、あなたのご親切をあてにしてのことなのですがと言いながら、裁判記録の校正刷りの修正を私に頼んできたことだ。[*29] では私が修正したものを彼はどうしたか？　脚注に据えたのだ。私の修正を疑問視し、判断を読者にゆだねたのだ。私の修正を、脚注にしてしまったのだ。R氏よ、私の親切をあてにしていたというのはこのためだったのか？　こんなことのためにあなたは私の他の仕事を邪魔したのか？　私の裁判記録をラ、ス、ネ、ー、ル、の、校、正、を、受、け、た、版だと宣伝したとき、あなたは嘘をついていた。もとの文書は何も変えていないのだから、「ラスネールの校正に背いた」版とでも言うべきだったのだ。

不満に思ってしかるべきことはまだある。それはR氏が読者に向けて、私の『回想録』の抜粋ではなく、選集とでも言うべきものを公表したことだ。この頃『回想録』はまだ始められていなかったわけだから、R氏が書き写したのはR氏自身『回想録』の一部にはならないことをよく知っていた、かなり短い文章にすぎなかったというのに。さらに不満に思ってしかるべきなのは、R氏が読者に、私の詩が出ると言っておいて、実際には新聞に掲載された、しかしだからといって公的財産に属するわけではない私の小唄四篇をまるまる書き写しただけだったということだ。つまりR氏の行ないは私の知的財産権に対する侵害なのだ。上告によりすべての判決内容は一時停止されている。そのため私はまだ民事的にも死亡してはいない。よって私の書いたものは私に属する。あなたは私に対し、もしくは私の権利に代わるものに対し、損害を与えたということになるのだ。あなたもそのことがよくわかっていたからこそ、私の詩と私の『回想録』は私的所有の対象だと認めておられたのではないか。[*30] なぜ抜粋など発表したのだ。ここに来たときに全部盗んでいけばよかったではないか。そんなことをしたからといっていまより不誠実な人間になるということもなかろう。どうしてもどこかで道徳を示したいと言うのならご自身の本の中でその道徳とやらを語り続けたまえ。話を戻そう。

## 監獄での生活

私は何としても監獄に入りたかった。そのために手はずを整えたのだ。だが、どんな職業でもたいてい払うことになるあの挨拶金といったまやかしの類を払うことだけは、できるだけ避けたいとも思っていた。人間がそういうものであることぐらいはわかっていた。私は何に驚くようすもなく、留置場に慣れていることがわかるような雰囲気で入ると、一目置かれるべく、いかにも陰険そうで不満げなふうを装った。払えと言われる前に挨拶金を銀貨で払い、ここでの流儀をわきまえているようすを見せた。すると好奇心の強い連中が私のまわりをうろつきだしたが、「あいつだ」と思い出されたり見抜かれたりするのを恐れている人間であるかのように、私はそっけない受け答えをした。隠すことなど何もなかったのであるが。頂点の人物、つまり監房における有力者と判明した者たちとは話をしたが、やはり慎重なふうを装っておいた。この頂点の連中も、私のことを、何かしら思い出されまいとしている抜け目のない奴だと思った。どうも知らない顔には思えない、あっちで見た覚えがあるぞ、と光栄にも言ってくれる者たちさえいた。あっち、つまり徒刑場のことだ。[*31]私は「そうだ」と取れる言い方で「違う」と答えた。

以来私は敬意を払われ、留置場における参謀のような位置を占めるようになったのだが、会話が長くなるのを避けるため、つねに何か大きな心配事があるかのようなふりをしていた。私は正体がばれるのを恐れていた。一言たりとて隠語を知らなかったからだ。隠語を知らない盗人など石ころ同然だし、そもそもいるはずもない。だから私は自分の立場について考えこんでいるふりをしていた。実際にはこの豊かな言語を頭に叩きこむべく、周囲で話されていることに耳を傾けていたのだ。ヴィドックの『回想録』で覚えていたいくつかの言葉も使いながら、私はほどなく、下手なことを言う心配もなく会話に加われる程度にまでなった。こんなにも意欲があるのだから成功しないほうがおかしい。四日のうちに私は、隠語だけでなく、ほとんどすべての盗みの手口を覚えてしまった。だがここへ来たのは正確にはそのためではなかった。こうした者たちの習俗を知っておきたかったし、私の計画を実現するため、必要に応じてあてにできるような根性のある者を吟味したくもあったのだ。だがそれは数日でわかるようなことではなかった。

フォルス監獄に移ってからもこうした観察は続けたのだが、そこは広くはなかった。[32] 私が起訴されたのが取るに足りない軽犯罪でしかなかったこと、そしてごろつきには見えないということから、私は通称「マドレーヌの庭」に収監されたのだ。ここには密売人、暴行・傷害犯、それにこそ泥が数名いるだけだった。私が求めていたのはこんなものではなかった。居住禁止違反の者も何人かいたが、こうした連中がまったくあてにならないことはもう十分わかっていた。だからせめてビセートル監獄に移してもらえるよう、私はじりじりしながら判決を待っていたのだった。[33] 前科が何もないのだから、せいぜい六ヶ月とふんでいた。私は言うなれば法典を片手にして盗んでいたわけだ。そう、無知から罪を犯したことなど私には一度もない。だが私の期待は裏切られ、一年の拘禁に処せられた。こうして私はポワシー監獄に行かなければならなくなった。[34] そしてその前にビセートル監獄に送られることとなったのだった。判決に心底満足してはいなかった。六ヶ月より長い刑期というのは大きかった。私は自分をなぐさめるために言った。「まあそれでも無駄な時間にはなるまい。」

ご存じのように私はつねに自らの主義、自らの理論体系の中にいた。それまで私は人間たちを軽蔑してはいたが、悪いことをされたわけではまだなかったから、嫌悪することはできなかった。それどころか金がある限り私は人間たちにとって好ましく、親切な存在だった。たしかにかなり浪費はしたが――これさえなければ私は間違いなくいまとは違う行動を取っていたし、将来についてももっと真剣に考えていた――それでも窮乏には陥らないようにしていた。だが、自分に非がないのに一文なしになったとき、自らの素質を活かして正直に、どんな方法であれつつましく稼いでいこうと心から思ったにもかかわらず、どこからも追い出され無視されたとき、そして窮乏と飢えがやって来たとき、軽蔑は憎しみに、深くて心をむしばむ憎しみに変わり、この憎しみで私は人類全体を包みこむようになったのだった。このときから私は個人的利益のためではなく、復讐のために闘うようになった。たしかに楽しんでやっているのだから個人的利益ではあるのだが、それでも自分の幸福のことなどは考えなくなった。監獄に自ら身を投じたことがすでにいい証拠だ。

ところでこの復讐は、私の憎しみと同じくらい大きなものであってほしかった。社会を構成している十人や二十人そこらの血で私が満足するとでもお思いだろうか？　否、私は社会の基盤を、その根底から、つまり厳しくて利己的で裕福な連中から攻撃しようとしたのだ。このことを読者はしっかり踏まえて読んでほしい。そして後で教えてほしい。私の予測がうまくいったかどうか、なすべきことと、人間たちに対してまだ残っていた感情とにはさまれ、しばらくためらったのち、私がうまく陰謀を企み、いくばくかの良い結果を手に入れられたものかどうか。まあいい！　この復讐が達成されたいま、決闘した男が敵を傷つけた剣を拭いながら敵への憎しみも捨て去るように、私ももはや復讐など考えることはないし、誰かの不幸を望むこともないのだ。

観察家だった私は、ついつい自らの洞察力と明智のすべてを傾けて、自ら選んだこの新しい社会の人間たちの心を読まないわけにはいかなかった。それほど当時の私には興味があったのだ。こうした観察をするのに私はかなり適した場所にいたわけだから、アルキビアデスさながらに、私はあたかもこうした人間たちの中で生まれたかのように見えたのだった。[*35] 彼らのやり方はどれも嫌悪感をもよおさせ、一分一秒が拷問だった。だが私は見事に彼らの水準まで下がることができた。ポワシー監獄で私を見た者は、私がその場にふさわしくないとは思わなかったはずだ。本当はふさわしくなかったのだが、私には自ら鍛え上げた鉄の心があった。

ビセートル監獄で、ブレスト、ロシュフォール、トゥーロンの徒刑場行きの者たち、つまり盗みと殺人の名士といった連中に囲まれて過ごしていたとき、私は自分が立てた計画を、とりわけそれを実行に移そうと着手した方法を後悔しかかっていた。実際のところ、これら唾棄すべき連中に何が見られただろうか。自分たちの置かれた境遇、人が自分たちに与えようとする拷問に対する、私にはとうてい感心できない無気力な忍従。死刑相当の刑を受けた者においては、完全な愚鈍化。出所したら何をしてやろうかとすでに考えている刑期五、六、七年の者においては、無謀な夢。数多の囚人の中で私を補佐してくれると心から信用できたであろう人間はほんの四、五人だった。だが彼らを考慮に入れることはできなかった。彼らの刑期は二十年だったからだ。

囚われと監禁がどれだけ人間から気力を奪い、断固とした行動をどれだけ不可能にしてしまうかを、私はすでに知っていた。よく考えもせずに監獄に送られてきて、そこにいる間は習慣上監獄を呪ってはいるものの、この先数年間は囚われの身だということがわかっていながらそのことに怯えないような連中は、何の役にも立たないし、危険な人間ではなくなっている。こうした連中にはもはや罪を犯す勇気もなければ、美徳を行なう勇気もなくなっているのだ。私が探していたのはそうした人間の一人ではなかった。

私に必要だったのは、生まれつき素質を持つ人間、宿命的に罪を犯すべく作られたものの自分ではまだ気づいていない人間、しかし喉から手が出るほど欲しい財産も人を殺せば手に入れられるのだと教えてやるやいなや、なぜ自分はそれを最初に考えなかったのだろうと驚くような人間の一人だった。つまり、まだ徒刑場に行ったことがなく、そこで麻痺してしまっていない人間が、私と私の力を信じるような人間が、私の手の中で思い通りになるような道具でもかまわないという人間が、私の片腕でしかないような人間が必要だった。私はもう片方の腕、そして頭でありたかったのだ。危険を免れようなどという気持ちは、私の性格にも計画にも一歩たりとて入ってはこなかった。反対に私は、これから証明されるようにつねに一番の危険を求めた。

## 骨相学者への反論

　そのようなわけで、隆起と瘤によってしか観察もできなければ論理も作れないような学者先生の一人[*36]が私についてこう言ったと聞いたときは、驚かざるをえなかった。「勇気の欠如は彼をして、いつも殺人を指揮し共犯者に実行させるだけで満足させていた。公判中しばしば繰り返されたこの言葉が思い起こされる。ラスネールは頭であり、アヴリル〔共犯者の一人〕は腕だった。」たしかに自分に認められている以上に犯罪に関わったと主張するのは、かなりこっけいな話ではある。だが読者の前に、この頭蓋骨からではなくこの感情と知能から判断してほしいと言って出てきた以上、すべてをしっかり説明しておかなくてはならない。

　骨相学者たちよ、あなた方はアヴリルが腕だったと言った。ではアヴリルはイタリアのVの町で腕だっただろうか？　サン＝マルタン通り八番地で、一対一で十五分間も格闘して、一生に二度は起こるまいという状況でかろうじて被害者が助かったときも、アヴリルは腕だっただろうか？　私が殺人を指揮するだけで満足し共犯者に実行させていたなど！　いかにも、シャルドン殺しは私が指揮した、だが実行したのは誰だ？　最初に襲ったのは誰だ？　シャルドンの母親を一人で襲ったのは誰だ？　それからモントルグイユ通りで、一人でジュヌヴェを襲ったのは誰だ？　これが殺人を指揮するだけで満足する者なのか？

　あなた方は、闘争力と勇気の性向が私には弱い、もしくは見られないとした。私の答えはこうだ。私は生涯において八度決闘し、そのうち二度は相手を殺した。証人となる者たちはみなまだ生きているはずだ。したがって、一人でも立ちあがりこのように言う者がいるなら言ってみるがいい。私はこの男が震えているのを見ました、この男が激昂とは別の理由から、いつものように冷静ではなくなるのを見ました、つまるところ、この男が恐怖心から動揺するのを目撃したのです、と。否、そんな人間はいないだろう。この世の誰もそんなことは言わないはずだ。むしろ逆に、もし私に異論の余地もないほど絶対的な長所があるとしたら、それは勇気だ。生涯私は一度も恐怖を抱いたことがない。まったく、仮定の状況の中で推論と事実を一致させようとすると、しかもその推論を深めようという努力さえしないとこのようなことになるのだ。先生方よ、ご自分たちの骨相学的な夢の中に私を招じ入れたいと思うならば、別のテーマを考えたまえ。このテーマでは何にもならない。

この話題に入ってしまった以上、最後まで終わらせよう。先生方よ、あなた方は次のように書いた。「もし死刑のかわりに、本もなく光も届かず、どんな会話もできない狭い独房での刑があったとしたら、あなたは犯行を思いとどまりましたか?」――答えは「そのような監獄や隔離は考えるだけでぞっとする。それを考えれば死など何でもない。」いままで私は、質問を避けたことなど一度もない。聞かれたことにはつねにしっかりと取り組んでいる。質問が好みでないときは答えるのを控えるだけだ。ときに、あなた方の問いに私の答えが合致していないことにすぐに気づかない人間がいるだろうか。問いは二つあり、私の答えも二つあったことをあなた方が忘れているということだ。夜に仕事していた仕立て屋が青い服に緑の片袖を縫いつけてしまうように、あなた方は思いつくままに、問い一つと答え一つしか明らかにしなかったのだ。

あなた方はこうたずねたのだ。「死刑を想像することは、本もなく光も届かずどんな会話もできない狭い独房での禁固刑を想像するよりもおそろしいと思いますか？」それに対して私はこう答えたのだ。「そのような監獄やそのような隔離は考えるだけでぞっとする。それを考えれば死など何でもない。」あなた方はなおも続けて、こうつけ加えた。「そうした刑を考えたら、あなたは犯行を思いとどまりましたか？」そして私は否と答えた。ひとたび態度を決めたら、私の態度を変えうるものは恐怖心などでは決してなかったからだ。どんなにぞっとする拷問の光景も、私の態度を変えるほどの力はなかっただろう。会話を忠実になぞるには、その会話をゆがめないために、そして正確に伝えるために、速記人やせめて記憶術の助けを借りなければ駄目な人間がいるのだということを認めるがいい。これであなた方も、私に対する質問の中に、道徳と知能と脳の構造の間にある関係を十分に確認できるようなものが何もなかったことが十分に納得できたはずだ。そのようなものがあるとしたら、それはそれこそあなた方の頭の中だけだ。

　ポワシー監獄で、私はむろん隣人たちの頭を触りに行かずとも、自分のまわりに、ほんの少しの例外を除いて、卑屈、卑劣、無気力しかないことに気づいた。こうしたことに気づくには、自らの経験と、まず私を裏切らなかった人間の心に関する不吉な知識を使うだけで足りた。私が裏切られたのはほとんど意図的にであり、自分のほうに完全に理があることを社会に示したいと思ったときだった。そして自分がだまされていないかどうかを知るためだけに、一種の絶対的な盲信状態に陥るのだった。だまされていることはわかっていた。ほぼ確かだった。だが私は自分に言うのだった。「もう一度試してみよう。」しかし、私から永遠に離れることのなかった若き日の友人たちを除いて、どこもかしこも幻想と偽りの希望だらけだった。この友人たちにはまず頼らなかったというのは本当だ。それでよかったと自分でも思っている。この友人たちのことを考える喜びを、そしてこの友人たちを心の中で残りの人間たちと区別する喜びを捨てなければならなかったとしたら、私は一体いまごろどうなっていることだろうか。[*37]

## 社会に復讐する

二十九日（火曜日）、夜六時。

私たちの上告は二十六日に棄却された。一昨日からそうではないかと思っていたのだが、三十分ほど前に確信した。しかし誰も私に知らせてはくれなかった。とはいえ、心が顔に表れて私にはまるで本を読むかのようにわかってしまう人たちがいる。褒めて言っているのだ。悪人や偽善者の顔は読みづらい。とはいえ感受性があるように見せようと無理すると、その涙にはどこか玉葱のような臭いを発するものがあるのだが。

上告棄却の知らせを受けると、明日、明後日来るとも知れない近い死を想像して果たして自分が恐怖を感じたかどうか、私は自分の心に問いかけた。答えは否であることがわかった。私の信念は変わらない。

一瞬だけ論理を放棄し、ただ自らの感覚に語りかけ、神というものの存在を信じられるかどうか確かめようともした。［私の心も理性も変わらず否と答えた。来世……いや、私にはないと思いたい。神などというものが存在するとしたら、私は自信を持ってその裁きを受けよう。］

だから、いまは書こう。休むことなく書いて、私たちに残された時間を有効に利用しよう。書き始めたものを終える時間があるかさえ、誰にもわからないのだ。だが私に勇気や確固たる意志が欠けることはないだろう。だから詩よ、我が愛よ、お別れだ。君が私にしてくれたすべての親切に、いま一度感謝したい。さあ、手元を照らし続けてくれるこのランプの光を頼りに書いてゆこう。死よ！　お前に私を止めることはできない。お前も知っているはずだ、私はお前を恐れたことなど一度もない。［最後のときまで鼻先で笑ってやろう。］そうだ！　お前がいくらくすんだ瞳で私をじっと見ても、この手の中でペンが止まることはない。よりしっかりと、より軽快な足取りで進むだけだ。

自らをさらけ出すには、こうした状況が必要だった。こうなることを私は望んでいた。それに、誰に対しても悪意や憎しみを抱いてはいない。誰にも復讐しようとは思わない。［この最後の勝利を私は勝ち取ったわけだ。神など信じてはいない。］私は恐れも希望もないままに、ただ意志の力だけで行動するのだ。だが誰にも復讐しようとは思わないものの、意志とは裏腹に、私はまたもや憤りに押し流されてしまうことになるだろう。なぜならこれからたどろうとしているのは、こんにち私が思っていることではなく、かつて私が思っていたことだからだ。

だから諸君に、私の秘められた思い、おぞましく、悪魔のような思い——実際これらは私以外の人間には決して抱けなかったはずだ——をいますぐ伝えてゆくことにしよう。本当はこれは本書の最後まで取っておき、諸君に一滴一滴したたらせてゆこうと思っていたものなのだが。だがその目的が達せられるかどうか確かではないわけだし、もし明朝処刑人が来たら諸君には何もわからなくなってしまうわけだから、そうならないためにもさっさと暴いてしまうことにする。

一八二九年五月十日――自らを取り囲んでいる極貧状態から抜け出すべく、パリの地を踏んで一ヶ月が経っていた。何もおろそかにはしていなかった。ありとあらゆるまっとうなやり方を駆使していた。誰も私が何をしてきたかは知らなかった。私は犯罪者だったが、それを知るのは私だけだったし、私は皆に言っていた。「多くは望みません。立派に生活を稼ぐ手段をください。もう一文もありません。裕福だったはずなのに、貧しくなってしまったのです。もう何もありません。私が飢え死にするのをどうか止めてください。お願いします。」こう懇願するまで私は身を落としたのだ。恥だ！　そしてどこでも、もらえるものといったら軽蔑かあてにはならない約束だけだった。こうした約束は、極貧で死ぬかもしれない人間のことを、扉を閉めてテーブルに戻りシャンパンを味わいながらなおざりにしているうちに結局忘れてしまうものなのだ。こうした屈辱が、私のような人間にとってどのようなものであったか、一体誰に説明できよう。人生という祝宴において最前列に座るべく作られた私が、パンを、それもただもらうのではなく稼がせてくれと頼んでいるパンを断られるとは。

パン！……もはやあなた方からパンなどもらいたくもない。私が闘うのは生きるためではなく、復讐するためなのだ。とてつもない考えが脳裏に湧いてきた。片方には、享楽の中でのらくらと生き、憐れみには心を閉ざす裕福な人間たちの社会が見えた。他方には、贅沢で満ち溢れている人々に、生きるために必要なものを請う人間たちの社会が見えた。私はこの後者の社会と一体化し、この社会の味方となり、この社会そのものとなった。「私はこの社会の仇を討ち、富をその黄金の冠から鉄のはらわたに至るまで震え上がらせようと思った。」彼ら自身のためにも、いつかは裕福な人々が不幸せな人々の苦しみに敏感になるようにしてやろうと考えた。私は自分を犠牲にしたのだ。私は自分に才能と根性があることを――一度もひけらかしたことがないためこの才能はいまだ知られていないが――確信していた。そんな私以上にこの役にふさわしい人間がいただろうか。私は考えた。「社会機構を攻撃するならその根底から、つまりはその道徳からだ。だがそんなこと、私のような性格の人間ほどうまくできる人間はいない。［後悔せずに罪が犯せることを、罪を臆面もなく白状できることを、罪を戦利品にできることを、実践可能な唯物論の体系が確立できることを証明するのだ。］」言うなればこれらすべては私に備わっていた。他のどの人間よりも感受性が強く、他の誰もありえないくらい禁欲的であった私に。

私の論法はこうだった。「考えていても行動に踏みきれない人間は、しばしば自分をはげましてくれるような手本を待っている。その行動をしたいとどれだけ思っても、最初の人間にはなりたくなくて、誰かが道を開いてくれるのを待っているのだ。」世間をよく見て観察してみたまえ。一つの慈善行為には別の慈善行為が、一つの決闘には別の決闘が、一つの自殺には別の自殺が、一つの犯罪には別の犯罪が続く。人間は模倣者だ。警察の記録簿と裁判記録とを入念に照合してみたまえ。誰かが殺人で有罪になった直後ほど殺人が頻発することはないことがわかるだろう。殺人が半年も起きないときは、誰か強い人間が殺人を一件犯す必要がある。その人間は手本を示し、まわりはそれに続くのだ。決心するのにただそれだけを待っている人間が、一体どれだけいることか。裁判所から出てくるとき、人はいつだって入ったときよりも罪を犯しやすくなっている。怪物であるかのように描かれていた犯罪者が実際には他の人間と同じなのを見ると、なぜか犯罪の恐ろしさは減る。なぜかそれまでのように犯罪に対して嫌悪感を抱かなくなるのだ。しかも被告が断固としたようすを見せていたら、それは何という励ましになることか！　人は自らの心に言うのだ。「自分も彼のようになろう。」「自分だって彼と同じ人間じゃないか。」ひとたびこの考えになじんでしまうと、二度とこの考えを追い払おうとはしない。そしてもし犯罪者が、社会は自分に対して過ちを犯したということを証明したら、誰もがこうひとりごちるのだ。「社会は自分に対しても過ちを犯した。彼より手加減してやる理由がどこにあるだろうか？　彼より恐れる理由がどこにあるだろうか？」人間の心の中にはこうしたもののすべてが存在する。違うとでも言おうものなら、諸君は人間というものがわかっていないのだと言ってやろう。

さて、私はさらに考えた。その犯罪者というのが私だったらどうだろう？　高い社会的地位から犯罪者にまで落ちたこの私、社会に対して反乱を起こし、殺人と盗みを体系化してしまう私だったら？　極貧に襲われることになったとき、民衆の心にはどんな衝動が、どんな破壊の考えが芽生えることだろう。ああ、民衆は自分たちが死にそうなのを放っておいた裕福な人間を襲う短剣を握りしめ、私の名を口にするのだ。それに私の死！　諸君は私の死を何とも思っていないのではないだろうか？　私の死は、私がいくつとも知れず蒔いている殺人の種を芽生えさせるのだ。ああ、血の滴る果実を収穫することにならなければよいのだが。私のような人間が恐れも後悔もなしに死にゆく姿は何という光景だろう。私には恐れも後悔も、そのどちらもないのだから。私の死にまつわる反響はどのような衝撃を人々の信念に与えることか。ああ！　反論したところで無駄だ。私はJ＝B・ルソー〔詩人で劇作家のジャン＝バティスト・ルソー。一六七〇もしくは七一―一七四一〕のようにこう言うだけだ。「非難するだけ非難すればいい、それでも何かは残るはずだ。私の何かは残るはずだ。」人間を理解していると思いこんでいるあなた方よ、人間の心の奥まで知っている私が一つだけ教えてやろう。裁判は密室で行ないたまえ。処刑も密室で行ないたまえ。『法廷通信』は破り捨てたまえ。もし私の忠告に従ったなら、私は諸君に悪よりは善をなしたことになるはずだ。

これこそが私の出発点だった。こんにち私に言える者がいるだろうか、あなたは自分の力、ないしは人類の邪悪さに予断を下しすぎたようだ、と。万人に対してたった一人で闘った人間、しかし天性の強さと力を備えた人間、揺りかごの中にいるときから社会から締め出された人間、自分の力を感じそれを「善のために使いたいのに」悪のために使い、すべてを学び深めた人間、善にむくいるためなら二十回でも命を差し出したであろう人間、すべてを感じ取りながらもそれを表現できない人間、しかしその精神にはあらゆる美と気高さが宿り、同類たちを軽蔑しながらも、悪にたどりつくためには他の人間たちが善にたどりつくのと同じくらい葛藤した人間、こうした人間が望みうるかぎりの成功を私がおさめたことを否定できる者がいるだろうか。

だがこうして生涯のうちの五年間を捧げた復讐という目的をようやく達成したいま、なぜ私がこの復讐を後悔しないことがあろうか。監獄に入った後で出会った、ああした感受性の強い人々のことを考えて、なぜ私自身、自らの望みが叶うことを恐れないことがあろうか。ああそうとも！　裕福な人間に対し貧しい人間を反抗させるのではなく、裕福な人間が不幸な人間を助けるよう、私のこの最後の作品が促してくれたなら！

司法官たちよ、私がシュヴァル＝ルージュ小路の胸の悪くなるような光景をあなた方の目の前に描き出したとき、あなた方は心の中で言ったはずだ。「社会の敵は討たれるだろう！」だが私はといえば心の中でこう言ったのだ。「社会は心を打たれるだろう。」……

（三行の検閲）

諸君は私の復讐の目的は、私が行き当たりばったりに喉を掻っ切った五、六人のことだと思っていた。ああ！　イタリアでは死は復讐には十分だった。あの頃は、心にかすり傷を受けただけで、もうまともに考えられなかったのだ。論理的に思考できていなかったのだ。あの日は自分の主義に反していたのだ。諸君だって、いまやこうしたことで私を非難することはあるまい。私が一歩一歩着実に歩を進め、自らが定めた終わりまで進んでいることがわかっているはずだ。あなた方は私を凶悪犯だと言った。それは人を殺したからだ。……

（十八行の検閲）

## 人間と動物

一瞬だけ唯心論者になって言うと、私はあの世というものを固く信じている。だが私の同類である人間だけでなく、同じく知性を持つ動物（ある種の動物たちはある種の人間たちより知性がすぐれてさえいる）にもそれはあると信じている。だが動物にも不死の魂があると私が言ったところで、諸君は私の目の前で動物を殺《あや》めるのを控えはしまい。私がそのことを非難したところで、諸君は冷たく言い放つことだろう。「動物に魂はない。」なるほど、よくわかった。宣言したな。諸君が決めたのだ。これは既成事実だ。……

（六行の検閲）

諸君は動物を物質化した。私はといえば唯物論者だ。［そして動物の魂は不滅ではないと考える。さて、私は唯物論者であるから、諸君の魂にも動物以上の特権は与えない。お互い殺そうではないか。私は殺す。］

いまひとたび動物の魂は不滅ではないということを諸君と共に認めるとして、この点において諸君は、私より不公正でなく私より野蛮でないと言えるだろうか。誰が諸君に、動物の肉体的生に関する唯一の所有権を与えたのか。この所有権は動物たちに認められるべきものであり、何ものも彼らに返してやることはできないし、諸君も何ら埋め合わせしてやれないというのに。これについてもまた、私が諸君を例にしようとしていたことがおわかりだろう。［何だと？　動物は諸君の糧となるために創られたと言うのか？　私は否定する。諸君の習慣からすれば、生きるために動物が必要なのだというのは本当かもしれない。だが私としても生きるために諸君を殺す必要があるのだ。諸君は私にこう言うかもしれない。「もしそうやってしか生きられないと言うのなら、身投げでもすべきだ。それならまだ正しい」と。私もこう答えよう。もし動物を殺さずには生きられないのなら、そちらも自害すべきだ、そうでないなら鳥のように殺さずただ死体を食べて生きよ、と。］

だが諸君は、たいていの場合こちらに危害を加えてこない動物たちを、食べるためにただ殺すのではない。食べるのと気晴らしするために苦しめようと言うのだ。人間たちがこの嫌悪すべき手口のために調教し追尾している二十四もの別の動物に追われ、疲れきって息を切らし、恐怖に取り乱した目で平原を駆け抜ける、美しく気高い動物を見たまえ。猟犬の群れにやがて追い詰められることになる、哀れな鹿だ。猟犬たちは鹿が狩人の前を通るように仕向ける。狩人は、しようと思えば一発で仕留め、臨終の苦しみを終わらせてやることもできる。だがそんなことはしない。楽しい時間が短くなってしまうからだ。もうおしまいだ。鹿は追い詰められる。そして迫りくる死に涙を流す。どうか赦してくださいと懇願する。だが人は憐れむことなく、鹿の喉を切る。それも丸焼きにした鳥を切り分ける給仕長と同じくらい、手元を狂わせることもなしに、生きたまま解体するのだ。人間たちよ、諸君は自らの上品な味覚に合わせて動物の殺し方を考え出した。

［諸君は私よりも残忍だ。］

そうとも、人間を殺した私が言ってやろう。私は、何であれ生き物が苦しむようすを冷静に見ることは一度もできなかった。［死をあの世への橋渡し役と見るにせよ、死が完全な消滅をもたらすものであるにせよ、］死は私にとっては何でもない。だが苦しみは恐ろしい。自分自身の苦しみよりも、他人の苦しみが恐ろしい。私は他人よりも苦しみに耐える力を持っているはずだからだ。誰かが苦しむようすは、それが自然災害の結果であれば私を苛み、どんな人間であれ人間が人間に課したものであれば私を憤らせる。そして私は、虎に貪り喰われる人間よりも、肉屋に喉を切られる子羊を見てさらに憤る。動物は機械であると学問の高みから言い放ち、置時計のばねをきりきり言わせて遊ぶ子どものように楽しみのために動物を苛む権利を人間に与えてしまった最初の哲学者よ、恥を知れ。もし私が国家の絶対的支配者であったら、無意味に人間ないし動物を苦しめた者は、死刑ではなく、何よりも恐ろしい拷問に処したことだろう。それに言っておく。もし人間の喉を掻っ切る前にその人間が苦しむ姿を見なければならなかったとしたら、私には決してできなかったはずだ。被害者に向かって短剣を振り上げたとき、もし被害者に「命だけはお助けを」と言われたら、懇願されたら、私の腕は力なく降ろされたことだろう。……

（十行の検閲）

唯物論者の弁明

……は、人間に与えてやらなかったパンを犬に投げ与えたとき、裕福な人間たちを震え上がらせることになるだろう。繰り返すが、私は苦しみというものが本当に恐ろしい。そのため復讐の権化である私も、敵が苦しむときは赦してやるのだ。苦痛を和らげてさえやるだろうし、幸せそうな姿が見えるときまでは追わずにおいてやる。だが諸君は、苦しみは合意の上のものだとし、自分に似た者の苦しみしか理解しない。だから、嘆かわしい政治的自由などのために殺し合いをするし、サン＝ピエール〔カリブ海マルチニック島の町〕では人々は「用途による不動産」として扱われるのだ。彼らが苦しもうと関係ない。彼らは黒人で、諸君は白人なのだから。というより、諸君には、いつか自分に訪れる苦しみしか理解できないのだ。たしかにロック〔ラスネールの裁判記録を公表した編集者で、前出のR氏〕氏よ、あなたがこう言ったとき、あなたは人間の秘密を暴きだしていたわけだ。「殺人は恐ろしい。一般的に被害者の置かれていた状況が、自分たちを取り囲む、もしくはつねに自分たちのまわりに生じうる状況と類似しているとき、いっそうの恐怖を感じさせる。」そう、これが人間というものだ。

ここまで述べてきたことから、私は殺人を正当化しようとしているのだろうか？　そんなことはない！　私はただ人間たちの残酷さと、一つのことをこちらでは禁止し、あちらでは認めるという一貫性のなさを証明しようとしているだけだ。むしろ私は殺人と人為的な苦しみをこの世から完全に排除しようとしているのだ。殺人！　唯物論は殺人を認めるどころか、自然の第一の原理であり条件である絶対的な必要性や自己保存のための場合をのぞいて、何よりひどい不公正だとしている。諸君の肉を食べるために諸君を殺す虎を正当化してくれるのも、また逆に、死なないためにその虎を殺すとき諸君を正当化してくれるのも、この自己保存という考えだ。そうした場合をのぞいて、殺人は正当化されない。そうでなければ死刑は人を殺すための何よりうまい口実ということになってしまうだろう。だが諸君は人殺しを恨みながらも、自分たちが殺したものの死体を、良心に苛まれることなく日々足蹴にし、歯でかみくだいている。諸君は血を出して苦しんでいるものの上を日々振り返りもせずに歩いている。そう、私は殺人を説き勧めようというのではなく、諸君が自分たちのために自然界に打ち立てた残酷な秩序に対して抗議しようとしているのだ。この抗議文を、私は他の人間たちの血でしたためなければならなかったのだ。なぜならこの抗議文は私自らの血で署名し、封をしなければならないとわかっていたからだ。私は裕福な人間たちに恐怖の宗教の福音を説こうとしている。愛の宗教は彼らの心に何もなしえないからだ。

それなのに諸君は、私が金を手に入れるためだけに殺したと考えた！　ああ、もし私の心の中が読めたなら、秘められた自殺の意志が読めたはずだ。私が幸福を享受することを拒まれていた一八二九年、自らが体現していたあの一部の社会にとって有益な、華々しい自殺の意志が。

それなのに諸君は、私が共犯者の二人を破滅させようと自ら罪を認めたのを見て、ただ復讐のためだけに行動しているのだと考えた。たしかに復讐だ、だがやはり私の言っている意味での復讐だ。私は悪党どもに、団結が、誓いの遵守が彼らの力になることを示すとともに、秘密をもらすとどうなるかという例を見せてやることで、社会をさらにもう一歩不利にしてやろうとしたのだ。こうした展望に比べたら、共犯者たちへの個人的な復讐など二義的なものだったが、この展望と当時の個人的な利益とを合わせてしまうことにしたわけだ。そのきっかけを彼らがくれたことで、私は満足の至りだった。だがもしそうでなかったとしても、私は共犯者たちを裏切ることなく、自分に罪があるのだと断言したことだろう。私はいろいろと暴いてみせたし、それらはみな真実であったわけだが、その中で私が重視していたのはこの目的だけだったのだ。その最たる証拠に、すでに気づかれていることではあるが、私は他にも証拠を握っており、それらを墓場まで持ってゆこうとしている。このことは、もし私に対して誓いが守られるなら私もその誓いを守るのだということを保証してくれるだろう。

私のことを知りもせずに、私の協力を得ることもなしに判断しようとした道徳家や観察者たちよ、いまこそペンを準備したまえ。私がこのようにしかるべき時より前に素顔を見せて、最後の言葉を語るとは思わなかったのだろう。さあ、唯物論が私の犯罪の原因だったのか結果だったのか議論するのだ。私が話したことを報告し、一つ一つをつなげ、あなた方の理論体系に合った人間を作り出すのだ。それは決して私ではないはずだ。私の率直さを讃えるがいい。諸君の論説にはまったく笑わせてもらった。ありもしないものを、本当にあるかどうか確かめる前に議論していたのだから。

それから骨相学者たちよ、もう少し努力したまえ、しかし急ぎたまえ。もう一度私の頭を触りに来るのだ。もしかしたら今度は闘争心の器官が見つけられるかもしれない。

ところで社会の一部に対して培ってきたこの深い憎しみにもかかわらず、感受性が強く公正で慈悲深い人間たちと関わる機会があるたび私の復讐はいっとき中断され、行き着くところまで行ってしまったときは復讐を後悔するのだった。愛するか憎むか、私の人生はこの二語に尽きた。なぜみなを愛することができなかったのだろう。

しかしながら、こうして復讐に情熱を燃やしていたからといって、成功する望みもなしに、もしくは逮捕されるとわかっていながら人を殺したわけではない。そう、私も人間であり、自己保存という考えがそこまで弱まることはなく、ただこう考えながら危険に立ち向かっていたのだ。「最終的には復讐だ。だがそれまでは、運が味方してくれるかぎり、他人を犠牲にして楽しく生きるとしよう。」そうは言ってもやはり監獄で命を消耗したくはなかった。そこで、ある計画の遂行中――長く拘禁されることは確実だった――もし逮捕されるようなことがあったら自らこの身を売り渡せるよう、とにかくまず殺人を犯そうとしていたのだった。私が失敗したかどうか、判断はまかせよう。殺人は一人ではできないと感じていた。自分に肉体的な力が十分にないことはよくわかっていた。しばらくのちにサン＝マルタン通りでジャヴォットの殺害に一人で取りかかったとき、この女を救ったのも、ひとえに私の腕力の弱さだったのだ。たしかに私の心を傷つけた者と十五分も格闘するのは、当時としては気力も要することだった。あれは生涯で最も自分自身と格闘した瞬間の一つだった。それでも私は冷静さを保っていた。

# 第五章　社会復帰の試み

## 叔母とL氏

ポワシー監獄に着いてしばらくすると、私はこんなにも衝動的に、それも目的にほとんど近づけないというのに、こんなところに閉じこめられてしまった自分の愚かさに腹が立った。自分とほぼ同時期に釈放される者たちを真っ先に観察したが、彼らとは何一つ共にできるわけがなかった。少しでも気力のある者たちはずっと後に出所することになっており、そうそう早く再会できそうになく、彼らと関係を築いたらこちらの身が危うくなりかねなかった。自分の計画がこの点において失敗したとわかると、私は計画を後回しにし、もはや考えなくなった。そして詩作に完全に没頭したのだった。詩は心をやわらげてくれた。この頃作ったものを取っておいたものなど一つもない［が、かといって価値のないものだというわけでもなかった］。白状すると、いったん復讐という考えが鎮まると、私は［自分とは切り離された］世間のことなど完全に忘れてしまい、別の熟考にふけり、本の助けを借りずに昔の学業を再開し、かつて人生を輝かせてくれたもの、私のそれこそモノマニー、すなわち詩に再び没頭したのだった。情熱を思う存分発揮し、気まぐれの限りをつくし、私は再び幸福に、もしかしたら世間で暮らしていたときよりもずっと幸福になった。このことで人が腹を立てようと感動しようと、詩には、とくに抒情詩には、我々を人類を越えたところにまで引き上げ、囚われの生活をも輝かせる何かが、独居し一人でも満ち足りていられる、人間を生活のさまざまな心配事から守ってくれる何かがあるのだ。

こうして私はただ詩を作ってばかりいて、その他の労働の類はみなおざりにしていた。というより実際のところ、どうしていいのかまったくわからなかったのだ。私の場合、何かをうまくいかせるためには強い意欲が必要だったと思うのだが、労働には意欲を感じていなかったのだ。しばらくして［別の判決のときに］私は、必要に迫られれば自らの手を使って働くこともできるのだということを、ポワシー監獄で証明することとなった。必要、それは私が唯一認める法律、私よりも唯一上にある法律だ。

私が逮捕されてからというもの、叔母はフォルス監獄の私に宛てて手紙を書き、頼んだわけでもないのにいくらか金を送ってくれた。ビセートル監獄でもポワシー監獄でも、送金を続けてくれた。そのため私には、肉体労働はほとんど必要なかったのだ。

フォルス監獄で私は、まったくの偶然から、フランスでも指折りの博愛家と知り合った。（名指しはすまい、すでに故人だ。[*38]）フォルス監獄に勤めていたある男に強く頼まれて、私はこの博愛家に一篇の詩を送った。博愛家の返事は私に金を送ることだった。私は断りかけたが、使い走りの男が金を持ち帰りたくないと言うので受け取ったのだった。私はこの博愛家の某氏に手紙で礼を述べるとともに、もしまた何かを送ってもらっても受け取るつもりはないことを伝えた。しかし数日後、私はまた［断れない形で］金を送られ、手紙を受け取った。その中で博愛家は私に、出所したら会いにきてほしいと願うとともに、私の役に立ちたいという自らの強い思いと好意のかぎりを保証すると言っていた。しばらくして私たちの文通は中断された。私はフォルス監獄から移されたのだ。

ポワシー監獄を出所する三ヶ月前、私の心は以前ほど恨みを抱いてはいなかった。ポワシー監獄では幾多の悲しみを、幾多の裏切られた希望を目の当たりにした。苦しんでいるのは自分一人ではなく、誰よりも苦しんでいるのは自分ではないということを知ったのだ。私には自分を支えるもの、すなわち、しようと思えばいつでもできる復讐があった。だが彼ら、死を望む勇気のない囚人たちが自らをなぐさめるために持っていたものといったら何だったろう。それは、このみじめな人生を遅かれ早かれ監獄か徒刑場で終えることになるという考えだ。私は彼らを哀れに思うと同時に軽蔑していた。そして私は、社会に戻る努力をしてみようと本心から思うようになったのだった。某氏、あの裕福な博愛家も、出所したら私のことを考えてくれると約束したではないか。裁判にかけられる前には、こんなにも好意的な申し出をしてくれた人はいなかった。こうして私は、きっと監獄での不幸な経験も完全に無駄にはならないはずだと期待していたのだった。

いつも私に便りと金銭的な支援を送ってくれていた叔母、そして私を助けてくれるものと少しばかりあてにしていた叔母であったが、釈放される二ヶ月前になると便りをよこさなくなってしまった。叔母の助けを最も必要としていたのはこのときだったというのに。獄中で働いていなかった私には、着るべき服も金もなかった。私には叔母のふるまいの原因がわからなかった。後になって事情をよく知る人たちからその理由を聞いたのだが、このとき私と叔母の間には鉄の壁が立ちはだかっていて、その壁というのが医者のL氏だったのだ。L氏はすでに私のことを話しているから、私もこの人の話をするとしよう。L氏は言った。自分はあと少しで私の家族と縁組するところだった、しかし私が悪意を見せたためできなかったのだ、と。真実はこうだ。

L・E氏（その性格をうまく喩えようとするならボーマルシェのベジャルス以外にない[*39]）は、まさに持参金と相続財産を追いかける男だった。彼は叔母の夫、つまり叔父の結婚前からの主治医だった。治療してやっていた叔父が死ぬと、L氏は未亡人となった叔母にひたすらつきまとい、家族同様の親しい友人となった。彼は一日も欠かさず叔母を表敬訪問し、無料で診察したり助言したりしたのだが、それは損得勘定あってのことだった。叔母は莫大な寡婦資産のほか、自分の財産も持っていて、L氏はそれに目がくらんだのだ。だが叔母は強情っぱりで、再婚する意志はなかった。そこでL氏は別の方向に目を向けた。叔母から日々聞かされていた話のおかげで、私の家族のことはわかっていた。他の人間と同様、L氏も父を非常に裕福な人間だと思いこみ、私の姉か妹に求婚したい気持ちに駆られたのだ。

その頃私はまだリヨンにいた。ある日、私たちのところにパリから手紙が来た。叔母からだった。中にはもう一通手紙が入っていた。医者からだった。叔母は父に、三番めの娘のために素晴らしい結婚相手を見つけたと言って、このお気に入りの男の長所と才能を長々と書き連ねていた。

しかしL氏の手紙からはそうした心の持ち主であることは伝わってこなかった。手紙の中でL氏は自らをほめたたえた後で、叔母の話を聞き、そして叔母が描き出す魅力的な姪を思い浮かべ、自分は激しい恋に落ちてしまった、彼女なしに幸福などあり得ない、と父に書いていた。もちろん人間の思いというのは驚異的なものだから、百二十里を飛び越えて強力に作用した。父がこの手紙を大声で読み上げたとき、私たちは皆笑いころげそうになった。私たちの間で、このお医者様は金の小箱に恋しているのだということになった。父は丁重に、しかし相手に期待させないように、渡せるような持参金もないし、それに求婚者が持参金目的であることも察している、選ぶとしたらあなたではない、と返事をしたのだった。すでにパリに行った従兄弟の一人が、この医者がどんな人間か詳しく話してくれていたのだ。医者は二度と手紙をよこさなかったが、それでもやはり叔母を取り成し役にすることはやめなかった。こちらも、どんな理由があろうともあなたと結婚させるつもりはないと返事せざるを得なかった。

それからしばらくして、私自身パリにやって来ることとなり、この小サングラド[*40]の物腰と態度が、その書簡の文体と完全に呼応していることがわかった。それはきわめて滑稽な、一風変わった小男で、あるときは衒学者のように重々しくもったいぶり、またあるときはセラドン[*41]のように退屈でさも優しげだった。自然によって作られただけではまだおかしさが足りないと思ったのか、彼は人工的なものの助けも借りていた。帽子をかぶることは決してなかった。五センチほどの高さしかないフェルト帽を一つ持っているだけで、それをモリエールの侯爵のようにいつも小脇に抱えていたのだ。帽子が乗るべき場所には逆立った髪が見事に密集していて、まるでリケ[*42]のような雰囲気を与えていた。彼が通り過ぎるのを見て振り返らない者はいなかった。一度彼は私を連れて一緒にロンシャンに行くという悪ふざけをした。恥ずかしかったわけではないが、彼が物見高い連中に喜劇を披露してやるものだから思わず慌ててしまった。フォワ将軍[*43]の埋葬の日、彼は哀悼の意を表するため床屋に前髪を切らせ、フェルト帽をかぶった。それからというもの、誰も彼に注目することはなくなったのだった。こうしたことはしかし、意地の悪い人間でもない限り、ただおかしいというだけの話だ。私は彼が身体的にどういう人間かを描き出した。今度は彼の精神を描き出す番だ。

　パリに着くと同時に、私は最先端の治療が必要な病気を発症した。良性腫瘍で、切除するよりほかなかった。L氏はその手術をしようと申し出てくれた。私は決められた時間に彼の家に行った。彼は銀を溶かして作った硝酸塩を手に取ると、それで腫瘍の一つをたいそう入念に焼きはじめた。この石の効果を私は知らなかった。そこで、そのときはまだ何も痛みを感じていなかったものだから、私にやらせてくれないか、そうすればもっと早く終わるはずだからと言った。彼は私にこの硝酸銀棒を渡してくれた。そして私はさっさと焼き終えてしまったのだった。だがこのときならず者は心ひそかに笑っていた。その後私は十五分ばかり彼と一緒にいた。しかし十五分が経った頃、耐えがたい痛みが襲ってきた。私にできたのは、彼の家を出て階段を降り、辻馬車を呼んでもらい、叔母の家に連れて帰ってもらうことだけだった。私は身動きもできず激痛に苦しみながら、四十八時間もの間ベッドに横たわっていた。その後私を殺しかけたこの男に会うと、彼は、私が苦い経験をするのを見て楽しもうと思った、そして一つ灸をすえてやろうと思ったのだと言い訳した。彼は医学をこのように捉えていたのだ。彼は私を生涯で唯一肉体的に苦しませたのだ。

叔母には二人、別の姪がいた。それは財産のない兄弟の娘だった。叔母は上の娘を家に呼びよせた。だがこれは医者にとっては得なことではなかった。相続上の競争相手が現れたのだ。私たち兄弟はと言えば、二つの理由から彼には何とも思われていなかった。一つは私たちがそこに住んでいなかったからであり、もう一つは彼が私たちを裕福だと思いこみ、そのため叔母も良心の咎めなく彼を優先してくれるだろうと思っていたからである。そこで彼は、こうしたご立派な稼業の人々にしかできないあらゆるけちな手口でうまくやり、最終的に叔母と姪を仲違いさせてしまったのだった。もちろん、その前に姪の誘惑を試みなかったわけではないのだが。

このお医者様だが、一八二九年、父の破産を知ったときはどうなっただろうか？　希望はすべて潰えてしまった。叔母の資産はほぼすべて失われ、もはや終身年金が残るのみとなった。彼のような性格の人間は、友人の年金などには価値を認めない。それゆえこのとき以来、彼は私の家族に対し激しい憎しみを抱くようになったのだった。そしてこの憎しみを、根は善良ではあったものの少しばかり金に執着していた叔母と分かち合うのは、彼にとって難しいことではなかった。もっとも叔母は間違ってはいない。生涯かけて貯めてきた成果が、途方もない背任によって消えてしまったのだから。私が逮捕されたとき、L氏は、私を見捨てて運に任せるよう、そしてもう一切私に関わらないよう、叔母を容易に説得した。しかし叔母の心は医者のこの立派な忠告よりも強く訴えかけ、叔母は医者の知らない間に私に毎月送金してくれていたのだった。私の釈放の時期がまもなくという頃になると、医者は私がやって来ては状況がもとに戻ってしまうと考え、叔母にパリを離れ、自分の叔父の一人が所有する二十里離れた小さな農村に隠居する決心をさせた。医者は自らのために叔母をそこに閉じこめたわけだ。ポワシー監獄を出所する二ヶ月前、叔母からの手紙が一通も来なくなったのはこういうわけだったのだ。しかしパリを発つ前、叔母は牢番に、甥に渡してくださいと言って何着か服を置いていってくれていた。私は出所の数日前に折よくその服を受け取った。それがなければ、あやうく素っ裸で出て行かなければならないところだった。監獄の出口で全財産として受け取ることになっていたのは、たった五フランだったのだ。

## 代筆屋になる

自由の日と呼ばれるこの素晴らしい日は、私に何ら喜びも楽しみも感じさせないままやって来た。社会との闘いを始めなければならなくなるのか、それとも社会の役に立つ一員になれるのか、はっきりしなかったからだ。パリに着くと、とにかく私は大急ぎで医者の家へ行き、叔母の住所を教えてもらおうとした。医者は拒んだ。しかも私に向かって侮辱の言葉を大量に投げかけ、私の家族も私もみな泥棒だ、全員徒刑場に送られるべきだとまで付け加えたのだった。叔母はまだ生きていけるし、寡婦資産だってある。だが医者には何が望めただろう。私は多くの知り合いを訪ねたが、私が監獄にいたことが知られていたわけでもないのに、やはりどこでも以前のように拒絶された。例の博愛家のところに自ら手紙を持って行きもしたが、博愛家は面会できないと言ってよこした。数日もすると、私にはもはや何もなくなってしまった。切り詰めるところまで切り詰めようと服を売り、もっと悪い服に替えた。こうして得た金でほんの少しの間は生きのびられたが、ついに困窮の極みに達した。

飢えがやって来た。私は三日間何も食べず、夜は泊まる場所がないので歩き回って過ごした。もう一度知り合いを何人も訪ね、それから博愛家にも再び会おうとしてみた。彼らに頼むのは、もはや仕事ではなかった。私は彼らに「腹が減っているのです」と言うまでになっていた。これは本当のことだった。十字架にかけられたキリストの叫びだった。そしてこの叫びを発したのは私だったのだ。日に四オンス〔百二十グラム〕のパンもあれば生きられる私が！　そのたった四オンスのパンを稼ぐだけの力と能力はあると思っていたこの私が、パンも仕事もすべて断られていたのだ。ああ！　もし私があのとき復讐を夢見ていなかったなら、私は通りがかった最初の人間を殺し、こう叫んだはずだ。「そうだ、殺したのは私だ！　あなた方は私が生きようとするのを拒むのだから、私を殺すがいい！」自殺については、考えもしなかった。自殺などしたら、あまりに気前がよすぎただろう。戦場では、大量の傷を負った者は、剣を持つ力があるかぎり戦いつづけなければならない。敵の弱点に気づくことだってあるのだから。

完全に絶食して三日めの夜、私は最初の連隊で知り合った若者に偶然再会した。私は自分の状況を訴えた。彼も仕事がまったくうまくいっていなかったが、それでもできるかぎり助けてくれた。しかも代筆屋で仕事を探すという、私が思いつきもしなかった考えを授けてくれたのだ。こうして私はその夜、仕事を求めてさっそく露店という露店を駆け回ったのだった。

仕事が見つかったのはパリで屈指の事務所の一つで、立地条件もよいところだった。ここで私はたくさん稼いだ。かなりの敏腕だったのだ。七月革命からそう経っていない頃で、あちこちから請願書が提出されていた。職と仕事を求めての熱中、熱狂だった。人は四方八方から「俺にくれ！　俺にくれ！」と叫んでいた。ある者は言っていた。「俺は前の政府に陰謀を企てたことがある。」「俺なんて有罪宣告を受けたことがあるぞ！」「俺は被害者だ！」「俺なんか国王の警備隊をいっぱい殺してやった！」「こっちはスイス人傭兵をいっぱい殺したぞ！」「俺に略章をくれ！」「俺に十字勲章をくれ！」「俺に手当をくれ！」何という光景だ。ああ、もし私があのとき人間というものを知らなかったとしても、きっとすぐ、いつも自分の目に映っていたように人間を判断したことだろう。こういった状況において代筆業というのは素晴らしい職業だ。匿名の手紙、裏切り、悪意、悪行、それに詐欺、すべてが代筆屋の管轄になる。わずかに羞恥心が残っていたり、ごまかしたりする者が幾人かいたとしても、代筆屋はほんの少しの勘ですべて見抜いてしまう。代筆事務所はまさに告解場で、代筆屋には人間のあらゆる不正行為がわかってしまうのだ。この生き方は私に完璧に合っていたし、私の趣味とも調和していた。観察し、誰にも従属しない生活！

しかしまたしても、私のせいではないのにこの生活を棄てなければならなくなってしまった。事務所の経営者はかつて軍人をしていた。そして昔の仲間の一人がアルジェからパリに帰還してきた。しかし生活手段がないため、彼に頼んできた。他に与えられる手段もなかった経営者は、この仲間に、私の仕事を引き継いではどうかと提案したのだった。私としては何も言えなかった。

経営者はそれまで私のことなど知らなかったから、一人の友人のために私を犠牲にしたのだ。当然のことだし、経営者を恨みはしなかった。

こうして私は再び路上に放り出されることとなった。再び仕事を探しはじめたが、見つけることはできなかった。貯めたなけなしの金で食べる私の前には、またしても恐ろしい飢えが待っていた。

## 盗みと賭博の生活

ほとんど金が尽きかけていたある日のこと、私はポワシー監獄での古い知り合いに会った。二言三言交わしたのち、私の置かれた状況を知った彼は、ちょうどその日実行されることになっていた合鍵を使った盗みに加わらないかと提案してくれた。実行犯は彼も含めてすでに二人いたのだが、仲間に私のことを保証し、三人めになれるよう説得してやるということだった。私は少しの間ためらったが、それは良心の咎めのせいではなかった。逮捕され、徒刑を宣告される危険があったのだ。ではどうしたらよいか？　何があっても監獄に戻るのは嫌だった。ああ、もし告白できるような立派な殺人の一つでもあったなら、私はためらうことなく盗んだだろう。なぜなら逮捕されて自分が何をするかはわかっていた、処刑台を強く望むのだ。だが徒刑は違う。徒刑宣告は注目などされない、私は何の役にも立たなくなってしまうのだ。しかし必要とは何よりも強いもので、結局私は提案を受け入れることにした。その夜、私たちは二千フランを三人で山分けした。こんな大金を手にしたのは久しぶりのことだった。私は家を借り、家具を備え、しかるべき生活ができるようになった。

半年間、私は楽しい生活を送った。すべてがうまくゆき、危ないことなど一つもなかった。計画はかなりうまく練ったので、仲間たちを除いては、誰も私が何者でどうやって生きているのか知ることはできなかった。この半年の間、私は多くの盗みを犯した。一番多かったときは、私の取り分だけで六千七百フランあった。こうした盗みは、どんな殺人よりも私の心を傷つけたし、どんな殺人よりもいまなお良心に重くのしかかっている。しかし私は裕福な人間しか相手にしないようにしていたし、不幸せな人々は助けていた。無駄にはならなかったいくつかの言動や善行をあげて、自画自賛することだってできる。不運な人たちを極貧から、絶望から、そしてもしかしたら犯罪から引き戻してやれることが私には楽しかったのだ。

この間も私は、自らの固定観念として、殺人の際に補佐してくれるような誰かを探していたが、見つからなかった。こんなふうに盗んでいては目的に到達することなく遅かれ早かれ死ぬことになると思っていたため、自らの立場に安穏としているわけにはいかなかった。

ある不幸によって、私は再び社会に戻ることとなった。

私はパリのとある指折りのカフェで、そこに足しげく通う公証人の書記たちと知り合った。私の態度、金の使い方、気前の良さから、彼らは私が、親に邪魔されることなく年金を使おうとパリにやって来た、地方の裕福な卸売業者の息子であると簡単に信じこんでしまった。このカフェにたゆまず通いながら、私は傍からこんなふうに見えるようにしていたのだ。ときどき彼らは会話の中で、私のような若い男が仕事に能力を使わず怠惰に身を任せているのはおかしいと言ったものだ。そして私が公証人事務所で働いていたことがあると言っていたものだから、彼らはこの道に戻るよう私に勧めた。報酬などなくても生活してゆける財産があり、そのうえ素人書記として事務所に入れるのだから、この道はいっそう快いものとなるだろう。そう考えると私の頬はゆるみ、私はこの考えに従った。公証人になるためではなく、私を受け入れた公証人から何の危険も冒さずに金を奪ってやるためだ。数日後、私は話を止まっていたところまで戻すと、もし誰か入用な事務所があったらそこに入ろうと思う、と若者たちに告げた。私にそう言われた若者の一人、彼はパリでも一、二を争う公証人のところで副書記をしていたのだが、彼はすぐ近くに仕事がある、もし望むなら自分のいる事務所に入れてやれると言ってくれた。私はその申し出を承諾し、お礼にと、彼とそこにいた他の若者たちを翌日の昼食に誘った。そして彼には、昼食の席でのほうが落ち着いて知り合いになれるだろうからと、書記長も連れてくるように頼んだのだった。

翌日は土曜だった。皆、時間通りにやって来た。私は月曜から事務所に入ることになった。このとき私にはまだ五千六百フランあった。

昼食には二百フランほど使い、昼食のあとはカフェに行った。皆、それはよく食べ、少々興奮していたが、それでもまだ足りなかった。翌日は日曜だったから、私はこの紳士たちに、メーヌ市門あたりで屈指のトヌリエ亭でシャンパンを飲んで朝まで過ごさないかと提案した。では真夜中になったら行こうと彼らは言った。それまで私たちは少しだけ別行動を取った。ある者たちはカフェに残り、ある者たちは観劇に出かけて行った。私はカブリオレに乗って、メーヌに夕食を注文しに行った。朝、家を出るときに持ってきた六百フランは、残り四百フランほどになっており、全部使ってしまうことになりそうだった。そこで使う分を稼ぎに賭博に行こうという考えが浮かんだ。少しばかり熱くなっていた私は、それ以上考えることなく、カブリオレを下に待たせて賭博場に上がっていった。四百フランは瞬く間に消えた。賭博が愚かだと悟り、やめてからもう長いこと経っていた。だが負けたことで私は苛立ち、うまくいくはずのものがいかないのが嫌だった。私はカブリオレを自宅に向かわせると、金を探した。そしてあちこち渡り歩き、その夜使うことを考えて取っておいた三百フランをのぞいて、持っていた金をすべてすってしまったのだった。

何があっても約束を破るのは嫌だった。私は客たちと合流しに行った。私がこれほどまでの大金をたてつづけの宴会に使い、翌日には一文無しになるというのは、当然のことながら誰も私の顔つきから判断することはできなかった。夕食はとても愉快で、私はたいそう楽しんだ。そして朝パリに帰る頃、私には全財産七フラン五十サンチームしか残っていなかったのだった。自分で自分をせきたてて消費してしまうとは！　皆私の財布をかなり気遣ってくれていたようだが、いまと同様酔っていたわけではない。ただ私は、取り返しのつかない不幸が起こっても、一瞬で忘れてしまえるほど自分の記憶力を自由に支配できた。黙らせることができないのは飢えだけだった。

その日のうちに私は家具と、なくてもいい服をすべて売り払った。そしてまた賭博場に行ったのだが、金は持って行かれ、またもや一文無しとなってしまった。もはや代訴人の事務所に入ることはできなくなってしまった。しかるべき姿で事務所に行くことができなくなってしまったのだ。かつての盗み仲間は、アヴリルがいみじくも言ったように「鳥もちに引っかかって」しまっていて、私は再び一人きりになっていた。そこに、これ以上ない偶然から、別の生活手段が現れた。裁判所宛て文書の請負業者の連絡先を入手したのだ。私はそこへ赴き、採用された。

## 書士として働く

この仕事で二年間、私は穏やかに生きることができた。私は他の人間たちと同じように仕事にふけった。その日その日で暮らし、稼いだ分だけ使い、稼ぎがないときは金を借りる、それが書士の生き方だ。のんきで、できるだけ縛られない、真の哲人の生き方だ。あいにく裁判所には、書士の仕事を奪い、固いパンしか食べさせないか、さもなくばしばらくの間絶食を強いる休暇というものがあるのだが。この二年間は私にとってつまらないものではなかった。しかし自分の立場にそれほど安んじていたわけではなく、そこから抜け出そうといろいろ奔走していた。書士をしながらも、私は人柄と親切心で知られる人々に頼みこみもした。しかしなぜこうなるのか、彼らの評判が不当に得られたものなのか、それとも私が不幸な役回りなのか知らないが、何も得ることはできなかった。

ようやくそのうちの一人に粘り強く当たった私は、屈辱を乗り越え、卑屈になって、書士事務所を借りる件についてH氏にいわば無理やり保証人になってもらった。裁判所の中で独立して書士事務所を開きたいと思っていたのだ。残金は自分で精算できると思っていた私は、保証金だけをもらった。H氏は書士に不可欠な備品を揃えるために二十フランを貸してくれた。その後の問題は切り抜けられるだろうと思っていた。だが一種、持って生まれた不運だった。この事務所にいた三ヶ月間、私は自分の費用を払うのがやっとで、H氏が保証すると言ってくれていた事務所の月ごとの賃貸料を払うには、やはりH氏に頼まざるをえなくなったのだった。とはいえ私は、こうした分野で自分ほどうまくできる人間はいなかっただろうと思う。私はよく働き、疲れを知らなかった。一週間のうち五日は夜も働いた。それに私より早く書ける者はいなかった。だがときに二、三日、顧客がまったく来ない日があったのだ。さほど成功できなかったことに落胆し、私は扉に鍵をかけ、別の請負業者のところに入った。

だがその請負業者のところで私は絶え間ない不正に苛まれ、気難しくなっていった。共に働く者たちとは相変わらず親しかったが、私たちの汗水を吸いつくし、仕事の報酬の三分の一を天引きし、そのうえ私たちの気分を害することを言い、私たちを侮辱し、私たちに絶対的権力を感じさせる者たちに私は反抗したのだ。そのため私は一つの事務所に縛りつけられるのではなく、右へ左へと生活の糧を探し、急ぎの仕事のあるところだけを渡り歩く放浪民になった。行商書士になったのだ。だがまたしても、ほどなくこの方法は諦めなければならなくなった。これに関しては私にかなりの落ち度があった。

私はあちこちに仕事を探し回っていた。自分の力と敏腕をあてにして、できないほどの仕事をもらってしまうこともときどきあった。あるとき、私は控訴代訴人宛ての莫大な量の申請書を任された。それはすべて期日が決まっていたのだが、仕事は遅れていた。時間どおりに提出するには、事務員数名で取りかかる必要があったのだが、申請書の原本を分割するわけにはいかなかった。もっと早く終わらせなければということで、私は同じ事件の記録を事務員たちに何度か複写させることにした。それら申請書にはほとんど重要性がないと知っていたから、どうせ誰も原本を読みはしないだろうと思っていたのだ。だが発覚したときは公文書用紙代を返済しなければならなくなるため、一枚めの用紙だけに証印をつけ、それ以降は普通紙に書いた。公文書用紙は請負業者から供給されていたのだが、返しに行けば自分が犯した怠慢を打ち明けざるをえなくなるため、用紙は取っておいた。私の置かれていた状況は次のようなものだった。事の次第を白状すれば、一軒の事務所の扉が私に閉ざされる。もし黙っていて露見したら、すべての事務所の扉が閉ざされる。およそ二週間後、それは偶然露見した。すべての書士事務所が私のこの英雄的な所業に騒然となった。私はどの事務所にも顔を出せなくなった。

## 社会から拒まれる

もし私が、自分を社会の外に追いやったのはこうした状況だと弁解したら、私は間違っている。こうした不安定で無感覚な生活にはしばらくの間は専念できたが、自分はこのために生まれてきたのでないことはあまりに強く感じていた。ここから抜け出すために、そして自分で自分に提案したはずの終わりを避けるために、私は何でもしたし、何でも利用した。だが誰も私を受け入れてくれなかった。皆、競い合うかのように私を拒んだ。だから次のようなことは言わないでいただきたいのだ。「働いて耐えて、未来を大人しく信じていればいいものを、一度にすべて手に入れようとするからこういうことになるんだ。」未来を大人しく信じる！　過去に起こったことをよく考えてみて、私に未来を信じることなどできただろうか？　父の遺産を手に入れる希望が潰えたのを確信してからというもの、ただ仕事しか求めてこなかった私が、一度にすべてを手に入れようとしただなど！　力も能力もあるこの私が、二年の間、訴訟台帳を複写し、法律家連中の記録を写して原本を作成していたというのに、働かず、耐えなかったとは！　文士の筆を巧みに操り、詩人の竪琴を鳴り響かすこともできたこの私が！　あれこそ毎日の忍耐ではなかっただろうか？　あの頃私は打開策を求めて、新聞社、あの人心を独占する者たちの事務所に、しつこく押しかけはしなかっただろうか？　それも恥を忍んで！

人間などどれもこんなものだということを示すために、一言付け加えるとしよう。その頃私はある著名な人物に働きかけていたのだが（私が名前を変えていたことはご存じの通りだ）、この人物が私の判決のあと、私だと知らずに会いに来た。彼が不幸というものについて月並みなことをべらべらとまくし立て、支えてくれる人を見つけられなかったがために私のような人間が道を踏み外してしまうとは、と嘆いたものだから、私はかつて彼にいろいろ頼み事をしたことを語ってやった。なかなか子細が思い出せないようなので、思い出さずにはいられないような手がかりも与えてやった。するとこの人物はこのうえない誠実さをこめて叫んだのだった。「ああ！　あなたにこんな才能があったなんて、私に見抜くことができたでしょうか？」そうとも、あなたは何らかの名声をさらに得るべく、私の才能を助けようとはしたかもしれない。だが私が普通の人間だったら、あなたは無視しただろう。何のためらいもなく私を飢え死にさせていただろう。

このようなことを言うのは非常につらいことだが、言わずにはいられない。私が人殺しだというのに、いったいどれだけの人間が、私が判決を受けてからというもの私に関心を示し、もしくは人を介して関心を示し、私に面会を求めてきたことか！　もし私が平凡な、才能も教育もない人殺しだったら、こうした人たちは皆やって来たことだろうか？　なぜ誰もアヴリルに会いに行かなかったのか？　アヴリルは私よりも罪深くはないはずだ。しかし数人の馬鹿げたもの好きを除いて、私のほうに関心が抱かれているのが私にはわかった。それはなぜか？　先に説明したような理由からだ。人間は、いつか自分も感じるかもしれないと思う苦しみにだけ敏感になる。そしてその苦しみの光景は同類の中にしか見出さないのだ。ああ利己心、利己心よ！　私が何をしようと、お前は私の前にさまざまな姿で現れる。お前がどんなに姿を変えようと、私はいつだって見抜いてしまう。もし私が裕福だったら、ある人間に私の手を差し伸べさせるのは、私に頼みこんできたその人間の才能などでは決してなかったはずだ。

こう言う人もいるかもしれない。何が不満なのですか。何を求めようというのですか。社会に対して不吉な計画を企てて、フランスでは偽造を、イタリアでは殺人を、パリでは盗みを犯しておいて、社会の好意を求める権利があなたにあるのですか。フランスで偽造？　したとも。父の財産で返済することができると思っていたからだ。イタリアで殺人？　したとも。卑劣なやり方で裏切られたからだ。だが人殺しになろうとしたわけではない。純粋で公正な闘いを、死闘を提案したのに拒絶されたのだ。私は憤りにかられた。そして……。パリで盗み？　したとも。社会に対して不吉な計画を企てて、たしかにそうした。なぜなら一八二九年、社会は私に地位ではなく――私は地位を手に入れるために何かしたことはない――パンを、善人も悪人もみな口にする権利を持つパンを拒んだからだ。悪人にパンの権利があるというのは、パンを与えたくないような悪人は殺されるからだ。それに、私が復讐の前にどれだけ二の足を踏んだか見ただろう。復讐心を捨てるには、人間たちの正義と好意の中に弁解の余地が見つけられれば十分だった。

だがこれらを考慮したうえでも、あなた方がした非難を認めよう。私はそれについて自分が答められるべきだとわかっている。それも情状酌量なしに、だ。しかし人々はそのことを想像していただろうか？（私は名前を変えていたのだ）私を知っていただろうか？ 私がしたことを知っていただろうか？ 人々に対して私はこの世で最も正直な人間ではなかっただろうか？ 私は彼らに私を信じろと、彼らの財産を私に預けろと言っただろうか？ 否、私が懇願した唯一のもの、それは自分で働いて得る生であって、次々に飢えに直面させられるような生ではなかったのだ。ああ、ここに来るまで自分が何をして、何に苦しんだかを知っているのは私だけだ。私に何かしてやろうなどとは思ってもいないのに、私に期待をさせ、十度も彼らのところに赴かせては尊大さという重みで押しつぶし、最終的に「まことに残念ながら……」と言う残酷な遊びをした人物たちを数えあげようか。その人物たちの目録は相当長いものになるはずだ。*44

このあたりで少し休もう。休憩だ。疲れた。思い出は重い。社会は私の思い出を呼び覚まし、私に重くのしかかる。私の死を決定することとなった起訴状以上に社会が私を急いで非難することとも、いつもの利己心から「正当防衛だ」と言って、私の体を切断した後で私の書いたものに制裁を加えることもわかっている。

だがこれに関してまったくの真実を述べるとするならば、私に対するこの二度目の切断は、最初の切断よりひどいものになるはずだ。なぜなら、学者や犯罪研究家が何と言おうと、彼らは事実を捉えることはできても意図を捉えることはできないからだ。処罰されない悪意や、許容されている利己心をののしった私の著作の主題は、彼らにも理解されると思う。そうであってほしいものだ。だが彼らは私の意図を読み間違えるだろう。そしてこう言うはずだ。「うぬぼれだ、慎みのない悪徳だ、嘘偽りだ！」いや事実だ、学者諸君、事実だ。うぬぼれや、慎みのない悪徳など、私には少しもない。

私は道を誤って死にたどり着いた。私は死への階段をのぼってゆく。……この旅の、この死の登攀の理由を述べたかったのだ。私はそれを、羞恥心も恐怖もなしに述べた。誓って言うが背徳的な教育を行なうためにではなく、自らの最後の内省に光を当てたかったのだ。

私の過去を照らす松明は赤くくすんでいたが、私は誰がそれを携えていたのか、もしくは誰がそれを私の手に持たせたのかを知りたかったのだ。

（一行の検閲）

休憩。休まなければならない。

パリのセーヌ川右岸、マレー地区にあったフォルス監獄。ラスネールが数度にわたって収監された所で、ウージェーヌ・シューの『パリの秘密』やユゴーの『レ・ミゼラブル』など、文学作品でもしばしば描かれている。1845年に取り壊された（Fedor Hoffbauer, *Paris á travers les âges*, Firmin-Didot, 1875–1882）

# 第六章　詩作のとき

## 殺人未遂事件

かつて知り合ったある男と私は再会していた。彼はパリではかなり一般的な詐欺の一種に手を染めていた。彼は自分と、それから同じような人間たちと協力しないかと私に持ちかけてきた。私は承諾した。それはかなり奇妙な仕事だった。私たちは警察官になりすまし、現行犯で「同性愛者たちを」逮捕したのだ。だが偽りの地位を身にまとうだけでは飽き足らず、私たちはおとりも演じた。若者たち数名を使って同性愛者たちを誘いこみ、網の中に落とすのだ。訴訟になったときの醜聞を恐れて、同性愛者たちは私たちに対していつも礼儀正しく、、、ふるまった。だがこの商売には浮き沈みがあった。うまくいっていなかったあるとき、ポワシー監獄からこの分野の古株の一人が出所し、仲間のところにやって来た。当然私たちは一緒に腕前を試そうとしてみたが、まず成功することはなかった。

先ほどの古株、Rは、無駄な試みを数日間した後で、私の大胆で何事にも決然とした性格に目をつけると、ある日私を脇に連れて行って言った。「お前さんが俺と同じかどうかはわからねえが、どうもそうじゃねえかという気がする。俺はこんな人生はもうまっぴらだし、監獄ももうたくさんだ。もし俺を補佐してくれるっていうなら、俺たち二人に一山稼がせてくれるような仕事がある。だがつかまったら相当やばいことになる。」私は言った。「かまわないさ。どんな仕事なのか話してみたまえ。」すると彼は答えた。「こういうわけよ。毎晩賭博場にやって来る奴がいる。そいつはいつだって少なくとも十万フランは持ち歩いている。俺はそいつがどこに住み、どの道を通って家に帰るか知っている。いつも十一時から深夜の間だ。そいつの帰り道に張りついていて力ずくで金をごっそり奪うなんざ、たやすいことじゃねえか。」

この仕事は検討してみる価値があるなと私はRに言った。だがRがポワシー監獄を出所したのは本当に最近のことだったから、Rが自らこの仕事の道筋をつけたというのは疑わしく、むしろ誰か別の人間からこうした情報をつかんだと考えるのが自然だった。私はそれが誰なのか知り、この秘密を握っているのがどういった人間たちなのかを知りたいと思った。私がしつこく迫ったものだから、とうとうRも、自分に手がかりをくれたのはBという人間だと白状した。そして、Bはあてにならないから、私のような人間が必要なのだと言ったのだった。私は次のように答えた。別の人間がこの仕事を知っているのだったら、その人間を排除するどころか、逆に何の危険もなしに実行するためにはその人間も襲撃に加わるべきだ。被害者を殺さないかぎり、遅かれ早かれ私たちのことがBの不用意な一言からわかって警察に追われることになりかねないのだから、

Bの口の堅さを確保するにはこうするしかないのだ、と。Rは了解した。自らの理論体系に従い、人を殺しておきたかった私は、私もRも監獄に戻りたくもなければ徒刑場に行きたくもないのだから、結局のところ金を奪ったらその人間は殺すのが当然だろうな、と付け加えた。このとき第三者がやって来てこの話はそれきりになり、私たちは話を再開できないまま別れた。

翌日、Rとまた会うことになっていた私は出かけていった。だがRの隣にはBがいて、私は気分を害した。私はRに言ったような方法で、Bなしで、Bのことを恐れずに仕事を済ませたかったのだ。会ってしまったことですべてが台無しになった。だが私は落胆の色は見せなかった。BはRが前日言ったことを一言一句私に繰り返し、そして私が何も疑わずに済むように、その夜賭博している例の人物を見せに連れて行ってくれた。私たちは賭博場に行った。彼らが嘘を言っているのではなかったこと、そしてたいそう獲物の取れる仕事になることがわかった。私たちはしばらくの間そこを離れ、後でこの人物が出て行くのを見に戻ることにした。というのも彼の通る道と現場の位置関係を知っておきたかったからだ。こうして私たちは十一時ごろ戻り、ほどなく例の男が賭博台の席を立って出て行くのがわかった。

私は男を追った。階下に着くと、パレ＝ロワイヤルの回廊で、誰かが彼に近づき、何がしかの援助を頼んだ。彼はこの人物を邪険にはねのけた。（一万フランほど稼いでいたのにだ。）もし私が決心がつかずにいたとしても、この状況は私からほんのわずかのためらいも取り上げたことだろう。私はいつだって無関心を嫌悪してきた。自分の分しかないときに断ることは、自分が第一なのだから仕方のないことだと理解している。だが潤沢に金があるときに断ること、罵りの言葉を口にしながら断ること、それが私には我慢ならないのだ。私はL氏を家までつけていくと、仲間たちのもとに戻り、意見を伝えた。そして、ほんのわずかな勇気と決意さえあればこの仕事は確実に成功するだろうとまで言った。仕事は翌日すぐ決行されることになった。

私たち三人は落ち合い、手はず通りに事が行なわれた。しかし、ここぞというときになってBが怖気づき、仕事にならなくなってしまった。私たちは何もせずに帰ることとなった。Rはひどく悔しがっていた。二人きりになると、Rは言った。「そら、お前さんの言った通りだ。Bの野郎は意気地なしだ。（私はRにそう言っていた。）もしお前さんさえよければ、もう俺たち二人で十分だ。」「そうはいかない。」私は言葉を引き取って言った。「Bはすべて知っているのだから、ほんの一言で我々を破滅させるかもしれない。」するとRはすぐに言った。「ならよ、Lを殺しちまえば？」私はRがそう言うのを待っていた。今回はR自らそこにたどりついてほしかったのだ。そこで私は言った。「ああ、それなら話は別だ。もはや危険はなくなるはずだ。Bが何を話そうと、我々を知っている被害者は消えているのだからな。だが君の決心がついているのなら、一週間ほど待って、Bが事件を知ったときに我々に抱く疑いを少しでも減らし、疑いが我々以外の人間に向けられるようにするのがよかろう。というのもあの男を追っているのが我々だけでないことはBも知っているのだからな。だからBがまたこの話をしてきたら、もうこの仕事のことなど考えてもいないと答えたまえ。」Rは私の指摘が的確であることを認め、しかるべく行動した。

一週間後のこと、いよいよけりをつけようということになり、勝負を翌三月十四日、四旬節の日に決定した。私たちはよく尖った刃物を入手し、獲物を待ちかまえに行った。七時半ごろ賭博場に入ると、L氏はかなり前からそこにいた。そして彼にしてはかなりめずらしい気まぐれから、八時ごろには勝負を切り上げてしまったのだ。最初私たちはL氏が中休みをしているだけだと思ったのだが、つけてゆくと、L氏が自宅のほうに向かっているのがわかった。L氏はショセ・ダンタンに住んでいた。ショワズール小路に入り、そこで会った人間としばし散歩したのち、ふともよおしたL氏は用を足すためにヴァンタドゥール広場に駆けこんだ。広場はこのときまったく人気がなかった。Rと私はL氏から目を離さず眺めていた。と突然、とっさの衝動で、私に何も言わないまま、私たちの間で取り決めていた事柄に反して（最初に攻撃するのは私のはずだった）、Rが短刀を手にL氏に走り寄った。しかし、本来なら後ろから攻撃しなければならず、そのほうがずっと簡単なのに、Rは右の腕でL氏を脅しながら左の腕でL氏を振り返らせてしまったのだ。これでL氏には「人殺し！」と叫ぶ時間ができてしまった。

私がRのもとに駆けつけると、Rは腕をおろした。こうした場面は、すべてたった数秒の出来事だった。と同時に、広場に面した貸本屋のガラス窓がL氏の叫びを聞いて開き、私たちは何も得ないまま逃げ出さなければならなくなった。Rとはしばらく離れたところで合流し、私はRを咎めた。憤慨していた私は、Rを臆病者呼ばわりした。Rは攻撃さえできなかったと私は思ったのだ。そうではないことを証明するために、Rは手とシャツについた血を見せた。私は悲嘆にくれた。これほど無駄に血が流されたことがつらかったのだ。何も進まず、金もなければ、必要だった殺人もできなかった。Rが破滅すれば私も破滅するのだから、Rを破滅させてやる理由もなかった。その後この事件のことを警察に話したのも、ここで詳細に述べているのも、先ほど言ったのと違って、Rには何も恐れるものがないこと、そしてRについては私が不満を言ってしかるべき大きな原因があることがわかっているからだ。

この仕事の後、Rはやはり根本的にはかなり怖気づいていて、日中はまず外出しようとせず、夜のいつもの襲撃にもまず加わろうとはしなかった。そんなわけで数日たつと無一文になってしまった。ある夜、私たちは一緒にいたのだが、その前に金を稼いでいた私は、賭博場にいる知人に会いに行こうと思った。だが誘惑にさらされたくなかったため、Rに自分の金を渡して言った。「君、これを少しの間持っていてくれたまえ。十五分したら戻るから。」十五分後、私は戻ってきた。誰もいなかった。三十分待ってみた。何も変わらなかった。ある疑いが私の頭をよぎり、私はあらゆる賭博場を回り、ついに件の男が私の金をすっているところを見つけたのだった。私は何も言わなかった。賭博が終わるのを待ち、あまり怒らずに非難しようと思った。しかし彼のほうから自分を責め、自分は思慮の浅い人間だ、でも自分の行ないは実はあることのためだったのだと言い出した。そして、ヴェルサイユで三十万フランほどになるすばらしい仕事があると聞き、それもただ人を一人殺すだけなのだと説明したのだった。Rは言った。「だが、とにかくいろいろ出費しなきゃならねえ。目立たねえよういい生活をして、十日間ばっかりヴェルサイユに留まらなきゃならねえんだからな。」私は答えた。「そういうことなら、君はそれを私に話しておくべきだったな。そうすればもっと確実な方法で金を手に入れることができたかもしれない。だが終わったことは終わったことだ。明日、ヴェルサイユに一緒に行くとしよう。そして君の言っていることが真実なら、帰り路、我々二人にこれから必要になるものを私が手に入れるとしよう。」

実際、その翌日私は現場を検討しに行き、Rがだましたのではないということがわかった。

それにしてもどこで金を手に入れるか。かなり困惑した。私はレストランをまわって、銀食器のすりかえをすることに決めた。四ヶ所で成功し、五ヶ所目で逮捕された。私は百フラン以上を集めていた。だがその都度売りに行っていたのはRだったため、私が逮捕されたとき金はすべてRのポケットの中だった。以来、どうなったか消息はない。Rのことではなく、金のことだ。

## 共和主義者たちとの出会い

こうして鼠は再び鼠取りに引っかかり、私は、自分の首が落ちるのを見るときまでは決して足を踏み入れまいと心に誓ったはずのフォルス監獄に戻ったのだった。このとき私は十三ヶ月の刑を宣告された。当時この監獄には多くの共和主義者と呼ばれる人々がいた。一八三三年七月の事件から数日たった頃だった。[*45] そこで私は、私の最初の政治小唄として知られる「同胞である国王へ、盗人からの嘆願書」と題された小唄を作った。この小唄は何らかの信念があって作ったものではなかった。政治に口出しするつもりなどまったくなかったし、自らの才気を試すためだったら、正反対の小唄を作ることさえできただろう。それに公表しようとなどとは思ってもいなかった。共和主義者かと尋ねられたとき私がほほ笑んだと書かれたが、それは事実だ。もし私がまっとうな人間という生業に就くことができていたなら、私は風見鶏になろうとするのではなく、誠心誠意、ボナパルトの治下ではボナパルト派に、シャルル十世〔ブルボン王朝最後の国王。一七五七―一八三六、在位は一八二四―三〇〕の治下ではブルボン王党派に、いまならルイ＝フィリップ〔フランス国王。一七七三―一八五〇、在位は一八三〇―四八〕の支持者になっていたことだろう。

なぜかと諸君は問うだろう。なぜなら私は、政治的暴動においてはつねに善よりも悪が優ると考えてきたからだ。なぜなら革命は数名の策士のためにしかならず、必ず多くの犠牲者が出るからだ。なぜなら人間はいつだって人間であり、その幸福は人間の心の奥にのみ見つかるものであって、決して政治的自由という夢想の中にあるのではないからだ。自由平等の原理はたしかにすばらしい。だが一日たりとて、この世で一日たりとてそれが君臨したことがあるなら証明してみたまえ。もし証明できたなら、私は人々が自由平等を追い求めることを許そう。私のことを凶悪犯という呼び名で公然と非難する諸君よ、自由平等という、長い間追求されながら一度たりとて実現されなかったこの夢想が、すでにそれが引き起こしてきた流血に値するものかどうか言ってみたまえ。諸君は人間の生命を尊重しろと言う……

(三行の検閲)

それは疑わしい。首謀者はほとんど緞帳の後ろにいるが、私は自分の原理を主張するため自殺するのだ。自殺ではないと誰が言えよう。

さて、私の小唄の話に戻り、これに関連して某氏についても少し話すとしよう。私の苦情に対し某氏は、「私は一度もこの小唄を自分のものであるかのように主張したことはない、逆に内容は自分のものではなく、ただ形式をかなり修正しただけだと言うように気をつけてきた」と表明した。彼がこうした見解を公表したとする点だが、本当かどうかはわからない。正直なところ、いろいろと思い返してみると、これはまったく疑ってよいと思っている。だが私もわざわざ確かめようとはしなかったわけであるから、何も断言することはできない。したがって、もしそれが時宜を得ていると判断されるなら、読者諸君に某氏の『レピュブリケーヌ』をご参照いただき、事実を確認していただきたい。……

（十行の検閲）

ここで問題の小唄が引用されている。[*46] この小唄は禁止されたものであるから、我々としてはここに転載することはできない。このような状況は遺憾である。だがこの『回想録』は印刷までにすでに多くの障害に遭っているため、非難される機会は招かないほうが適切かと思われる。よって好奇心の強い読者は、作品がそのまま転載されている一八三五年十一月七日の『法廷通信』を参照していただきたい。（一八三六年の刊行者による注）

（九行の検閲）

某氏よ、私が自分の小唄を勝手に変えられたと言うのは正しいことだろうか？[*47] そうでもない。最初の三節に関しては、たしかにほんの少し変えただけなのだから。だが四節目に関しては、おお！　某氏よ、罪悪感を抱いてもらわねばならない。盗みにやって来るならまだしも、生きたまま皮を剝ぐとは何事か！　わかったぞ、私がこの節の最初の二行をラ・フォンテーヌから頂戴したものだから、あなたはこう言うのだろう。「盗人が別の盗人から盗むだなんて悪魔が笑うだろう。」さあ冗談はここまでだ。某氏よ、新聞に掲載されたものとはいえ、ある日詩集を出版する気を起こしうる者に所有権があることに変わりない小唄を、形式をかなり修正したとはいえ、自分の詩集の一つにはさみこむことを誰があなたに許したのか。この原則に従えば、あなたは誰々の戯曲を、結末をほんの少し損ねることで形式をかなり修正し、別の劇場で上演するのと同様の権利があるということになるだろう。これから処刑台にのぼろうとする人間からこのようなことを面と向かって言われ、それに少しも反論できないというのがどれだけ不愉快なことか認めるがよい。

## 監獄での詩作

すでに述べたように、この小唄を作ったあと、私は人に見せようとはまったく思っていなかった。これは私がそれまで何人となくこの世に誕生させてきた迷子の一人だった。だが同じ監房で寝ていた人間が、私が書いていたものに目をやり、それが詩句だとわかると、見せてくれと懇願してきたのだ。私は譲歩した。彼はそれを読むと、ある人に見せてもいいかと頼んできた。私は認めた。それを持って行こうとした先がある共和主義者〔後述のジョゼフ・ヴィグルーのこと〕であるなど思いもしなかった。共和派の紳士たちは私に許可を求めることもなく、小唄の複写に取りかかった。そうした後で彼らは作者は誰かと聞いた。そして私だと教わった。そのとき私は別の盗人とチェッカーの勝負をしていた。そこへ共和主義者諸氏が私たちを取り囲んだものだから驚いた。何が起こっていたのかまったく知らなかったし、彼らに近づくようなことはそれまでなかったからだ。勝負が終わり立ち上がると、彼らは私に話しかけ、我も我もと私の詩才を褒めたたえた。文学に関してほとんどうぬぼれはないとはいえ、称賛されて悪い気がしなかったのは事実だ。私が腹を立てるのは不公正に対してだけだからだ。あまり誇りに思いはしなかったものの、とにかく褒め言葉の大合唱だった。某氏[*48]はその中でも最も熱心な者の一人だった。

すでに述べたことであるが繰り返すと、この紳士たちと関わろうなど私は少しも考えておらず、それまで彼らのことは避けていた。その理由はこうだ。私は気づいていたのだが、彼らは盗人たちのことをないがしろにしているくせに、拍手喝采しそうなふうさえ装って、盗人たちに手柄話をさせ、語らせては楽しんでいた。そのため多くの哀れな愚か者たちが、真心から彼らのもとに出向き、聴衆が耳を傾けるようすから、自分たちの芸当は魅力的なのだ、彼らは皆驚嘆しているのだと思っていた。そうなると盗人たちは、このまっとうな人々を大笑いさせようと、競って手柄話をするのだった。だがこのまっとうな人々は、本来ならば非難すべきことを笑うことで、盗人たちを悪の道からそらせるのではなく、そそのかしてしまっているのだということに気づかないのだった。これが、彼らが監獄でなした善行のすべてだ。

ああ、この紳士たちときたら本当にまっとうな人々だった！　数日間この某氏と親しく（親しくと言ってもいいだろう、某氏よ、仲間の共和主義者たちには話していない家庭内の問題を話してくれたのだから）過ごしたのち、いままで盗人たちについてこんなふうに考えたことはなかったと彼が白状しても驚きはしなかった。「信じられますか？　パリ警視庁に着いたとき、私は五十フラン持っていました。そこにいた二十人ばかりの共和主義者たちは、それぞれ私に許しを求めることもなく、ありがとうと言うことさえなく、私の財布を空にしてしまった。ところがここに来てからというもの、私に何か求めてきた盗人はまだ一人もいないんです。」私にとっては不思議でも何でもなかった。人間には二種類あることを知っていたからだ。

某氏は言ったものだ。「一体どういうわけですか？　あなたのような若者が監獄にいるなんて。盗みでないことはたしかでしょう。」「失礼ながら盗みです」と私は言った。「では若気の至りですね。」「最初はそうだったかもしれません。というのも今回は再犯だからです。いまや私は常習的な盗人です。」某氏にすべてを語ったわけではなく、たしかにすべてを語るわけにもいかなかったのだが、少なくとも彼の目に小さな聖人と映るよう努めたのでもなければ、彼の信頼を手に入れようとしたのでもないことがわかるだろう。彼は言った。「そんな！　とても信じられません。一体どうしてそんなことが起こるというんです？」「なぜなら社会がどうあっても私を必要としないからです。あらゆる人々に熱心に頼みこみましたが無駄でした。社会に生かしてもらえないから、社会に逆らって生きざるをえなくなったのです。」彼は言葉を継いだ。「私には理解できません。あなたのような人間を放っておくなんて、できることではない。間違いない、頼んだ相手が悪かったんでしょう。私と一緒に来て、いまより幸せになってもらいたい。この悪の道から、あなたを引き抜いてさしあげたい。」私は彼に言った。「苦労なさいますよ。」「そんなことはないでしょう。」彼は言った。「私に信じさせようとしているほどあなたが堕落していないことはたしかです。もう刑は出てますか？」「ええ。十三ヶ月です」と私は答えた。

フォルス監獄にいたほんのわずかの時間に、私はこれ以外に小唄を四、五篇作り、某氏に写しを渡した。ある日彼は言った。「ここにもう少しいそうですか？」「いいえ、そろそろポワシー監獄に移されるのではないかと思っています。」すると彼は言った。「なるほど！　ではあなたに私の住所を伝えておきます。また別の小唄ができたら、送っていただけませんか。そして出所したら、私に会いに来てください。あなたのために必ずや何かしてさしあげましょう。まっとうに生活費を稼げるようにだってしてさしあげましょう。」私は言った。「でも前科は？　あなたはそう思っておいでかもしれないが、誰もがあなたのように考えるものでしょうか。私は一体どんな侮辱に、どんな屈辱にさらされることでしょう。」「安心なさい！」と某氏は言った。「あなたが相手にするのは、そうした偏見にとらわれない人々であること、真の博愛家たちであることがわかるでしょう。彼らは私のように、あなたのために自分たちのできることをしてくれるはずです。それに彼らはもうあなたのことを知っています。あなたのことはもう話してあって、あなたが出所したら私たちの新聞のために働いてもらおうということになったんです。だから、勇気を出しなさい。打ちのめされていちゃいけない。」「打ちのめされることなどないでしょう」と私は言った。「人間というものがわかっているだけです、あまりに落胆を味わいすぎたのです！」

ある人物が法廷で私の誓いを信じると言ったのを覚えているだろう。そう、名誉にかけて言うが、以上が、某氏と交わした言葉そのものではないにしても、私と某氏のフォルス監獄における関係の完全に正確な主旨なのだ。

まったく、あれほどまでに友好的な声は長らく聞いていなかった。あれほどすばらしい提案を、私の心にかなう提案をしてもらったことはなかった。私に文学への道を開いてくれるなんて。それは私にとって、このうえなく幸せな夢が実現したも同然だった。窮乏からひとたび解放されれば、私はこの道でどんなに静かに、どんなに穏やかに、どんなに正直に生きられたことだろう。すばらしすぎて信じられないくらいだったが、私は期待していた。だから復讐の計画よ、さらば。

君は休んでいたまえ。誰かに強いられないかぎり、君を起こしに来るのは私ではないだろう。そう、私は誠実だった。そう、私に約束したことを果たしてくれていたなら、私はそれまで社会にしてきた悪を上回る埋め合わせをしていたかもしれない。だが人は約束を果たそうとはしなかった。人は私を、いままでにないほど怒り狂わせて目を覚まさせたのだった。餌を見せつけられては取り上げられ、そのどうにもならない怒りを見て遊ぶという悪意に満ちた楽しみをされるあのライオンのようにだ。ライオンが鎖を切らぬよう気をつけることだ。私にとっての鎖、それはまだ残っていた憐れみの感情だった。どうやら人は、まだ閉じていない私の傷口にたびたび刃先を向け、私が善へと向かう出口を一つも残さぬよう努めていたと見える。

## 文学の道を夢想する

私はフォルス監獄を出てポワシー監獄へと移されたが、仕事はみなそっちのけにして、詩だけに、とりわけ政治的な小唄に専念した。それは私の辛辣で嘲笑的な物の見方にかなり合っていた。だが繰り返して言うが、それも確たる信念があってのことではなく、ただ生きるためだった。どんな政府であれ小馬鹿にする種を見つけることは容易だ。混乱を収拾できていなければ、人はナポレオンにだってそうしたことだろう。風刺文の作者や三文文士たちはこんにちナポレオンを讃えているが、第二のナポレオンが空から降ってきたら後悔するはずだ。敵が弱まったときしか勇気を出さない卑怯な民衆よ、お前たちの子どもを殺したナポレオン相手に七月革命のようなことができただろうか。たしかに死者は何も訴えず、生きる者はそれを利用してきた。こうなれば私の理論体系も終わりだ。それに私は征服者でもないのだから。

ポワシー監獄で二ヶ月すごしたのち、私は某氏にそれまで作ってきた小唄の原稿を送った。たしか十七、八篇あったと思う。そして、この中に出版できるものがあるかどうか見てくれませんかと頼んだ。そのように彼がフォルス監獄で私に期待させていたからだ。一八三三年十二月十日、彼がよこした返事は次のようなものだった。

拝啓

お送りいただいた小唄の原稿、たしかに拝受しました。うまく使えるよう、積極的に努めてゆきます。数日以内にあなたが望む以上の結果をお知らせできると思います。

敬具

「あなたが望む以上の結果を」というところは強調されていた。

それまで私は某氏に何も頼んではいなかった。私は仕事によってしか金をもらおうとは思わなかった。努力する前に給料はもらいたくなかったのだ。

だがそのとき私はどういう状況にあっただろうか？　外からの支援は何もなかった。詩で暮らしを立てるのだという思いこみに完全に没頭して、何も手仕事をしていなかった。このような思いこみはそれまで抱いたことがなかったが、某氏だけが信じさせてくれたのだった。紙を手に入れるため、何度も自分の分のパンを一部売らなければならなかった。だがそんなものは私にとってはわずかな喪失だった。食事はいつも十分すぎるほどだったからだ。

さて、数日以内に、あなたが望む以上の結果を、という某氏の手紙の言葉通り十日ほどが過ぎたが、新しい便りはなかった。私たちの通信方法は完全に保証されたものではなかったから、私は返事が自分のところにまで届かなかったのではないか、もしくは手紙を書くのを彼が忘れてしまっているのではないかと考え、思い切って委任状を送り、もし私に期待させてくれたようにうまくいったのだとしたらどうぞお勘定をお願いしますと頼んでみた。委任状は返され、支払いもされなかった。一週間後、某氏はまだ何も終わっていない、しかし出版社を見つけた、その出版社は序文がほしいと言っていると書いてきた。次の手紙で私は序文を送ったのだ！　そのとき何が起こっていただろうか？　私から、最良の方法で私のために使ってくださいと原稿を送られた某氏であったが、いくつかの小唄、とくに「ベルギー皇太子誕生[*49]」と題されたものを取り出し、自分の新聞に掲載していたのだ。それを知ったのは、もっとずっと後のことだった。

しばらくの間、手紙は来なかった。ついに何通か受け取ることができたが、例の話にはまったく触れられていなかった。しつこく督促するのはふさわしくないと思った。私は某氏に頻繁に手紙を送り、もし見捨てられたらどんな状況に陥ってしまうかを語ったが、某氏からの手紙は来ないまま三ヶ月が過ぎた。ようやく親切にも手紙をよこしてくれたのだが、やはり元気づけるような言葉ばかりだった。耐えるようにと、そして打ちのめされていてはならないと勧めていた。そこで私は、耐えるよう、打ちのめされないようできるだけのことはしているのだが、私にここまで好意を抱いてくれているのは某氏だけなのではないか、某氏の仲間たちは某氏のようには考えていないのではないかと返事をした。彼は一八三四年七月二十日の手紙の最後に次のように書いていた。

「勇気を出しなさい。そして出所すれば、あなたに好意を持ってくれる人たちに、あなたがこんなにも苦々しく訴える偏見など持たない人たちに出会えると信じてください。仲間たちと私は、私たちにできることをして、あなたが自分自身でも更生できたと思えるようにし、社会に戻してあげるつもりです。」「この約束がどのように守られたかはほどなくわかるだろう。」

私はヴィグルー氏に、ポワシー監獄で文学にばかり専念していたため金がなく、出所の際に必要な服を手に入れることもできなそうだと書き送った。彼は文学活動を続けるよう私に勧めることをやめなかった。「私は彼が助けに来てくれるものと信じていたが、そんなことはなかった。」七月二十日の手紙以降、知らせはもう来なかった。私はポワシー監獄をこれ以上ないほどみじめな状態で、金もなく、極貧者のような身なりで出所した。このような恰好で『良識』紙の事務所に」顔を出すなどということははばかられた。私は事務所に、私の到着と、私の現在の状況を告げる「ヴィグルー氏宛ての」手紙を持たせて使いをやった。ヴィグルー氏は私にと五フランを渡し「その晩会いに来るようにと住所を教えた。」私は出かけた。そしてそこで、自分が一年間どれだけ偽りの希望に踊らされていたかということをしっかり判断することができたのだった。ヴィグルー氏はまず、あなたのために何かしてやるつもりだ、しかしそのためには仲間たちに聞かなければならないと言った。そして、もっとふさわしい恰好ができるよう必要なものを見つけてやろうと言った。何より、私が事務所に来るのをその紳士方は不愉快に思うかもしれないから、自分の家にだけ会いに来るようにと勧めたのだった。過去のことは忘れた、偏見はないなどと以前の手紙に書いておきながらだ。こうして私は除け者に、夜の鳥になる決心をしなければならなくなったのだった。何という博愛主義だ！　ヴィグルー氏は、記事の代金は一律二十五フランだと告げて、私に記事を書いて送るよう勧めた。

数日経った頃のこと、友人たちの間で行なった寄付ということで、彼から三十フランと衣類を少しもらった。そのうち十五フランと衣類の大部分は新聞とは関係ない人物から提供されたものだった。つまりあの紳士方が私にくださったのは十五フランというわけだ。しかも私に新聞配達をしないかと勧めてきた。私に新聞配達をしろというのだ！　私に約束したのはそんなことだったろうか？　しかし私は自分に熱意があることを示すために承諾した。だが翌日、配布を待ちに行ったとき、「新しい仕事仲間の中にフォルス監獄での既知の顔をたくさん見出したため、」私は逃げ出した。

翌日になり、私はヴィグルー氏に自分の見たことを知らせ、彼の提案を受けいれられない理由を説明した。すると彼は、「事務所としては監獄に関する記事がいくつかあるとうれしい、あなたよりうまくこの題材を扱える人間はいない」と言った。私はそれに取りかかった。すでに私は二つ小唄を送り、印刷されていた。これらは私の記事として数えられることになっていた。その後、私はヴィグルー氏にさらに記事を四本送った。そのうちいくつ掲載されたのかは知らない。なぜならほどなく私はこの分野に携わらなくなったからだ。

八月も終わりになる数日前のこと、決済は月末だとヴィグルー氏に教わっていた私は彼の家を訪ねた。私は完全に無一文になっており、それを彼に隠すことなく、前払いしてもらえないだろうかと頼んだ。すると「さんざん回りくどい話し方をして困惑した結果、」彼はとうとうこう言ったのだった。「あのですね、あなたに言うようにと頼まれていることを、私としてもお伝えしたくはないんですよ。まったく恥ずかしいことだと思っています。あなたに対して皆もっと公正であると期待していたのに。あの紳士方はですね、あなたがまだ駆け出しだということで、記事には五フランしか払えないと言い張っているんですよ。」一年の間、私にあだな期待を抱かせ、私に屈辱を味わわせ、最終的にこうするつもりだったとは！　私はすぐに決心し、翌日、盗みを働いた。

## ヴィグルー氏の裏切り

誓って言うが、これが私とヴィグルー氏との関係の正確で嘘いつわりのない一部始終だ。[*50]「さあ、私が彼にどんな感謝を抱いているのか判断してほしい。私は三十五フランを受け取ったが、債務者というよりはむしろ債権者であると思っている。私の立場に立ってどうか想像してほしい。『良識』紙が私を、彼らの親切を巧みに得ようとしていた人間のように、そして彼らが助けてやり、彼らに恩を受けた人間であるかのように描いているのを見たときのことを。

私が詳しく述べたあらゆる状況をしっかり覚えているはずのヴィグルー氏が、証人室で震えていたヴィグルー氏が、私の前で、取るに足りない算段から、誓いを破り宣誓に背いたときのことを。ああ！　あのとき証人室には、不名誉な被告席に座る三人よりもずっと軽蔑すべき人間がいたのだ！

さあ、これが悪を改革し博愛を推奨するあなたの誠実と誠意だ。宣誓の一つ破ったところであなたは何ともないのだ。あなたは誓いを破れば卑劣さが贖われると、人があなたの言葉を信用すると思っていた。だが違う。誰もだまされはしない。どちらに真実があるのかは誰にでも見抜けたのだ。

さて、私に対するこのようなふるまいを見れば、私の小唄の原稿をヴィグルー氏が厚かましくも横領しようとしたことだって信じられるだろう。彼いわくそれは自分に捧げられた小唄が一つあったからだという。だが私の手紙のほうは、ヴィグルー氏よ、あなたはいとも簡単に捨てていたのだ。なぜ詩のほうにより執着するのか。なぜすべて返してくれず、あなたから原稿一つ取り戻すのに私はこれほどまでに苦労をし、あなたは、あなたのものでは決してないもう一つの原稿をかたくなに手放すまいとしているのか。自分はそれを私から捧げられたのだとあなたは言う。献辞とは敬意、友情もしくは感謝の証だ。この三つのうちのどの資格であなたはあの原稿を手元に引き留めているのか。そしてまたどのような権利であなたの新聞は、あなたがこのようなご立派な方法で所有している詩の一部を公表したのか。誰があなたにそれを許可したのか。さあ握手しようではないか。盗人も、偽証人も、誹謗家も、人殺しも、どれも紙一重だ。ヴィグルー氏よ、あなたは私にとって悪夢だ。あなたが私にしてくれたことが唯一あったとしたら、それは私に自分自身よりもあなたを軽蔑する権利を与えてくれたことだ。ご立派な仲間たちとともに、その素晴らしい博愛主義の実践を続けられるがよい。あなた方がどのような人間であるのか、こんにちでは皆知っているのだ。

『良識』紙の寄稿者の一人であり、連載小説の編集者でもあるH・F氏に関して、ヴィグルー氏から聞いた逸話を一つ紹介しよう。

H・F氏がこの仕事を始めたときのこと。彼はある役所に雇ってもらっていながら、自分に給料を払ってくれている政府に反対する記事を匿名で書いていた。少々嫉妬深い仲間たちが彼の書いたものを部局の責任者に知らせてやった。責任者は彼を呼びつけると、政府から俸給をもらっているときは政府への抗議文を書く権利など放棄するものだ、いまの地位か新聞かどちらか選ばなければならんと言った。H・F氏は一週間くださいと言うと、じっくり考え、自分により利益をもたらすのはどちらなのか厳密に計算したうえで仕事を手放した。我々のところで出世できれば幸せになれるという証拠ですよ、とヴィグルー氏は言った。

これがこの男たちの政治意識だ。私の作り話ではない。それに私が真実を述べているかどうかは、H・F氏自身がわかることだろう。もし何か偽りがあるのなら、H・F氏が責めるべきはヴィグルー氏だ。二人で折り合いをつけられるがよい。私にはもはや関係のないことだ。

法廷で私が『良識』紙を注意深く読んでいたのを見たと思う。何が私の関心を引いていたかご存じだろうか。私はあのとき、私自身に関して、「社会的例外を正しく評価するために」という一文から始まる、「ラスネール」と題された記事を読んでいたのだ！　ところでこの記事が誰によって『良識』紙に提供されたか知りたいとは思わないだろうか。フォルス監獄に拘禁されている囚人二人だ。二人のうちの一人、パイヤール医師は銀食器を盗んで六ヶ月の刑を宣告された。

同じような微罪を二つ三つ犯している。もう一人はド・サン＝フィルマン氏。文人で、詐欺罪で一年の刑を宣告されている。

ああ、『良識』紙の諸氏よ、あなた方はまったく監獄に記事を注文しに行く癖を直そうともしないのか。監獄なら労働力が安価だからなのか。こうした小さな倹約が必ずしも利潤にならないことはおわかりだろう。それともこの二人の尊敬すべき若者を支え、守ろうとしてのことなのか。私は二人に心から同情する。」

「もし誰かが道を開いてくれてさえいたなら、私はその道を本当に何の底意もなしに進んだのです。」保証するが私は、それまでしてきたことにもかかわらず本当に誠心誠意からヴィグルー氏にそう書いていた。思うに人間の本性の中には、できるかぎり悪から離れようとする何かがある。私だってひとたび窮乏から解放されれば社会に与《くみ》していたではないか。

だがヴィグルー氏からの手紙が来ないまま監獄で過ごした三ヶ月の間、私は自分が彼に何を期待できるのかをいわば見抜いていた。人間がどのようなものであるのかは、わかりすぎていた。そのため私はかつての計画に戻っていた。あれほど何度も、とくにモントルグイユ通りでは大失敗したあの計画を打ち合わせたのもこのときだ。しかしこの企てよりも、その後私に起こったことのほうが優先されることとなった。私は、人が私に対しふるまうようにふるまわなければならなかったのだ。だがそれも最後の試みだった。

# 第七章　転落

## 犯罪仲間たち

すでに一八二九年、私はアヴリルと知り合っていた。[*51] だが当時彼はまだ若く、私も何ら彼と関係を築くようなことはなかった。一八三四年、私たちはまた同じ作業場で隣同士になった。私たちは前よりもいっそう親密になった。彼は私に身の上話をした。そのとき私は、彼こそが自分の探していた人間だとわかった。熱狂的で強情なところを除けば、彼は私にとってうってつけの男だった。論理的に考えるということを知らなかったからである。だが私は、彼が遅かれ早かれ重罪を犯すことになると感じた。そこで私は彼の心を捕らえた。彼は私の三ヶ月後に出所することになっていた。私は彼に手紙を送ると約束した。もしヴィグルー氏のところで成功できていたら、アヴリルは二度と私に会うことはなかっただろう。だが最終的にヴィグルー氏と決別してみると、アヴリルはまだポワシー監獄であり、私には頼る相手もいなかった。そこで私はいくつか詐欺をして生きのび、そして九月の中ごろ、大通りでバトンと出くわしたのだった。[*52]

バトンもポワシー監獄を出てきたばかりだった。だが会えるとは思っていなかった。彼は恩赦を受けたところだったのだ。バトンのことは、刑期の終わり頃をのぞいてほとんど知らなかった。バトンは私に近づき、私たちは会話を交わした。バトンは、同じ建物に住んでいてしばしば家を空ける裕福な卸売業者がいるから盗もうと真っ先に提案してきた。現場を見に行くと、私はこの仕事があまりに不確実で、私たち二人をはるか昔に戻してしまいかねないと踏んだ。二人とも金が必要だった。バトンの母親は貧しい未亡人で、もう一人息子がいた。子どもたちに食べさせるために母親はそれこそパンを口にしなかったが、子どもたちは感謝などしていなかった。だが、食べ物がないという状態にはなかったものの、その浪費趣味が満足させられずにいたバトンは、何が何でも、たとえ血を流すことになっても仕事をしたがっていたのだった。

私は自分の仕事を、詳しく説明するのではなく、ただ教えた。そもそもバトンには一度たりとてそのような仕事を考えつくことはできなかっただろう。それには頭が悪すぎた。だがバトンは私の洞察力をとても信用していて、私が言ったことを疑わなかった。彼は私の提案に飛びついたが、私たちには金がなく、金が必要だった。私が初めて文書偽造を行なったのはこのときであり、裏切ろうなどという考えをバトンから一切取り上げるため、彼も介入させた。これにより手に入った金で私はアパルトマンを借り、家具を購入した。アヴリルとでもそうだが、バトンとでは、私が金庫を押さえておかなければ、先のことを考える前にすべてが、最後の一銭まで使い果たされてしまっただろう。

仕事は何度か試みてみたが、偶然により、もしくはバトンの決意のなさのせいで実を結ばないまま終わった。*53 バトンはその臆病さを正当化するために、パリでは危険を冒したくない、なぜならもし万が一自分がまた逮捕されたことを母親が知ったなら、それは母親に死の一撃をもたらすからだと私に言ったものだった。だが彼は私の知らないうちに、ほぼ毎日徒刑場行きの危険にさらされていた。それに、バトンの母親！　バトンは母親を侮辱し、ののしり、自分の気まぐれを満足させるために母親を敷布なしで寝るまでに追いこんでいたのだ！　バトンは「人が出会える中でもっとも腹黒く、もっとも臆病な男だ。」感受性が強いような態度をじつに見事に演じることができたし、泣きたいときに泣くことができた。あらゆる罪を犯すのに彼に欠けていたのは、ほんの少しの気力だけだった。ミラボーはある著名人について、「彼は邪悪さを爆発させることは決してなかったが、それを少しずつ浸み出させていた」〔原文イタリア語〕と力強く語っていたが、それはバトンのことだったと言えるだろう。このような手先を用いるまでに追いこまれたことは心から悔しく、アヴリルが私に加担するのが待ち遠しかった。アヴリルには会いに行って金を渡していた。

ヴィグルー氏と仲違いし、最初の盗みを犯した後すぐ、私は近場で偶然出会った人間と早くも計画を実現しようとしていたのだが、ある状況により完全に失敗してしまっていた。ところがジャヴォットという名の女がそのことを知っていた。ジャヴォットは盗品の隠匿をしていたのだ。ある日、ワインで少し判断力が鈍ったジャヴォットは、私にその事件の話をし、バトンの前で、あたしはいつだってあんたを徒刑場に送ってやれるんだと脅した。バトンは、もし仕事が済んで噂になったらジャヴォットは必ずしゃべるだろう、そっちは確実に逮捕されるし、こっちだって親しくしていたからとばっちりを受けて逮捕されるんだと、自らの感じる不安が正しいことを示そうと、いつも私にジャヴォットの密告の危険を強調したのだった。それはジャヴォットへの死刑宣告だった。盗品を売るという口実で、私はジャヴォットをサン＝マルタン通り八番地の自分の部屋におびき寄せた。ジャヴォットのしていた首飾りのつなぎ目が短刀の貫通を妨げた。私たちは十五分近くもの間闘った。隣人がやって来てしまい、私はこの危険な局面を、冷静さと機転と敏捷さで切り抜けたのだった。

この企てに失敗したあと、私の希望はさらに遠くへと押しのけられてしまった。またもや一文無しとなっていたのだ。その数日前、もはや自分は何にもたどり着けまいと考え、私はあと少しで勝負を投げ出すところだった。自らを興奮させていた熱のようなものを冷ますために、田舎の叔父の家に行きたいという気持ちになった。そこでの静かな生活は私のいらだちを抑えてくれるだろうと考えたのだ。リカールという名でスクリーブ氏のところに出向いたのはこのときだ。スクリーブ氏はこのうえない思いやりをもって私に親切にしてくれた。もし私がそのときこれほどまで駆り立てられていなかったら、スクリーブ氏の思い出は私が計画を遂げるのをためらわせたことだろう。それなのに私には、自分が思っていたフランシュ＝コンテ地方への旅立ちさえできなかった。スクリーブ氏に会ったその日の夜、私はある人物に出会い、翌日まで金を貸してもらえないかと頼まれたのだ。翌日、そしてそのあとも、私はその人物に再会することはなかった。そして私は考えを変え、そのとき以来確固たるものとなったあの考えに立ち戻ることとなったのだった。

　ジャヴォットに対する企てに失敗したあと、私はピュジョの木賃宿にいたのだが、そこには知り合いの盗人たちがいた。私は彼らとともに合鍵を使って何件か盗みを働き、そのおかげでアヴリルの出所を待つことができた。多くは貧しい人々の家からの盗みであり、それはほかの盗みよりも良心の呵責として重く私にのしかかっている。その金の多くは、宿代のためだったりと、ほかの金と同じように使ってしまった。

　とうとうアヴリルが出所する日になり、私は彼を監獄の出口まで迎えに行った。アヴリルの借金はすべて返済され、彼は二百フランほど得ていた。私が考えていることを実行するのにちょうどよい金額だった。だがアヴリルの第一歩を見て、私はただちに彼とでは難しいことに気づいた。まさか彼がそんなに早く金を使うとは思っていなかった。困ったことに私は彼の財布を自分だけで管理できず、いらだちを抑えながらもアヴリルの好きなようにさせておいたのだ。パリに着くまでの途中、彼はすでに三十フランほどばらまいていた。私をがっかりさせたのは、どれだけ穏やかに注意しても、僕の身を任せるよ、あんたのほうが僕よりものの道理をわきまえているのはよくわかってるよ、あんたの忠告に従うよと言うだけで、このならず者はつねに我が道を行っていたということだ。以来、彼はいつもこのようにふるまうようになった。私の意見に沿って動く覚悟がしっかりできていると言いながら、実際はいつも好き勝手にふるまうのだった。

　パリに着く頃には、アヴリルはワインで完全にぼうっとしていた。そして、いくらいけないよとたしなめても、クルティーユ〔酒場が立ち並ぶパリ北部の一画〕で最後に一杯やりたいんだと言った。クルティーユで、アヴリルは私に何も言わずに去って行ったが、あとで彼から聞いたところによると、賭博場に行ったらしい。口うるさい監視役を厄介払いし、また金も深刻に考える前に厄介払いしてしまいたかったのだ。アヴリルに足りなかったのは熱意ではなかった。私が彼にとって幸運だったのは確かだ。私にはモントルグイユ通りの仕事のほかに、彼とであれば一度も失敗しなかったであろう壮大な計画がいくつかあったわけだから、もし彼が私の忠告に従っていれば、ともに一財産を築けたはずだったのも確かだ。彼には勇気と決断力もあった。彼に足りなかったのはただ素行の良さと、そして酒の誘惑に勝つことだけだった。そもそも、それだって彼のような性質の人間ならほとんど皆が持つ欠点だ。

こうして私は一週間彼に会わずにいた。彼がフレシャールとその妻と親しくなり、一緒に数件の盗みを働いたのはこの間のことだ。私のほうでは、もう彼のことなど考えてもいなかった。

バトンが私を探しにやって来て、もう一度一緒に新たに計画しようと急かしていた。バトンの言う新たな計画など、私は少しも信用していなかった。だが最終的にバトンが何でもする決心がついたと強く断言したものだから、私は従うことにしたのだった。私はクーティリエに会いに行き、サルティーヌ通り四番地に持っていたアパルトマンを貸してもらった。そして適切な措置をすべて取った。私たちは決められた日の前夜に会うことになっていた。しかし私はアヴリルがバトンと一緒にいるのを見て非常に驚いた。バトンはアヴリルに偶然会ったのだという。そして陥ってしまった極貧状態と、私に会いたいという願望をアヴリルが口にしたため、バトンは私たちがすることになっていたことを話し、もしそうしてほしければ自分の役割を譲ってやろうと言ったのだった。バトンは危険から逃れられて満足だったし、もし私とアヴリルがうまくやれば自分も口止め料ぐらいはもらえるだろうと考えた。この点に関してバトンは間違っていた。私は口外されることなど恐れてはいなかったからだ。

私に気づくとバトンは私を脇に引きよせ、アヴリルと会ったこと、私たちの計画を打ち明けたこと、そしてアヴリルが代わってくれと頼んできたことを述べた。私は同意した。バトンのような臆病者と何ができただろう？　富を欲しがりながらも、犠牲を払い大胆な行為でそれを獲得する術を知らないああした連中の中にいて、あの頃私はどれだけ苦しんだことか！　その苦しみに耐えるためには幻惑が、私の持っていたような固定観念が必要だった。明確に定められた自殺の計画がなければならなかった。

このサルティーヌ通りの新たな試みがどのようになったかは周知の通りだ。集金係は来なかった。私が注意していたにもかかわらず、アパルトマンを貸してくれた人間のカーテンを、なぜアヴリルが一式持ち去ってしまったのかは知らない。すべてを指揮していたのは私であり、すべての場所に出入りしていたのは私であり、後になって正体を知られてしまう危険のあるのは私だけだった。共犯者たちは私の後ろで忍びこんでいただけだったが、私はそんなことは意にも介していなかった。もう生きるのにはくたびれていた。私は、復讐には何の役にも立たない人知れぬ自殺ではなく、ただ華々しい死しか望んでいなかった。

## シャルドン殺し

その機会はほどなくやって来た。

一八二九年、すでに私はポワシー監獄でシャルドンと知り合っていた。[*54] 私たちは敵対していた。利害がらみの言い争いから生まれた憎悪だった。出所してからは会っていなかった。だがバトンは、ジェルマンという名のやはりポワシー監獄の釈放囚とともに、何度かシャルドンの家に行っていた。私はその頃バトンの家にいたのだが、ある日ジェルマンはバトンの家にやって来ると、私たちが二人で何か書類を作成しているところを目撃した。彼がそれをシャルドンに話すと、私の手腕を知っていたシャルドンはすぐに私たちが偽造をしているのだと判断した。間違ってはいなかった。ある日シャルドンはジェルマンに（彼はラ・フォンテーヌに出てくるカササギのように、両方の側でいろいろと伝えたりとやかく言ったりしていた）今度私に会ったら逮捕させてやると言ったらしい。そうしたことができるほどシャルドンは悪意のある人間、一言で言えば偽善者だった。

やはり同じくらい悪どいジェルマンは、シャルドンを嫌いながらもシャルドンの家から離れず、バトンと私と飲む中で、シャルドンの家で大金を、アンリ五世〔ブルボン家の王位継承者。一八二〇—八三〕の肖像が彫られた大きな金貨を大量に見たこと、そしてそのうえ、シャルドンが明日にでも皇后から一万フランもの大金をもらえることになっていると話したのだった。ジェルマンは私たち二人に、合鍵を使ってその一万フランをごっそり奪ってはどうかと提案した。そして私たちにすべての情報を与え、できるかぎりの便宜を図ってやろうと提案してきたのだが、この提案はまったく私を惹きつけなかった。この抜け目ない二人のことを私はよく知っていた。片方のシャルドンは大口を叩くのが大好きで、他方、こうした仕事を教えることで分け前にあずかろうとしているジェルマンは、計画を実行する者の危険はほとんど冒さなくてすむ。そこで私はこの仕事を拒んだ。私にはもっとうまい考えがあったのだ。シャルドンを殺す計画はすでに立ててあり、ジェルマンによって与えられた情報はそれが簡単であることを示してくれたというわけだ。ああ！　この仕事はそれこそ私の望んでいた通りのものだった。シャルドンとその母親とはどのような者たちだっただろうか？　私は一瞬たりとて、ほんの小さなためらいすらも感じなかった。

やはりシャルドンのことを聞いていたアヴリルは、シャルドンが金の卵を産む鶏を飼っているのではないかと本気で信じてしまっていた。アヴリルは合鍵を使ってこの仕事をやろうと言ってきた。私はこう言って渋った。シャルドンは私をすでに相当憎んでおり、私のほうでも憎んでいることは十分知っているわけだから、シャルドンの疑いは当然私に向けられるだろう、それに私には、ほんの一分でも警察の前にいられないほど、恐れるべきことがたくさんあるのだ。母子を殺してしまわないかと最初に持ちかけてきたのはアヴリルだった。そして私は、もうおわかりだと思うが、そういうことなら、と応じたのだった。シャルドンのところに三、四百フランもあるとは思えなかったが、五フランにしかならなかったとしても私は心を決めただろう。

ある日私たちは現場へ向かっていたが、アヴリルが思い直した。「やっぱりこんな仕事、あんたとするなんて決心できないよ。あんたのことはわかってる。一度でもこんなふうにあんたに従ったら、あんたは僕を子どもみたいに操るんだろ。」私は答えた。「私を先に裏切ろうとしなければば、誰も私を恐れる必要など決してないんだよ。」そしてそれは本当のことだった。結局その日、アヴリルは心を決められなかった。私はその後この仕事のことをアヴリルには話さなかったが、アヴリルが空腹になるのをあてにしていた。三、四日経ったある朝、目が覚めるとアヴリルは言った。「ねえ、もし今日やりたいって言うんなら、もう完全に決心はついたよ。シャルドンの家に行こうよ。」私は答えた。「行こう。」そして私たちは朝食を摂るなり出かけたのだった。後のことはご存じの通りだ。*55

それは私にとって素晴らしい一日だった。私はほっと一息ついた。それまで私は監獄のどん底に生き埋めにされるだけで満足していた。血を流したにもかかわらず、その代償を要求することは、私にふさわしい処刑台を要求することは許されず、それでも死を、自分の手によるのではない死を欲していたのだ。ある者は情熱だけに駆り立てられ、自らの良心が正当化できないような罪を犯し、処刑台を恥辱と見て自殺し、またある者は、自らの健康と財産を人生の快楽の中で使い果たし、それらが突如失われるのを見て自殺する。もっともなことだ。しかし社会にパンしか、労働によって保証されるパンしか求めなかった私は、否、自殺などできなかった、してはならなかった。もししていたら、それはあまりに馬鹿げたことだっただろう。それでも私は、もはや生きてはゆけまいと感じていたのだ。まさか私を突き動かしたのがシャルドンの家で見つけられるはずの金の餌だったとでもお思いなのではないだろうか。ああ、まさか！　あれは我が生涯の血にまみれた弁明、私を拒絶したこの利己的な社会への血にまみれた抗議だったのだ。これこそが私の目的、私の期待だった。以来、恐れることは何もなくなった。私のことはいつでも好きなときに逮捕できた。どんなふうにけりをつけることになるかはわかっていた。盗みにふけるような危険はもう冒さなかった。もう少し楽しむか、完全に勝利するか、どちらかだった。

私が次のように言ったと主張する人々がいた。もしあのときうまくいっていたら、私はまっとうな人間になり、一家の良い父親として生きていただろうと。そう、法律的にはその通りだ。そう、私は親切であっただろうし、人の不幸をなぐさめてやっただろう。それもその通りだ。だがそのとき私は自らの復讐に没頭していたことだろう。詩も快楽もそっちのけにして、社会の基盤となっている原理を一つ一つ土台から崩壊させるべく、教育を行ない、日夜勉強し、すべてを退廃させようとしたことだろう。こうした影響を受け、その影響が実を結ぶのに、今世紀以上に適した時代があるだろうか。もしあのときうまくいっていたら、それこそが私の存在理由、私の運命となったことだろう。だが迅速に行なわなければならなかった。なぜなら私はもう飽き飽きしていたからだ。シュヴァル＝ルージュ小路での殺人の結果については手短に済まそう。公判記録が教えてくれる。遊びたくてたまらなかったアヴリルが、私の忠告を何一つ聞かず、まず一度逮捕され、次にもう一度逮捕され、私たちの協力関係が解消されてしまったこともご存じの通りだ。

## 窃盗を繰り返す

バトンがまた私のところに戻ってきた。〔一八三四年〕十二月二十九日の朝、私はバトンに再会した。今度は何事にもひるまないからと約束しながら、バトンが新たな企てをまた強く勧めてきたものだから、私も彼のことはほとんど信用していなかったとはいえ同意した。夜、バトンと別れる前に私はもう一度頼んだ。自分が一体何をすべきなのか、自分の心によく聞いてほしい、と。こういった襲撃をするには自信を持たなければならないのだ、と。もし少しでも不安があったら、私が銀行に為替を持ってゆくのを止めてくれ、と。私のあらゆる注意に対して、バトンは自分の決意は決定的に固まっていると答えた。彼に対する私の信用が高まることはなかったが、すでに述べたように私は急いでいた。翌日私はすべてを整え、夜の七時、待ち合わせ場所であるタンプル大通りのヴァンドーム小路に赴いた。バトンがやって来るのが見えた。バトンは別の誰かと一緒だった。それがフランソワだった。それまで会ったことはなかった。*56

こういうことだった。バトンのかつての盗人仲間であるフランソワが、彼の住み家を知って午前中に会いに来た。フランソワは一文無しで、警察に追われていた。そしてバトンに、二十フランもらえれば人一人殺してやろうと言ったという。相変わらずのバトンは、自ら危険にさらされることなく金が稼げることに喜び、翌日演じなければならなかった役割から解放される機会を逃さなかった。バトンはフランソワに、もしそういう気なら五万フランぐらい稼げる仕事を明日やろうとしている人がいると言い、そして打ち明けた。補佐するのは俺なんだが、一緒に仕事をする人は俺の腕力を当てにしていないようだから、お前のような男が俺に代わってくれたら満足するに違いない、と。フランソワはすぐに承諾し、私のところに連れて行ってくれと頼んだのだった。

バトンはこれらを手短に説明し、フランソワの勇気を保証した。私からすれば取るに足りない推薦だった。その後の出来事は、それが思い違いではなかったことを証明してくれた。バトンが帰った後、フランソワが私に何ら下心を抱かないよう、彼の偽の打ち明け話のお礼にと、私がシャルドン殺しの犯人の一人であることを、共犯者の名前は告げずに教えてやったのはその夜のことだった。何とも軽率だったと言われるかもしれない。だが私にとってはたいしたことではなかった。それにもはや生に執着しておらず、死を願っているときに、何を恐れる必要があっただろうか。

　翌三十一日、私はフランソワと落ち合い、モントルグイユ通りに向かった。この未遂事件の詳細も知られているから、ここで語る必要はない。[*57] その翌日も私たちはバトンに会うことになった。バトンは十一時にロワイヤル広場[*58]で合流した。私たちは昼食を摂りに酒屋に入った。バトンが、自分の卑怯さと私にさせたあらぬ奔走を私に咎められ、勝手にすればいい、そっちがどうなろうと知ったことじゃないと言ったのはここでだった。そしてバトンは、自分のことをもっと丁重に扱ったほうが身のためだと私に悟らせようとまでした。私は言った。「お前を丁重に扱うだと、この卑怯者め！　私の前で震えるべきなのはお前のほうだ。お前は私を死に追いやることしかできないが、私のほうではお前を好きなときに徒刑場に送ってやれるのだ。」

　とはいえ私たちは気を鎮め、イッシーに向かうべく店を出た。フランソワがイッシーに行って従姉妹の一人から盗もうと言い出したのだ。[*59] 大通りの端まで行き、タンプル通りの向かいに来たとき、私は始末しようとして以来見かけなかったジャヴォットに真っ向から出くわしてしまった。ジャヴォットは愛人のバティストという男と一緒にいた。私はジャヴォットを避けようとしたが、バティストがやって来て、騒ぎにならないようこっちに来てジャヴォットと話してくれないか、さもないとあの女は何かおかしなことをしでかすかもしれないから、と頼んできた（ジャヴォットは酔っていた）。私はバティストのあとについて、ジャヴォットに話をしに行った。ジャヴォットは私を非難したが、私はおだやかに答えた。「おしゃべりがすぎるとこうなるということだ。」バティスト、ジャヴォット、バトン、それに私は酒屋に入った。フランソワには先に行くように言っておいた。殺そうとした人間と酒を飲むというのはなかなか楽しいことだと思った。ワインのせいでジャヴォットの目には怒りの色が戻り、三度もあやうく私を逮捕させるところだった。私はバティストを見ていたが、三度とも、彼は彼女が私を逮捕させようとするのを止め、私が逃げられるようできるだけのことをしてくれた。バティストとだと安心していられた。バティストにはバティストなりに、私がこのような事件の巻き添えになるのを心配するだけの理由があったのだ。ジャヴォットは私に近寄ると、「あんた、あたしが望めば一生徒刑場送りにできるんだってことわかってるんだろうね」と言った。私は答えた。「知るか、ばかめ。むしろこう言うがいい。あんたの首を落とさせてやる、と。私がお前だけ殺そうとしたとでも、ほかの者たちがお前のように運よく死なずにすんだとでも思っているのか。」

イッシーでは、またもやバトンのせいで何もできなかった。役立たずのバトンは少し目を離したすきに酔っぱらってしまったのだ。

三日後、私たちは置時計を盗んだ。それを売った金でフランソワは市門のほうへ行き、スーマニャックという友人と二日過ごした。六日、私は彼が警察の手に落ちたのを知った。私と知り合う前に犯した詐欺で逮捕されたのだった。七日、私は賭博場に行き、三百フラン稼いだ。もはやパリですることもないので、その金で田舎をひとまわりすることに決めた。

私は九日にパリを発ち、父方の親戚「とくに叔父の一人」[*60]に会いに、フランシュ＝コンテ地方に向けて旅立った。そのうちの一人は、私が文書偽造による詐欺を犯すのをそうとも知らずに助けることになった。「ブザンソンからディジョンに戻る途中、もうパリに帰る気になっていたのだが、」私はリヨンでの顔見知りに会った。彼は運悪く私の本名を知っていた。現金が邪魔だった私は、これを金《きん》に換えてもらえないかと頼んでみた。すると彼は、ディジョンには金《きん》はほとんどないと言い、パリで使える有価証券を渡してあげようと申し出てくれた。私は承諾した。

## 手形偽造事件

手形はパリのドラマール＝マルタン＝ディディエ銀行宛てに、ディジョンの第五ドルヴォン銀行が振り出したものだった。私はすぐに新たな詐欺の計画を思いついた。それは、ドルヴォン銀行の証券に似せたものをパリに製版しに行くというものだった。この手形を偽造し、偽造した銀行券で支払いをさせ、その後いろいろな銀行から話が伝わる前にブルゴーニュ地方で本物を譲渡するというものだった。一度に多く譲渡できるだろうと踏んでいた。まずまずの成功だった。ドラマール＝マルタン＝ディディエ銀行での最初の試みの段階で捕まりたくなかった私は、そのためにドルヴォン銀行に手形の振出通知を出すのを忘れないでくれと頼んでおいた。しかしドルヴォン銀行はそれを忘れてしまい、これが私の破滅の原因となった。私はパリに着いた。警察中が私を探していた。そして警察は、アヴリル、フランソワ、ジェルマン、そしてバトンのおかげで、かなり有力な情報を手に入れ始めていた。私にはどうでもよかった。大砲の口にだって身をさらしたことだろう。

パリに着くとすぐに、私は版画師のところに偽の証券の注文に行った。ドルヴォン銀行の行員と自称しておいたのだ。二日すると十枚ほどの証券が手に入った。五百枚注文しておいたのだが、残りは夕方取りに行くことになっていた。しかしその後の出来事が、それを阻むこととなった。証券が手に入るやいなや、私はまずドラマール＝マルタン＝ディディエ銀行で金を受け取るための手形の偽造から始めた。私は会計係のところに姿を見せた。会計係は支払期日の書かれた帳簿を見た。振出通知がない。ああ！　それさえ予想していれば！　事実、振出通知さえ出ていれば、私は問題なく、気に留められることもなく金を受け取れたのだ。振出通知がなければ、いろいろな調査や、推測や、もしくはドルヴォン銀行の為替手形数枚との照合を行なわなければならなかった。そんなことはもちろん考えてもいなかった。調査をしていると気づくやいなや私はこっそり逃げ出した。

ドラマール＝マルタン＝ディディエ銀行を出たときは三時半だった。四時には私はジャコブ・レヴィという名の通行証で乗合馬車に乗っていた。ディジョンで夜用旅行鞄に入れておいたこの通行証が、急いで出発する中で本当になくなっていたのか、それとも私に対して抱いた疑いを明らかにする理由がほかにないため、私を引き留めようという策略だったのかは、いまだにわからない。それまで、私は一度も通行証を見せろと言われたことがなかった。私がすでにパリからブザンソンへ、ブザンソンからパリへと移動できていたのがその証拠だ。だが、身分を証明する書類は何もなかったというのに、行く先々で私はすでに手配されていた。バトンは私の正確な身体的特徴を教えていた。アヴリルは、もし私がパリにいなければフランシュ＝コンテ地方に行ったはずだと知らせていた。それでも私は何も恐れず、何も心配することなく、落ち着き払って行き来していたのだ。

ディジョンを再び通ったとき、私はドラマール＝マルタン＝ディディエ銀行で行なわれようとした詐欺の件で、ドルヴォン氏がすでに通知を受けていたことを知った。私はただちにこの町を離れ、ボーヌに向かった。そして、私がその名で旅をしていたジャコブ・レヴィの名で裏書きした本物の手形をP氏に渡した。そしてP氏に、五、六日したら再びボーヌに取りに来るからと言って、この為替を取り立てに回してもらえるよう頼んだのだった。期待していた通り、そしてすでに成功したこともあるのだが、P氏はドルヴォン氏の署名を注意深く見ると、そんなに待つ必要はありません、現金を払いましょうと言ってくれた。私は急ぐようすもなく、「どうぞご都合のよろしいように」と言って、付け加えた。「この銀行をよくご存じのようですな。」P氏はしかし言葉を継いだ。「ああ！　これは二万フランにはなりますね。いますぐ手形割引をしてさしあげましょう。」私はこのことをしっかり覚えておいた。そしてすぐにボーヌを離れると、道々偽造手形をばらまきながら、リヨンを経由してジュネーヴに向かった。そしてパリに戻る道すがら、とある町に現金の一部を残し、千五百フランのみを携えたのだった。

私はP氏にボーヌに戻って来ると約束していたし、実際その約束を律儀に守った。財布の中にはP氏に譲渡したいと言っておいた四千フランの手形が入っていた。私は蒸気船でシャロンに着いた。そしてボーヌ行きの乗合馬車の席を予約した。ボーヌには深夜一時に到着した。乗客係は私のことを忘れていてディジョンまで乗せてゆくところだったのだが、私がボーヌで降りると言ったのを出発するときに聞いていたある旅行者が私を起こしてくれてしまった。これが運命だった。なぜなら、もしディジョンまで来てしまったと気づいたら、来た道を戻るような不用心はしなかっただろうからだ。

私はボーヌで待ち伏せされていた。私がした約束を当てにしていたというわけだ。私にとってすべてが悪い方向に動いていた。

ドルヴォン氏の署名のあるドラマール＝マルタン＝ディディエの為替をP氏に譲渡するとき、私は彼が現金化のために為替を直接パリに送るだろうと考えていた。そして現金化の期日が時間ぴったりなものと思っていた。偽造の知らせは、私が帰るその日にならなければ彼らのもとに届かないはずだった。私にはまだ彼らのところで仕事を終え、去ってゆく時間があるはずだった。だが何が起こっていたのだろうか？　商売上の通常の慣わしに反して、P氏は自分たちが債権者になっているこの本物の為替をドルヴォン夫人に送ったのだ。そして、その本物の為替に最初に裏書きした人物が偽造為替を作った、もしくは作らせたのだという返事を折り返し受けたのだった。ドルヴォン夫妻はP氏に、そのジャコブ・レヴィという人の素性を確認し、その人を通じて最初に裏書きした人物を探り当ててくれるようにと頼んだ。つまり私はいわば到着早々待ち伏せされていたわけであり、逃げる用心すらしていなかった。というのも、もう少し辛抱して待ってくれていたならば、私はP氏のところに偽造手形を持って現れるはずだったからだ。約束を破る理由はどこにもなかったことだろう。

朝、ボーヌではすでに私が到着したということが知られていた。私はホテルで朝食を摂り、カフェに行った。町の人とコーヒーを飲んでいるとき、一人の男が私たちと同じテーブルに来て座った。この男が自分をたいそう注意深く見つめているので、私も何かおかしいぞと思った。その筋の目はごまかせない、いかにも憲兵ふうの雰囲気というものがある。事実この男はボーヌ憲兵隊の中尉だったのだ。男はいったんカノェを出ると、五分ほどで戻って来て、話すことがあると耳元で言った。私は男について行った。外に出ると男は肩書きを述べ、私にジャコブ・レヴィという名ではありませんかと聞いてきた。この問いは、私には「ラスネールを死刑に処する」と言っているかのように聞こえた。これから起こることすべてが私の目の前に広がったが、それに私は驚くこともたじろぐこともなかった。こんなふうに終わるのだということは、もうずいぶん前からわかっていた。だが最後の自己保存本能が、それにたった一人で楽しむような自己愛が、私に抵抗するようにと、このつまずきから抜け出すようにと促した。だが、それもこのときが最後だった。以来私は、人が自分に向けようとする攻撃から自分を守るどころか、その前に自ら身を投げ出すようになった。

P氏は私を責めてはいなかった。私がすぐに払ってもらおうとするどころか、為替を取り立てに送ってくれと頼んだことを、そして現金を渡したのは自分自身であることを彼は認めていた。私に対するすばらしい弁明方法だった。事実、偽造為替を所持していてそれが偽造であることを知っている人間が、それを取り立てに送ってくれと頼むことなど、どうして考えられようか。ばかげている。私はそのことを指摘した。憲兵隊中尉はうまく返す言葉がなかった。彼は予審判事のところまでご同行願えますかと頼んできた。予審判事のところで私は取引内容を説明した。予審判事は私に対する先入観をかなり強く持っていたようなので、私はその先入観を消し去ろうと、P氏に対して私がした（そしてP氏も了解した）提案に関する、まったく異論の余地のない弁護手段を示した。そして、この取引で偽造が起こったのだとしたら、最初の被害者は私であると、偽造したとしたら最初に裏書きした人間でしかありえないと、だがそんな人間のことなど私はまったく知らないと、なぜなら私は三番目に裏書きした人物だからと巧みにほのめかした。あまりに明確に説明できたので、私は予審判事を納得させ、自由の身になるところだったのだが、そのとき別の災難がふりかかった。あの日は厄日だった。いまとなっては腹を立ててもいないが。

## ボーヌで逮捕される

あるボーヌの卸売業者が、リヨンに住んでいたことがあって、そこで私を見知っていた。この卸売業者は私が憲兵隊中尉と連れだって通るのを見て、ジャコブ・レヴィという人物だと知ると、奴は詐欺師だ、自分は奴を知っている、奴の名前をはっきりとは覚えていないがレヴィという名前であったためしなどないことはたしかだ、それに奴はユダヤ人などではないと叫んだのだ。まわりはすぐに供述書を作るようこの卸売業者に勧めた。私が証人の立場で供述書に署名しているとき、彼は到着し、憲兵隊中尉を呼んだ。しばらくして中尉は戻ってくると、予審判事に脇で耳打ちした。場面転換。あなたのことをよく知る町の人が、あなたはジャコブ・レヴィという名前ではないと断言しているのですがと告げられた。私は激しく抗議し、その中傷者を私の前に連れてきてほしいと強く迫った。こうして結末は振り出しに、そして私が何より恐れていたことに戻ってしまった。通行証を見せるようにと言われたのだ。私は、ディジョンを出るとき急いでいたものだから、パルクホテルの夜用旅行鞄の中に置いてきてしまったと述べた（事実だった）。しかし人々はもはや聞く耳を持たなかった。ただ、通行証が届けば釈放しますよと、ただちにディジョンに手紙を書くよう勧められただけだった。検事総長などは、書類が早く届くよう私のほうで書きましょうかと付け加えたほどだった。もはや気にしてはいなかった。すでに決心はついていた。この後どうなるかということは嫌というほどわかっていた。だが、もう残り二十四時間も生きられないかもしれない今日と同様、そのことで頭を悩ませることはなかった。

ボーヌの監獄に入ってから、私は一瞬たりとて落ち着きを失うことはなかった。何も連絡のないまま数日が過ぎたのち、私は検事総長が、ディジョンで私の通行証を見つけられなかったこと、そのかわりに私を助けてくれたり、私に自由をもたらしてくれたりするには程遠いような情報を集めてきたことを知った。パルクホテルに滞在していた幾人かの人たちが、ついこのあいだ偽造為替数枚の所持で逮捕されたばかりの男と私が何か打ち合わせしているのを見たと主張したのだ。事実としては、私はそのような男のことは知らず、話しかけたこともなく、誰のことを言おうとしているのかさえもわからなかった。だが私を勾留しておくにはそれ以上のものは必要なかった。そしてしばらくすると、すべてがパリで露見した。ある夜、私は憲兵たちが（兵舎は監獄に面していた）明日移送することになっている男の話をしているのを聞いた。私は耳をそばだてた。そして、ガイヤール、別名ラスネール、別名ジャコブ・レヴィなどという名前を聞き取ったのだった。「よし！　これで事件になるぞ。」そう私は思った。

事実、翌朝、私は……の町に向けて旅立った。監獄に着くなり最初にやって来た人物は検事総長だった。令状なしに、単なる好奇心で、そして生まれつつあった私の評判に惹かれてやって来たのだった。私は彼にそのことを多少の皮肉をこめて感じさせた。検事総長は仕返しに、パリに要求書を出して、出発の日には私の両足に十五リーヴル〔七・五キロ〕の鉄鎖をつけるという特別手当を取りつけてくれたのだった。［検事総長はこういう方法で復讐できると思ったのだ。いかにも低劣な復讐であったが、私には影響しなかった。ある者たちは、目的に達することができず、結局復讐できずじまいになる。］またある者たちは、苦しもうとしないため復讐されることがない。私はそのうちの一人だった。私に対して復讐しようとする者には、相手が誰であれ立ち向かう。だが私を憤慨させるが苦しめないふるまいというのもあるのだ。たいていの人間に対して抱き続けてきた軽蔑が間違ってはいなかった、という証明がもたらされたときほどうれしいことはない。［そしてもちろん……の町の検事総長にしても、私にこの考えを撤回させるようなことはなかっただろう。］

両足の鉄鎖のほかに、憲兵隊は道々、通過する監獄で、夜間私の手に指錠をかけろとも命じられていた。だが憲兵隊を正当に評価し、言っておかなければならない。ただ一人を除いて、憲兵隊は皆この命令にためらい、この命令を野蛮という言葉で表現することさえためらわなかった。たしかに私はまだ容疑者でしかなく、誰とも対面させられておらず、手違いで容疑者と結論づけられてしまったということだって大いにありえたのだ。司法はときおり間違いはしないだろうか。このとき私に対しては、文書に基づく推定があるのみだった。私は自らを待つ運命から逃れようとするのではなく、何ら進まない予審を地方で無意味に引き延ばさないために、すべてを否定していた。いつもの判事たちの前に姿を見せるのが待ち遠しかった。パリに着くのが待ち遠しかった。パリでしか死にたくなかった。隠しもしないが、地方の処刑人と関わりになるなど私には非常に不愉快だった。愛しいパリよ！　愛しのサン＝ジャック市門よ！

パリ中心部、シテ島にあったコンシェルジュリー監獄の様子。パリ裁判所の付属施設で、裁判中の犯罪者が収容された（小倉孝誠『「パリの秘密」の社会史』、新曜社、2004）

# 第八章　最期の日々

## 治安局長アラール

ようやく私はパリに着いた。最初に私の前に現れたのはアラール氏だった。[*61] 彼とはあまりにたくさん関わったものだから、仕事柄、犯罪者を追跡し逮捕するという任務にありながら、私に対しては自らの義務と本来の親切心とをとてもうまく調和させてくれたこの人物について、少し述べておかないわけにはいかない。つまりここからは感謝と良心の所産ということになる。感謝というのは、私が彼にとても世話になったからであり、良心というのは、自分が真実を話していると知っているからである。

アラール氏を正しく評価するには、彼以前の警察と現在の警察とを知らなければならない。彼以前の警察については、その醜悪で嫌悪の念をもよおさせる関係者たちによってだけでなく、［前任者たちのふるまいに一部起因する］警察に対しての偏見によって判断すべきだ。そして間違えないでほしいのだが、偉大な心や気骨の強さは、英雄的な行為をなすことよりも、善をなすために偏見と闘うことのほうにより存在するのだ。後者の場合、人が期待できるのは一つの義務をなし終えたことの内なる確信という報酬だけだ。というのも世論は正当な評価を下すのがいつだって遅いからだ。前者の場合、人は他人に賛美されることによって、ただちに犠牲の代価を期待する。善良な人間、アラール氏のように誠実で繊細な人間がしてくれた献身を理解するためには、そしてあれほどまでに有害だった前任者たちの事例を不快に思わないですむためには、こうしたことすべてを評価する必要がある。

アラール氏が社会にしてくれた奉仕を理解するには、どんな役所であれ改革と浄化にたずさわる人間に人々が浴びせてやろうとする、あらゆる嫌悪や妨害行動を知らなければならない。実直で正直であることは、何でもない、彼の本性だった。だが警察の表皮で大きくなってゆく疣に断固として大胆な手を入れ、精神を生まれ変わらせ、皆の前に見せられるような体を作り上げる必要があった。彼はそれを粘り強く行なったのだ。かつて人々に、犯罪者の中で一番軽蔑すべき連中とそれを捕まえる責務のある連中とどちらが下劣だろうと本心から自問させたようなあらゆる非道な策略を、彼は自らの部署から追放した。それからまた、この部局の頂点にいる人間がアラール氏を評価できたこと、そして彼がこれほどまでに貴重な結果にたどり着き、警察の風俗を完全に改革するためには必要であり、また手に入れてしかるべきだった信頼を与えたことも感謝しなければならない。

たしかにアラール氏の果たしていた職務を考えれば、私から自白や情報を引き出すというのはかなり有利なことになる。重要な発見に最も簡単にたどり着くには共犯者同士を互いに反目させればよいことは、彼も十分知っていた。だが彼は私に嘘一つ言わなかったし、後になって証明されなかったような事実は一つも述べなかった。自らの目的に私を誘導するべく、私を思い違いに誘いこもうとしたことなど一度としてなかった。彼はいつも私に対して率直で、実直で、気取らず、誠実だった。たしかに私が容易にだませる男でないことは彼も知っていた。だから私も、彼の親切さがいつも変わらぬ習慣であることや、本来ならもっとうまく利用できるであろう他の多くの者たちとの関係を知らなければ、その点をアラール氏の大きな功績とみなすことはなかっただろう。そうした連中を私は監獄で多く知っていた。監獄ではふつうアラール氏に良かれなどとは願ったりしないが、この点において彼に対してささいな非難一つ向けられるのを私は聞いたことがない。自分の役に立つはずの連中に対して、治安局長の側からは一度もごまかしたり嘘をついたりしないのだ！　これがどういうことかおわかりだろうか。赤面させるべき犯罪者の前で治安局長が赤面すべき行ないをしてはならないと思ったのだ。そして私は証明する、この実直さ、この誠実さによって、彼は日々、社会に新たな貢献をする。それでいて、闇に埋もれ、罰せられない犯罪が増えることはないのだ。

もう長い間、私のところに来ては必ず私を喜ばせてくれるこの人、帰るときには必ず私に未練を抱かせるこの人に対し、感謝を示させてほしい。それなのに私に対立するという義務、すべての義務をまっとうしたのだ。自らの義務をこのようにまっとうする術を彼に学ぶべき人間が、一体どれだけいることだろう。そうなれば多くの不幸な人間の心の中で、憎悪や復讐の念はおさまることだろう。私の顔に陽気さを、私の唇に微笑みを戻してくれているのは誰か。アラール氏だ。ああ！　軽蔑や不公正に敏感だった私は、親切にはもっと敏感だったのだ。私に対して私利私欲なしになされた親切を、私は一つとして忘れたことはない……。

ついでにここで言い添えておくと、パリに到着して以来、私を出頭させたすべての司法官、役人、行政官、それに監獄職員の私に対する態度に、私はただ満足しか感じていない。中でも［コンシェルジュリー監獄の］所長をあげておきたい。彼の親切心、楽しい会話は、私の拘禁生活の大きな魅力の一つだった。自らの命令と監視の下にある者たちに対してここまで親切にできる人々に、ここまで傷つけない人々に、私はほとんど会ったことがない。

［フォルス監獄の］所長にはいかなる不公正も、専制的なところも、冷酷なところもなかったが、私に対して俺、お前でなれなれしく話しかけたことは非難せざるをえない。このようななれなれしさは誰に対しても不謹慎であり、私は立場、教育、そしてあり方すべてにおいて、ほかの誰よりもこうしたなれなれしさからは守られるべきだったのだ。こうしたやり方で優越を示したり、階級や立場を区別する線をはっきりと引いたりすべきではない。話のついでに［フォルス監獄の］所長に助言させていただくことにする。

警視庁に着くとアラール氏は、私にとって不利な証言が出てくるのは避けられないということを私に納得させようとした。私を説き伏せるのは難しくなかった。逆に私は、自らに定めておいた運命から逃れてしまうことを恐れ、むしろ自分に不利な証言を重ねることしか望んでいなかった。そこで私はモントルグイユ通りの殺人未遂の犯人であることを認めた。長い間犯人は三人であると思われていたため、アラール氏は、共犯者は誰と誰でしたかと聞いてきた。私は彼に、悪党は最初に自分が裏切られないかぎり仲間内で相手を売ったりしないものです、と答えた。このことについて、そのときアラール氏はそれ以上聞かなかった。そのかわり、シャルドン殺しには関わっていませんかと聞いてきた。私は関わっていませんと答えた。アラール氏は言った。「しかしあなたも知っているように、フランソワは逮捕されて、あなたがこの殺しの犯人の一人だと自慢していたとはっきり言ったんですが。」そしてアラール氏は私がフランソワに言った言葉をそのまま繰り返した。

疑う余地はなかった。しかし自分自身と、自分の置かれた立場に警戒した。長旅を終え、冷静さを保っているかどうか確かでないところを、いわば不意を突かれ、私は言うべきでないことまで言ってしまうのを恐れ、こう言ってアラール氏との対談を打ち切った。「もしあなたがおっしゃったことが真実なら、フランソワを身動きできない状態で引き渡すことは請け合いましょう。今日はこれ以上言えません。あなたに頼みたいことが一つだけあります。この道具一式（私は鉄鎖を見せた）から解放してはもらえないでしょうか。」実際、翌日私は彼の心遣いによって鉄鎖から自由の身となった。夜のうちによく考えたのだが、フランソワが私を売ったことは何ら疑う余地もなくわかった。そこでアラール氏がやって来るやいなや、私は彼が、彼一人がモントルグイユ通りの共犯者だと断言した。しばらくして、私は行きたいと頼んでおいたフォルス監獄へと移された。

## 仲間との反目

だが、そのモントルグイユ通りの事件のなりゆきには満足していなかった。せいぜい終身刑になるかというところであり、そんなことは望んでもいなかった。私はまたもや俗衆の中に消えてしまったのだ。とはいえ意図せずしてアヴリルを危険にさらしてしまうことを恐れていたから、シャルドン殺しを打ち明けるつもりはなかった。私を警察に引き渡すことをアヴリルが申し出て、そのおかげで釈放されたことはよく知っていた。しかし私はアヴリルがこのように働きかけたのを、本気ではなく、むしろ軽はずみであり、警察をからかいたかったからだと考えていたのだ。だが、その後得たいくつかの情報から、私の考えは変わった。私はアヴリルが当時ビセートル監獄にいてモントルグイユ通りの未遂を聞き、まわりに欺かれて、私たちが成功したものと思ってしまったようだということを知ったのだ。私が自分の状況を知らせなかったことに激怒したアヴリルは、私を逮捕させてやろうと決めた。そして軽率にも、そのことをほかの囚人にも言ったらしい。

私はアヴリルからは解放されたと思ったし、そのことは私の計画に大いに役立ってくれた。私は自分の計画に沿ってどこまでも行けた。つまり自己愛ではなく復讐のために、自分が望んできた、世に響き渡るような自殺をするのだ。[社会に敵対する動機をもう一つ見出していた。それは社会に宣戦布告した以上、自白や密告をすることで自分たちの攻撃から社会を守ってやってはならないのだ、という道を悪党たちに示すことだった。]

しかし私には、ほかの囚人たちに私のふるまいを知らせずにおいたほうがよい理由があった。

すべてを白状したところで彼らを恐れる必要など何もなかっただろうが、そうしようとは思わなかった。というのも、もし正直に白状したら、私と共犯者たちを刑に処してくれるはずの証拠の多くが失われてしまうだろうからだ。私は間違ってはいなかった。というのも、その後起こった出来事が、それさえなければ公判の日まで知らずにいて真実しか言えなかったであろう人間たちにすべての情報を与えてしまい、私から決め手を取り上げてしまったからだ。だがフランソワは、私だけが彼を破滅させることができるのだということをよく感じていた。フランソワはただ私を厄介払いすることだけを望んでいた。自分自身でするのではない。というのも私がほかの囚人たちと中庭に面した監房にいたのに対し、フランソワは四階の独房にいたからだ。それにもし一緒にいたとしても、私はフランソワを恐れはしなかっただろう。そこでフランソワは密かに奸計をめぐらせて、おあつらえ向きの偶然をねらって私を殺させようとしていたのだった。

ご存じのように私はアヴリルを密告したが、真実を守るためにフォルス監獄には連れて来ないようにと頼んでおいた。アヴリルはコンシェルジュリー監獄に残された。ある日、アヴリルはフォルス監獄の別の囚人たちと予審にいたとき、私がこの事件の真相を明かそうとしなかった者たちにある噂を流したのだが、それは私にとって好都合とはほど遠いものだった。私は、共犯者と私とが互いにうまく刺し違えられるよう、可能なかぎり最後まで真相を隠しておきたいと思っていた。私の目的の大きさを知らず、私のことを、犯しもしなかった罪を告白して破滅しようとする狂人か、さもなければ自分に不利な申し立てをした二人を何が何でも破滅させようとしている男だ、と考えてしまう者が出てくるのではないかということを恐れていたからである。それが起こりつつあった。事実、私が実際以上に罪深いふりをしている、そして私はシャルドン殺しに参加していないと信じてしまった者が一体何人いたことか！

その少し前、フランソワの仲間たちは、ベラールという男に私を殺させようと決めていた（ベラールはその後処刑された）。私に注意してくれた人もいた。私はギーズ〔プロテスタントを弾圧し暗殺された公爵。一五五〇―一八八〕のように「できはしまい」と答えた。事実、できなかった。ベラールと私は同じ監房で寝ていた。私はつねに彼の近くにいて、彼を見据えるふりをした。彼はうつむき、大人しくしていた。*62

だがある日、私自身が予審に行っていたときのこと、フランソワはガラス窓の上からそれは見事に陰謀を企み、自分は私に不利なことは何も言っていないのに私に売られたのだなどとほかの容疑者たちをうまく説得した。そのため私が戻れば皆が私に襲いかかり、フランソワは私を厄介払いできることになっていた。

予審から戻ってくると、中庭は興奮状態にあった（フランソワの仲間である扇動者たちは別だ。彼らはほかのあらゆる事件の扇動者たちと同じく、慎重に、離れたところにいた）。中でもとくに愚かな者たちが私に怒りを向けていた。なぜかもわからずにほんの少しの言葉で賛成か反対かの火がついてしまうのが、こうした連中特有の性質だからだ。だが私は思うのだが、誰一人として私を正面から攻撃しようとした者はいなかったはずだ。攻撃する武器も身を守る武器もなかったにもかかわらず、私があまりに断固たる態度を取っていたからだ。寛大な人間のまなざしには、卑怯者の身動きを封じてしまう何かがあるものだ。すでに述べたように四階に入れられていたフランソワに私が話しかけたその瞬間がねらわれた。私の頭に背後から一撃が加えられた。私に攻撃を加えたのは、皆の中で誰よりも臆病で愚かな奴だった！　ひとたび倒れると、皆が私に覆いかぶさってきた。やがて彼らは自分たち自身怖くなって、自然と私から離れた。たしかに少しふらつきながらではあったが、私は冷静さを失わずに門のところまで行った。私は看護室に連れてゆかれた。十五分後、私は手当てされ、深い眠りについた。

翌日、自分に起きたことを最初に笑ったのは私だった。私は例のよき仲間たちに次のように伝えた。君たちはまるで子どもだ。人を殺すと息巻くのならあれではいけない。一人に対して百人でかかるのは無意味であるし、少なくとも私はそうはしない、と。つまるところあれは私にとって些細なことにすぎなかった。私は誰であれ告訴することを拒み、このことについて始まっていた予審を中止させた。法廷でこの話を再びしたのは、私を亡き者にすることでフランソワが得をすることを証明するためにすぎない。それは私の証言をフランソワが恐れていることの証明であるし、結果として彼が有罪であることの証明でもある。私は残りの拘禁生活をフォルス監獄の看護室で、不安も気がかりもなしに過ごすこととなった。哲学者のような生活だった。

## 死刑判決が下る

ついにコンシェルジュリー監獄に着き、裁判を待つことになった。ここで私はかつての師、レフェ・ド・リュジニャン先生の手紙を受け取ることになった。先生は有能な友人の一人を紹介し、その人が支援してくれると約束してくれた。ご存じのように、私は人を選ぼうとはしなかった。重罪裁判所の裁判長が弁護人を指定し、弁護人が私に会いに来たので、私は喜んで受け入れたのだ。彼に対する私の信頼を彼から取り上げれば、最も単純な礼儀さえ欠くことになり、侮辱になっただろう。レフェ先生は友人を連れて会いに来てくれたが、私はこうした見解を述べた上で言った。「私の弁護という務めは楽しいものではなく、見返りもないわけですから、もし弁護人が辞めたいと思うようならば、そのときは話してみます。」そしてつけ加えた。「そうなるとは思えません。でも、私が間違えているのかもしれない。私が彼の立場だったらそんなことはしないだろうと思うのですが。」

翌日、私は弁護士のブロシャン氏に、私になされた申し出について話し、言った。「あなたには全幅の信頼を寄せています。それに、私の立場ではそうしたことがまったく無意味だということがあなたにもおわかりでしょう。しかし私の弁護というのはまったく名誉のない務めですから、もし辞めたいというのであれば、これはいい機会です。」ブロシャン氏は答えた。「『こうした仕事においては』あなたがよいと思った人に自らの弁護を任せることを礼儀感情から控えるのであれば、私としては遺憾です。しかしこの仕事が重荷だからという理由だけで私から取り上げようとなさっているのであれば、私は喜んでこの仕事を遂行しましょう。」私はこの答えを予期していた。すでに述べたように、私もブロシャン氏の立場だったら同じようにしたことだろう。つまり何も変わらなかったのだった。

こうした状況について繰り返し述べるのは、ある新聞が、ブロシャン氏はいわば私の意に反して私の弁護を引き受けたと報道したからだ。それは間違いだ。なぜなら、本当のところを言えば、偶然ほど私をうまく助けてくれるものはなかったからだ。この新聞は私がこのことについてこう言ったともしている。「弁護士同士で折り合いをつけていただきたいものだな。そうすれば私も手が引ける。」何という偽り！　こうした交渉は双方どちらかの弁護士を前にしてしか行なわれない。それに私は、彼らのいる前であれいないところであれ、そのような口の利き方ができないほど礼儀を重んじる人間だ。

ほどなく私は、フランソワの弁護をするはずだった弁護士のブリケ氏が、同じく弁護士のラピュ氏にその仕事を譲ったと知った。ラピュ弁護士は私のかつての同級生だ。私たちはレフェ・ド・リュジニャン先生の時代に、ともにアリックスで学んだ。［ラピュ弁護士はレフェ先生が私に会いに来たことを知っていた。フランソワの弁護人が私に対して検事より敵意を示すことになることも知っていて、そのうえで弁護を引き受けたのだ。］（ここで『回想録』の原稿は途絶えている。よってこの検閲された十二行のうち復元できたのは五行だけである。）

とはいえ、このことに関してはラピュ弁護士のことは心から赦そうと思う。私が赦せないのは、公判中唯一の苦しみを私に与えたことだ。[*63] この点に関して彼に恨みを抱いているのは私だけではないと思う。

この長い公判は、まるで弁護人ないし検事であるかのように無私無欲の人間として参加したとはいえ、私にとっては正真正銘の疲労であった。最終日はそれこそ打ちのめされてしまったが、それも驚くことではない。だが苦しんだのは肉体だけだ。一日中パイプを口にくわえていた人間なのに、それをこんなにも長時間禁じられている人間の立場になってみたまえ。しかもそこに、ほんの少しの食べ物を急いで摂らなければならないこと、精神を集中させること、とくに決定的な局面では、自分が始めたことが成功するかどうか確信が持てないという、根拠のない漠然とした不安定な状態を加えてみたまえ。陪審員の顔をあまりに研究しつくし、ほんの少しの気持ちでさえ探ろうとしてきたものだから、評決はあらかじめわかってしまったほどだった。私はバトンまで出廷させるという、フランソワがまったく予期していなかった不意打ちを用意していたが、それでもフランソワの運命にはためらいを覚えた。しかしほどなく心は決まった。

判決が読み上げられたとき、私の復讐は終わった。私に残っていたのは自己愛——証人たちの前で勝ち誇ろうとする自己愛ではなく、生涯持ち続けてきた真剣な自己愛——であり、その自己愛によって、私は自ら提案した結末にたどり着いたことに多くの喜びを感じている。いま私は自らの力を検討し、観察し、一人幸福を味わっている。これこそが私の最大の悪癖だ。すべてを語ると約束していなければ、これは言わずにおいたところなのだが。[*64]

**内なる声**

形而上学者や物書きたちが「内なる声というものは存在するのだ！」と言うとき、私は彼らが正しいのではないかと不安になる。生活の雑音の中で内なる声など聴いたこともなかったし、否定してきた。裁判の興奮の中でも否定してきた。死刑宣告のあとも、やはり否定してきた。その主たる原因は、おしゃべりな連中がその内なる声とやらから導き出そうとした推断にある。だが一昨日以来、私は酒を飲んでも以前ほど眠れず、以前よりも早く目覚めてしまう。昼、無駄話の中で言った言葉を夜になって思い返すと、私はもはやそうではないと思うのだ。

この三晩というもの、私は、私を呼びに来るのではないか、あるいは牢番の寝顔はまだ見られるだろうか、などと確かめようとしては、頭を持ち上げている。牢番は自らの徳と私の徳とを全面的に信頼して、ぐっすりと眠っている。私の目は、好奇心が強く不満げな見張りの兵士の目と不意に出会う。兵士は起きながら夢を見ている。そして私にはわかるのだ、みすぼらしい蠟燭にやっと照らされているだけのこの独房の薄明かりの中で、名も知らぬ不気味な幻影に冷や汗をかき、彼が心を悩ませているのが。

こうしたことに、ときおり私は笑い出したくなる。しかし息が詰まりそうになって、私はやめ、笑わない。昨晩はあと少しで兵士に「やあ」と呼びかけ、あの手この手で不安にさせてやるところだったのだが、思いやりと、そしてまた別の考えから思いとどまった。下品な博徒である兵士は、私の腹に銃剣を突き刺すかもしれない。そのように命令が出ているかもしれない。そうなれば私の目的は果たされない。

私の目的！　内なる声が私を呼び覚まし、私に語りかけてくれるいま、この言葉を繰り返したならば、私は思わず痛いほど唇を噛んでしまうことだろう。

この『回想録』を書くことで私が期待していた幸福感は、いまではさほど感じていない。思う存分、詳細に自己を語るという喜びは弱まった。これももう終わらせるときだ。私は社会に対して怒り、社会の囚われの身であるこの私は、社会の刃に対して闘うように自らを鼓舞したが無駄だった。内なる声が否応なしに、私自身の感情、動機、そして怒りを単純化してしまうのだ。そして単純化されてしまうと、たいしたことは見つからない。たしかに誰しもがそうだろう。だがこのたいしたことのないものが人をどこに導いてゆくか、私ほどよく判断できる者はまずいないはずだ。

私を不安にさせるものがあるとしたら、それは私があまりに簡単に活用できてしまう詩才を、どのような新しい方法で用いるかということだ。当初私は、人が簡単な運動にふけるのと同じようにこの能力を楽しんでいた。詩句によって感情を表現するのは、文章の構成という点でのみ私の興味を引いた。私の内部には、何も本質的なものはなかった。それは頭とペンの仕事、ただそれだけだった。つい最近も、私の詩のいくつかをたいそう感動して読み、そのやわらかな心地よさに驚いた作家だとかいう紳士に私自身言ったように。「想像力と詩は主題を神聖なものにします。人はそこに適切な抑揚を加えます。しかしペンを擱けば、もはや何も残っていないのです！」

思考ないし主題に諧調を持たせるべく神聖なものにしなければならないということ、これが念頭から離れないのだ。私はそれを分析してみたいのに……またもや内なる声が！

この数日というもの、私を探り、私を思い通りの方法で、つまり十万通りもの方法で表現する（そのうちで最も風変わりなもの、最もけた外れなもの、最も共和的なものが最良の部類に属する）来客たちを前にして、自分の中に大きな変化が生じたと思っている。そして自分自身を前にして、世界を前にして、私はあるときは好青年、あるときは悪党をのんきに装うのだ。気晴らしに軽い憂鬱の発作を起こすこともある。そしていま頭を長枕に乗せて、私はそのことの意味を自分に問うてみる。自分がどうなっているのか知ろうとする。日中の私のふるまいは憐れみをもよおさせ、頭の一部がうつろに鳴り響くのを感じる。怖くはないが、寒気がするのだ。ストーブはたしかに暖かいというのに。

またもや内なる声が！

たとえば白状すれば、人々が執拗なまでに私に示そうとするところを見ると多くの人々が気にかけているらしい宗教問題であるが、現実に私の内省を促すことはない。宗教問題を前にしたとき、わたしはラスネールのままだ。そこで彼らは私のもとに評判の高いL神父を送って来た。私は熱意をもって取り組み、心はやわらぐかと思われた……しかしそんなことはまったくなかった！　神父は私にマシヨン〔聖職者。一六六三－一七四二〕やボシュエ〔聖職者。一六二七－一七〇四〕の話をし、私の置かれた状況では私が救われるか否かは教義の問題なのだと言ったのだ！　カトリックになるか地獄に落ちるか？　選ぶのは差し控えよう。

## 頭部の型取り

人々が自慢できることとして、昨夜、私の頭部は残酷にも二時間もの間押さえつけられていた。骨相学者のデュムースティエ氏が私のところに連れて来られて、私の頭の型を取ったのだ。その間、脊柱に沿って走った熱さ、温かさ、冷たさなどの感覚をはっきり白状しろと言われたら、私は真っ赤になったことだろう。だが自ら定めた規則を守っていたので、こうした感覚に周りが気づくことはなかった。

まさに処刑台の支度だった。頭髪まで剃るとは！　首筋に当たる剃刀の冷たさは、冷たい足をした百万もの蟻が体の上を走ってゆくかのようだった。この医者ももう少し思いやりがあったなら、私を苦痛から救い出し、ほかの人間の仕事を簡略化できたところなのだが。石膏は私に死を連想させただけだったかもしれないが、学問的好奇心にとっては少なくとも二つは複製が必要だったのだ。その前と、その後と。

私は寝台に横たわり、ギロチンの円形部分がするように私の首を押さえる銅の半円の中で頭を反らせなければならなかった。こうなるのだということがすべて理解できた！

そして石膏がやって来た。少しずつ、私の顔は覆われていった。私の呼吸を確保するために、二つの小さな管。

このときだった、人間の思考は壁も空間も飛び越えて、雷や嵐のような速さでさまざまなものを生み出せるということがわかったのは。それはまさに夢幻的な情景だった！

私は目を閉じていた。あるときには幾千もの光線が、果てしない光が見えた。松明の光の下で私は処刑されていた！ またあるときには、真っ暗で、非常に湿った深淵に沈みこんでいた。そして私の頭をさいなむこの医者が、処刑人そのものの姿で現れたのだった。私は最後の一撃を待った。幻惑はあまりに強く、私は抵抗しようとした。石膏のマスクを破って、そこから逃れようと体を動かした。そうすれば逃れられるのだという確信は、私に処刑人からも逃げられるという強い期待を抱かせた。

医者は「がまんです、長くは続きませんから。どうかお気遣いください」と叫んだ。私は理解して、冷静さを取り戻した。サンソン氏の息子〔死刑執行人。一七六七―一八四〇。サンソン一家は代々死刑執行人を務めていた〕は死刑囚に話しかけたりなどしない。それに、この医者がいかに機敏であったとしても、もしこれが処刑人だったならもっと早く済ませたことだろう！

そこで私は別の錯乱の中に落ち着くことになった。呼吸は当然のことながらたいへん妨げられていた。首輪をしっかり締めつければ、私は自らの意志で空気を遮断し、窒息できたかもしれない。彼らは私を忍耐強く大人しいと思ったようだが、私は死んでいたかもしれないのだ！　それ以外ないだろう。ただほんのわずか両足が痙攣して、彼らはそれを神経質ないらだちと勘違いしたようだった。死ぬのだ！　学問の友として、学者の手によって！　処刑人の手にかかって死ぬよりはよいではないか！　うまくいった。私の処刑は斬新なものになろうとしていた。人々の噂になるだろう。

私は自分が死んだものと想像してみた。型取りは終わり、石膏は外され、私の顔はさらけ出され、人々は私を見つめて呼ぶ。無だ！　ラスネールはもういない！　まずは優しかった身内が他界したときのように叫びとため息。次いで、その職業にもかかわらず私を殺せるような性格ではなかった気の毒な医者に対する激怒。そして人々は心から再び嘆く。なぜなら私は寝台の上で、賢明に、そして完全に死んだのだから！

調書が作成されるだろう。私は——ここが面白い！——頭が肩に乗っかった状態で運ばれる。体の部位一つ欠けない状態で、まっとうな人間であったかのように、クラマールに運ばれる。

自らの手で生命のともしびを消したいという誘惑がやって来た。私は五分間息を止めた。もう終わりになるところだった。しかし想像力が、この困った奴が、この明るい展望から私を突如追い立てたのだった。私にはアヴリルがその猫のような目を大きく見開いて、ラスネールさんが僕を一人で行かせようとした、僕の血と自分の血を道々一緒に流そうともしないで、と激怒するのが見えた。アヴリルの激怒と茫然とする姿はまだ我慢できただろうし、いっとき私を楽しませてくれたかもしれない。だが私にあんなにも好意的な心遣いを見せてくれ、私の死を簡略化してくれた医者の某氏はどうなるか！　彼は司法の手につかまったままになる。家族がいるのに、地位を失うのだ！　しかも気の毒な医者は、司法当局の尋問にしつこく悩まされ、謀殺だとまで責められるか、少なくとも無知と不手際を責められてしまう。名声の失墜だ！

　これらすべてが私を落胆させた。私は生きることにした。
デュムースティエ氏は糸を引き、石膏を切断し、周囲を切り取った。そして私の顔を露出させると、私の顔の複製を二つの部分に分けて取った。処刑人なら一つにしてしまうだろう。

　善良な医者は喜びで熱狂していた。作業は成功したのだ。彼は私の手を握った。私が彼にした恩義に気づいたら、彼はどうしただろうか。

　生きることを甘受したのち、私はあの息のつまる場所へ頭をうずめる前に見たすべての人々を、独房の光である小さな蠟燭とその明るさによって再び見て狂喜した。そのことは認めておく。

　思い出しながら、私はこの喜びに気づかれていなかったか不安になる。

　医者は床屋になった。私の髪についた石膏を、卵の黄身を使って取りのぞいた。そして櫛を入れ、整えた。こうした牧歌的なことがらに医者が集中している間、私は、私の顔の二つの面が置かれている寝台に近づいた。ふと、意地悪で明晰な考えがひらめいた。

私は思ったのだ。「もし彼らの骨相学が間違いでなかったとしたら、この石膏は私の言葉の多くとは反対のことを言い、私の理論体系を打ち砕き、私の秘められた感情を暴き、私を嘘つき呼ばわりするのだ。」

私は石膏を手に取り、壊そうとした。医者は私のところにやって来て、私の肩を叩いて言った。「ねえ、ラスネールさん。」どれだけ冷静だったことか！

私はこの医者に自分がしようとしていたことを悟らせないために、この不実な似姿を生かしておくことにした。

型取りの間あまりに多くのものを見たせいか、それともこうした奇妙な光景が頭を疲れさせたせいか、とにかく私はその夜よく眠れなかった。まったくよく眠れなかった。というのも目覚めたまま夢想にふけっていたからだ。

完全に目覚めたままだったので、私は明晰なまま、短刀もギロチンも使わずに人を殺す予行演習を受けていた。

## 死刑囚の幻想

型取りは私の心をギロチンへと向けた。私は自分に言った。そうだ、心の準備をしておこう。稽古だ。どの本でだったか忘れたが、フランス革命期の公安委員会の囚人たちは牢屋の中でギロチンを模して遊んでいたというのを読んだ。机、椅子、羽目板、屋根組、屋根組から出ている梁、屋根窓、レバーつきの窓などを使ってギロチンの形を作り、交代で、処刑人と死刑囚を再現していたという。当時彼らがそうであったのと同じくらい危機にあり、彼らが自分たちの死についてそうであったのと同じくらい、もしかしたらそれ以上に自分の死が確かな私は、自らの処刑を稽古しておいてもうぬぼれということにはならないはずだ。それに私には、この囚人たち以上にそれを行なう勇気があるはずだ。というのも彼らは大勢で、互いに奮起させ合い、扇動し合い、我を忘れた。他方私は一人であり、肉体は無為な状態で、思考によって行動し観察するからだ。私の感覚は機能するのだから、これははるかに残酷なやり方だ。

　こうして私は勇敢にもどこから始めようかと考えた。審議は長かった。ビセートル監獄への移送に呼ばれたときにするか？　多少の衝撃は受けるはずだが、たいしたことではない。外の空気、馬車、馬車の揺れ、そしてその晩は自分だけのために使えるという確信……まったく、これでは先取りのしすぎだ。

　とにかく、いまは深夜一時だ。私はビセートル監獄の独房にいる。そしてあれは八時間後だ。問題の本質にただちに向かえればそれでよいのだ。法律は処刑する者にこうした特典を与えはしない。法律は気取りや見せかけで事に対処し、そのせいで事は延期され、延期されるごとに人は臨終の苦しみを味わうことになる。朝六時に逮捕された人殺しは八時には裁かれるべきであり、陪審員の代弁者がチョッキに手を当て「すべての質問に我々は諾と答える。被告は有罪」と言った瞬間、すとんと首が落ちるべきだ。それは被告にとってかなり幸せなことのはずだ。法廷はもっと劇的になるわけだから、ご婦人方がいまよりもっとたくさんやって来るだろう。弁護士はより魅力的な聴衆の前で語ることになるわけだし、検察官は自己愛を刺激されてさらに雄弁になるだろう。誰もが利益を得るのだ。

とはいえ、世界はあるがままに受け入れなければならない！

こうして私は独房にいる。

ヴィクトル・ユゴー氏は、登場人物である死刑囚の裸足の足に大きな蜘蛛を這わせたという。[*65] それもありうるかもしれない。だが粉飾で時間を無駄にするのはやめておこう。ふざけるのはやめておこう。

独房はじめじめしている。寒い。大時計が一つ鳴った。一時間たったのか、それともまだ三十分か？　大きな違いがある。私はこの十五分と闘わなくてはならないのだ。いまの叫びは何だ？　私を呼ぶ声か？　それともうめき声か？　苦しんでいる者には、私より大声で不満を言ってみろと言いたい！　いや、しかしあの声はおかしい。煉獄で罰を受ける者の苦痛の叫びだ。……何と愚かなんだ私は！　向こうの原っぱで鳴いているふくろうではないか。だがその叫びは私の体を貫き、まるで皿をこするナイフのように鳥肌を立たせる。と言っても、私がまだまともにナイフと皿を使っていた頃の話だ！

あの不吉でおしゃべりなふくろうは、私に自分のことを考えさせるためにやって来たのだ。この独房からそう遠くないところにいるようだ。しかしあのふくろうは原っぱにいる！　自由なのだ！　ふくろうと私の間には、距離は短くても、いくつもの乗り越えられない障害がある。ここからでも、ふくろうがどこにいるのかがわかる。見回りのいる道から四十歩のところ、いまは使われていない採石場のがれきの上だ。西へ進めば、オルレアン街道に出る。右へと突進し、ソーを、ビエーヴルをななめに突っ切り、そして、そして……あたかもその行程を経てきたかのように、私は疲れを感じた。この新しい藁は不愉快なきしみを立てる。

明日のいまごろはと考えると……アヴリル！　アヴリル！　けだものめ、寝ているのか！　いや違う、アヴリルは怖いのだ。知的な者の恐怖は音を求める。野蛮な者の恐怖は静寂を求める。あのならず者が明朝どのような顔をするのか知りたいものだ！　私の心を生理学的に（学者先生方の言い回しだ！）何度となく占めたあの愚かで野蛮な長笑いをアヴリルは見せるのだろうか。

いまの私の立場ではまっとうな人間、人殺し、学者、無知の輩の間に——処刑人はのぞいてだが——何の違いがあるだろうか。彼らの内奥の思想においては知らないが、彼らの未来については。未来！　何と奇妙な言葉だ！　未来、このような言葉の意味を誰が発明したのだ？　明日がある者たちには取るに足らない絵空事の言葉だが、私にとっては！……

ああ！　未来などという言葉の方へと、この言葉が扉となるあの入口へと誰が私を押したのだ！

神よ！　私はひざまずき、目を閉じる。私は自分の中へと降りてゆく。何と多くの薄汚い考え、薄汚い物事！　何という溝《どぶ》だ！　この中でどうすれば神が見えるというのだ？　私は目を開ける。暗闇は深い。もし大きな光がきらめいたら、それは神だ！　神が来てくれたのだ！　何という鐘の音だ、叫び声だ、歌声だ、何というざわめきだ！　この喧噪は私の頭の中でのみ響く。哀れな頭よ！　明日、この頭はすべての音を聴けなくなる。ああ、何て寒いのだ！

文明は拷問を廃止したが、その証拠がこれだ！　鋏《やっとこ》も、拷問台も、熱湯もない、それは事実だ。

自分自身は質素だったルイ十六世〔国王。一七五四―九三、在位は一七七四―九二〕は、こうした贅沢は廃止したのだ。だが一月二十一日〔一七九三年。ルイ十六世が処刑された日〕の前夜、彼は自分が拷問の中で最も残酷なものを廃止していなかったと理解したことだろう。死刑囚の心の奥底を鋏で苦しめるという拷問だ。私は夢を見ていたのか？　大時計が五回鳴った。朝の五時だ！　ああ、お慈悲を！　あと四時間で、感じ、話す私はこの世の者ではなくなるのだ……声も、目も、耳もなく！　そのとき私はどこにいるのだ？

もしできるなら、私は叫び、人を呼び、生かしてくれと頼み、密告をして、パリへと、コンシエルジュリー監獄へと戻してもらうだろう。私はかつてそこで生きていた！　私は人々に会い、人々は私を怒らせることを恐れ、私に関心を持っていた！　あそこに戻れたらどんなに幸せだろう。生き返ることになるのだ！「マルタン神父！　マルタン神父！」……こう呼びながらわかっているのだ……私は何という臆病者だ。怖いのだ……

何でもない、マルタン神父、何でもないのです。ただあなたが一晩中この廊下で過ごされていたのかを確認したかっただけです。あなたにとっては困ったことでしょうね、とても冷えますから！

もう少し続けよう。明日パリ中が、ラスネールが恩赦を求めたと知る……ああ、もうたくさんだ！　自分を百回突き刺したほうがましだ。処刑人がするよりももっと自分を痛めつけてやる！

何、もう時間なのか！　時間を間違っていたのか？　もしや眠っていたのか？　このくすんだ角灯の光の下ではどの顔も恐ろしく見える。さあ、子どもみたいなことはやめだ、ふらふらせず、まっすぐ歩こう。ああ！　あの人、あれは彼だ！　あの人物と私の間には、何と恐ろしい共通点があることか！　私はしばしばこの役に立たぬ問いを立ててきた。「生まれて初めて声をかけたのは誰だろう。死ぬ前に最後に言葉をかけるのは誰だろう。」この問いの後半部分には、この人物の存在そのものが答えている。私の最後の考えを読み取るのは彼だ。私は彼に親しんでおこうと、そして彼の手が私に触れたとき、赤く燃えた鉄に触れたか虎の爪に引っかかれでもしたかのように飛び上がってしまわないために、彼を正面から見据えようとする。ときにアヴリルはどこだ？　ああ、いた。無作法者め！　猫のようにしなやかな足をしているが、私はだまされないぞ。恐怖に鞭打たれているのだ！　何と醜いことか！　そしてあれが私の協力者だったのだ！　関係がこうして解消されるというのもおぞましいことだ！

　さて、死刑囚の身づくろいというのは想像していたよりも意味深いものだった。型取りの身づくろいは私を苦しめたが、この身づくろいは私を老けさせた。鼻が細くなった気がする。もしあの感情が二時間続いたら、髪は白くなり、私は死体となって運び出されただろう。

　足と腕につけられたこの縄、この破れたシャツ、ギロチンの刃が通りやすいようにするためにむきだしにされた首！　ああ！　これでも人々は拷問が廃止されたと言うのだ！

　終わったか？　そのようだ。釈放された！　ラスネールは自由だ！　出所だ！　そして馬車の中にいる。手足の先が冷たい。頭の中で組み鐘《カリヨン》が鳴り響く。ああ神よ！　何というけたたましさだ！　それは車輪の音だった。私はどこへ行くのか。神様！　私はどこへ行くのか。だがありえない、殺されるためにこんなに速く進むわけがない！　道の起伏で馬車は壊れ、一つの石が私の頭を割る。

そら見ろ、考えが渦巻いているぞ。一つの考えもとどめておけず、何の話だったかわからないうちにまた別の考えにたどり着いてしまうのだ。そして動揺し、驚きと恐怖の叫びが起こる。やれやれ、落ち着け！　足の骨は軟化してしまったようだから、杖になってくれるような唯一の考えを見つけるのだ。ひどい暗闇に包まれているこの知性に灯りをともすのだ。ああ、思考がしっかりしてきたぞ。そうだ、これでよい。おお神よ！　一体私は何を考えていたのか。自分を取り戻しつつあるぞ！　これなのだ！　馬車を降りながら私は処刑台を、群衆を、籠〔刎ねた首を入れる〕を、私をつかむ四人の男を見るだろう。四人のうちの一人は処刑人だ。この恐ろしい演出を目にしたこの瞬間、どうしたら気力を保つことなどできようか？

だがこの男はルイ十六世の、マリー＝アントワネット〔ルイ十六世の王妃。一七五五―九三〕の、ジロンド党員全員の首を切ったのだ。ヴェルニオー〔政治家でジロンド党員。一七五三―九三〕、シャルロット・コルデー〔革命家マラーを暗殺した女性。一七六八―九三〕、ロラン夫人〔政治家でジロンド党員。一七五四―九三〕を殺したのだ。憎悪と悔悛によって、私の卑しい生涯と流した血を消し去ろう。そう、私は政治犯なのだ！　誰も否定するまい。言っていなかったと思うが、これは私の中に残る理想と、筋肉をねじ曲げ腸《はらわた》を締めつける肉体的な恐怖との妥協なのだ。私という存在のかけらを大きな論争につなげるのだ。私は一つの原理のために死ぬのだ。殉教の熱狂が私を捉える。立派な死にざまという精神性が私を満たす。この考えが、処刑台の階段をのぼり、首が押さえつけられるまでずっと保たれることを願うばかりだ。立派な態度を示そう。落ち着き払って死のう。馬車が止まる。恐ろしい！　ここはどこだ？　さあ、勇気を出せ。この民衆にとって私は誰だ？　ラスネール、卑劣なラスネールだ。ああ！　ギロチンの刃が見える！

何ということだ！　あの板が動くのか？　ああ、首が押さえられる、何という音だ。お慈悲を！　ばねがきしむ。おお！　神よ！

## ラスネール、処刑台へ

この想像から抜け出したとき私がどのようなようすだったかは諸君の想像にお任せしよう。私は頭の先から爪先まで凍えていた。首はひどく痛んでしびれており、冷たい汗が頬をつたっていた。ギロチンの刃についた綱を支えるねじの音を想像して、私は叫びそうになった。胸から嘆き声が押し出された。幸福な人間のようにあくびをしていた兵士が、その充足感の流れを一瞬止めた。そして口をあけたまま、おびえて私を見つめた。私は心の底から笑った。ギロチンから生きて戻ってきただけに、いっそう笑った。

おそらくは、何らかのまったく副次的な偶発事を除けば、それは私が思うほど恐ろしくはないはずだ。難しいのは、私にとって理想的なこの状態にとどまること、ただそれだけだ。そうすれば、勇敢に死んでみせると断言しても嘘をつくことにはなるまい。

青ざめることだろう。脚も少しふらつくかもしれない。だがこのようなときに脚など何だろうか。脚など人間の中の動物にすぎないではないか！

散弾が溶岩のように流れてくる中、兵士たちとともに位置についたあの騎兵隊長のことを思い出す。皇帝はこの部隊の前をギャロップで通りながら、兵士たちが動揺し、列が乱れているのに気がついた。

「おや隊長、皆怖がっているのかね?」

「いいえ陛下、怖がっているのは馬です。」

私の足取りを非難しようなどという気を起こす者がいたら、私はこう言おう。

「ふらついているのは私ではない。脚だ。」

胸騒ぎだったのだろうか? 先を見通してしまったのだろうか? 私は一晩中死を直視して過ごした。死はいま、この独房の中にいる気がする。今朝、私の顔つきには何も異常は見られなかった。夜、私の顔つきには、ビセートル監獄の色が、ギロチンの照り返しが見られる。だがだめだ。某氏が自分宛ての詩を書き終えてくれと言ったらしい。だが私はまだ書き終えたくない。そう、いくつか考えておく問題があるのだ。明日というのはありえない。今宵見た幻覚が頭を疲れさせただけだ。頭が混乱しているのを感じる。

明日、私は父に手紙を書こう。それは私が私自身と和解することにもなる。ああ、しかしその手紙は私の良心が流す血で書きつづられるのだ。気の毒な父よ、私が子どもの頃、まだ無邪気だった頃、私のことを少しも愛してくれなかったことを赦してやろう! そしてその後のことについては、今度は父が私を赦してくれるよう頼むのだ!

こう考えると私は冷静になった。今宵はよく眠れそうだ。おやすみ、看守君。おやすみ、歩哨君。私は筆を擱く。だが明日、父への手紙がこの『回想録』の清めの儀式となってくれることを私は望む。手紙はすべてここに書き写すつもりだ。

ラスネールが眠りについたのは夜九時近くのことだった。十時、コンシェルジュリー監獄の所長は独房に入ってくると、ラスネールを起こして言った。

「いやはや、ラスネール君、こんなに早く別れようとは思ってもいませんでしたよ。着替えてください。ビセートル監獄へ移送します。」

「行きましょうとも、ルベルさん。行きましょう。よかった、これで終わりになる。唯一望むのは明日であってくれということだ……。ここを出る前に三行だけ書かせてもらえないでしょうか？」

ラスネールは机に向かい、しっかりとした手つきで、以下の数行を、彼の最後の数行を書いた。

一八三六年一月八日、夜十時、コンシェルジュリー監獄にて。

ビセートル監獄への迎えが来た。明日、間違いなく私の首は落ちるだろう。この『回想録』も意に反して中断しなければならない。後は編集者の管理に託すことにする。ここまでのところで明らかになったことも、訴訟記録が補足してくれるだろう。私を愛してくれた人々、そして私を憎んだ人々――憎むのももっともだ――さらば。そして、日毎に血の滴るこの『回想録』を読む諸君、私の血で赤く染まった三角形の刃が処刑人によって拭われ、その後ようやくこれを読むことになる諸君よ、ああ、諸君の記憶の片隅に私をとどめておいてくれ。……さらばだ！

# EXECUTION
## de Lacenaire et de Victor Avril,
### à Paris, le 9 janvier 1836.

**Détails curieux sur ces deux célèbres assassins qui ont fait un grand nombre de crimes et commis plusieurs vols.**

La chaine du vice touche à celle du crime; on commence par se livrer à la corruption, et l'on franchit ensuite presque sans s'en appercevoir, la barrière qui sépare la débauche des forfaits; du vice au crime il n'est souvent qu'un pas. Le misérable que la société vient de chasser ignominieusement de son sein est un exemple frappant de la perversité humaine. A quoi attribuerons nous cette perversité inouie? Cette question peut être aisément définie par tous les hommes de bien; c'est à la violence des passions les plus débordées, et surtout à l'absence de tout frein religeux, que nous sommes redevables du relâchement des mœurs, voilà la source du mal. Reconnaissons cette plaie et sondons-là dans toute sa profondeur; cette réflexion nous en suggère une autre que nous avons eu occasion de citer: le triomphe du crime est aussi court qu'il est effrayant: la justice, quoique lente dans sa marche, arrivera toujours à atteindre le coupable.

Lacenaire, dont il est ici question, a étonné tout non seulement par l'énormité de toutes ses fautes, mais par sa position sociale, et en effet chacun se disait, au moment du procès, comment un fils de famille élevé avec soin par des parens qui lui ont donné l'exemple de toutes les vertus, qui l'ont mis à même de suivre une carrière brillante par l'instruction qu'ils lui ont procurée: cet homme odieux a médité, conçu et exécuté de sang-froid des crimes qui révoltent la nature entière, qui révolteraient même le plus grand scélérat, voilà un de ces phénomènes hideux qui surpasse l'imagination de l'homme vertueux.

Nous allons rapporter plusieurs traits de ce grand criminel, et notamment un fait dont il n'a jamais été parlé, et qui donne sur son insensibilité des détails qui font frémir. Il disait: « Je tue un homme comme je bois un verre de vin. » Cette férocité est aussi redoutable que celle des tigres.

Il avait à la Force un petit chap qui fit des ordures sur son lit, il le prit et le jeta tellement fort qu'il en mourut; il regardait l'agonie de cet animal avec un intérêt et une compassion qu'il n'avait jamais éprouvée vis-à-vis de ses victimes. La vue d'un cadavre, d'une agonie ne produisait sur lui aucun effet. En 1819, il eut un duel avec le neveu d'un célèbre député; le théâtre du combat était un des fossés du Champ-de-Mars; il fit tout ce qu'il put pour éviter l'affaire, il essaya d'entrer en arrangement, il éprouvait de la peine à se battre, mais son adversaire ne voulut y consentir et le combat eut lieu. Lacenaire tira le second, le jeune homme tomba sur le coup. La vue de son agonie ne lui fit aucune impression.

Dans les aveux qu'il a faits, il s'est reconnu auteur de seize mertres.

### EXTRAIT D'UNE LETTRE DE LACENAIRE,

Il est donc vrai qu'il est un terme où s'abiment les projets les mieux concertés, où l'on ne jouit pas même du fruit de ses intrigues, où elle se présente à nous dans toute leur horreur, pour troubler nos derniers momens. J'avais promis à mon père, à vous tous mes chers parens, d'être vertueux, et aujourd'hui je suis leur honte, l'auteur de leurs chagrins éternels. Puisse mon châtiment retenir tous ceux qui comme moi passent de la mauvaise conduite à des crimes impardonnables! Déjà je ne vois plus qu'un avenir plus affreux, que celui que j'ai redouté. De cruelles douleurs me déchirent. Et la mort. Adieu, adieu pour toujours, à mes respectables parens, une mort ignominieuse, mais hélas! bien méritée, va vous séparer à jamais du coupable Lacenaire.

Lacenaire et Avril ont été extraits vendredi soir à neuf heures de la Conciergerie et transférés à Bicêtre, où ils ont appris, en arrivant, que leur exécution aurait lieu le lendemain. Les condamnés sont arrivés au pied de l'échafaud vers huit heures trois quarts; à neuf heures moins cinq minutes tout était terminé. Avril a été exécuté le premier et a montré le plus grand sangfroid. Lacenaire était pâle et défait. Ses dernières pensées donneront le secret de cette révolution qui s'était opérée en lui. Elles seront une grande leçon

### COMPLAINTE.

*Air: de la Soirée Orageuse.*

Seize fois j'ai trempé mes mains
dans le sang de mes victimes,
je fais horreur aux humains
le nombre de tant de crimes.
leur ombre toujours devant moi
e poursuit et me désespère,
me disant monstre pourquoi
nous as-tu ravi la lumière?

Moi qui pouvais facilement
e soutenir par mon génie,
ai marché dans l'égarement
ma vie n'est qu'une infamie.
e mes vieux parens je pouvais
ire à tous momens les délices,
ais toujours je m'abandonnais
suivre le cours de mes vices.

Finissant par un grand forfait
a mort sera bien légitime,
a main peu à peu s'exerçait
our arriver aux plus grand crimes,
nfin voici le jour venu,
'échafaud attend sa conquête,
ar dans le crime j'ai vécu
t l'on va me trancher la tête.

Vous tous qui suivez les leçons
e la vertu, de la tendresse,
n horreur vous aurez mon nom,
ar je serai honni sans cesse.
ais je le dis bien aujourd'hui
le Dieu j'ai fui le saint temple
jamais je ne serai près de lui,
le suis un trop hideux exemple.

Imprimerie de Poussin, rue Mignon, n. 2.

Se vend chez GAMBIN, Imprimeur, fabricant d'images, rue St-Merry, N°., à Paris.

8.120

1836年１月９日早朝、ラスネールとアヴリルはパリで処刑された。木版画をもちいた当時の瓦版（Lacenaire, *Mémoires*, José Corti, 1991）

# 訳注

＊1——一八三三年八月九日、デュピュイトラン夫人の料理人ルモワーヌが、夫人の小間使いを殺害したとして死刑を宣告された。原因は夫人の宝石類を盗んでいたところを小間使いに目撃されたためだった。しかしデュピュイトラン家の鍵を持っていたのは夫人のかつての料理人、ジラールだった。そこでジラールは共犯として十年の強制労働刑を言い渡された。のちにジラールの無罪は明らかになり、釈放されている。

＊2——クリスパンはイタリア喜劇『ずるくておどけた召使いクリスパン』の主人公。そこから『音楽家のクリスパン』や『医者のクリスパン』（一六七四）が生まれた。

＊3——スイスの医者フィリップ・クルツ、別名クルティウス（一七三七—九四）が一七七〇年に開いた蠟人形ギャラリーのこと。

＊4——一七九三年五月、ジロンド派はリヨンの市庁舎を制圧。町の防衛はド・プレシー将軍に一任された。しかしリヨンは国民公会に二ヶ月もの間攻囲され、十月、ド・プレシー将軍は逃走し、籠城軍は投降することとなる。その後、同年十二月から翌年四月までの間に千六百八十二人が処刑された。

＊5——実際には一八〇三年。

＊6——ラスネールの注釈学の水準が読者にもわかることだろう。（一八三六年の刊行者による注）

＊7——ただラスネールが教父たちの著作を読んだかどうかは疑問である。（一八三六年の刊行者による注）

＊8——仮に上品ではなくとも、せめてラスネールのすべてがわかるような表現は残すべきと考えた。（一八三六年の刊行者による注）

＊9——サン＝カンタンの主任司祭マングラは、一八二二年十二月九日、信者の女性を殺害したとして欠席裁判で死刑を宣告されている。このときマングラは二十八歳だったが、最初の教区であるサン＝トープルでも同じような事件を起こしていた。サヴォワに亡命したマングラは、幽閉され、フランスに引き渡されることはなかった。スタンダールも書簡の中でこの事件にふれている。

＊10——その後ラスネールの兄であるジャン＝ルイは音楽教師となり、小学校の校長になった。

＊11——一八一七年六月、リヨンのまわりで暴動が起こった。二十四名が死刑判決を受け、うち十一名の死刑が執行されたが、裏で糸を引いていたのが過激王党派の将軍たちであったことがのちに判明し、自由主義者たちを憤らせることとなった。学生たちによる動乱もこうした風潮に影響を受けたものである。ラスネールの同級生であったエドガール・キネも母親に宛てた手紙の中でこの動乱について述べている。

＊12——一八三五年十一月二十三日付の『贖罪』紙のこと。

＊13——不適切な文章は削除すべきと判断した。（一八三六年の刊行者による注）

＊14——フランソワ＝ジョゼフ・タルマ（一七六三—一八二六）は有名な悲劇役者。アントワーヌ・ド・ラ・フォッスの『マンリウス』でローマの執政官マルクス・マンリウス・カピトリヌスを演じた。タルマはすでにこの役を何度か演じ大成功をおさめていたが、一八一八年七月、地方公演ののち再びパリで演じることとなった。ラスネールが見たのはこの地方公演である。

＊15——あまりに不謹慎であるため数行削除すべきと考えた。（一八三六年の刊行者による注）

＊16——コンシェルジュリー監獄はフランス革命期に王妃マリー＝アントワネット（一七五五―九三）が収監されたことで知られているが、ラスネールの時代、ここは裁判所に隣接する留置場として使われていた。被告人は公判が始まるとフォルス監獄（＊32参照）からここに移された。『回想録』が書かれているのもここである。

＊17——後年ラスネールは「シルフィード」と題された詩を作っている。その最後は次のように締めくくられている。「この世に私をつなぎ止めるものはもう何もない／不死の処女よ、天国で私を待っていてくれ。」

＊18——プロイトスのもとにかくまわれていたベレロポーンは、プロイトスの妻に誘惑される。ベレロポーンにはねのけられた妻はプロイトスに告げ口し、プロイトスはベレロポーンに手紙を持たせ、イオバテースのもとへ送る。手紙には、ベレロポーンを殺すようにと書かれていた。

＊19——旧約聖書に登場する人物。イスラエル人を呪うよう王に頼まれ、ロバに乗って王のもとへと向かうが、怒った神は天使を遣わす。天使が見えたロバは道をよけようとするが、バラムに打たれたため、バラムに対して口を開く。

＊20——一八三五年十二月二十三日に書かれた、「友よ、僕は明日死ぬ」というリフレインを持つ詩。

＊21——骨相学の始祖フランツ・ヨーゼフ・ガル（一七五八―一八二八）の弟子であり、パリ骨相学会の創始者の一人でもあるジョヴァンニ・フォサッティ（一七八六―一八七四）のこと。

＊22——「他の者たち」とは、後に共犯となるアヴリルとフランソワを指していると思われる。ラスネールは裁判で、罪を認めようとしない共犯の二人を弁護士よりも雄弁に追い詰め、傍聴人を熱狂させた。

＊23——一八一四年、皇帝軍が出発するとリヨンは同盟国軍に町を開いた。同盟国軍は数週間リヨンにとどまることとなった。

＊24――警察官ルイ・カンレールの『回想録』によれば、この時期ラスネールは砂糖の行商人に扮し、司祭に対して詐欺を働いたという。

＊25――ラスネールは一八二八年五月十九日、八年間の期限つきでグルノーブル第三大隊の第二中隊に入隊し、翌年三月二十三日に脱走した。

＊26――トルコに対するギリシャの独立戦争のこと。ラスネールのいた第十六連隊は第一、第二大隊をギリシャ遠征軍に派遣、遠征軍は一八二八年八月十四日から十五日にかけてトゥーロンを出発し八月末にはコロンの町近くに駐留した。九月十五日、遠征軍はナヴァランに向け駐留地を後にすると、十月末には城砦を奪取、ナヴァランの復興を助けたのち、一八二九年四月に帰還した。ラスネールのいた第三大隊は派遣されなかったが、ラスネールはギリシャ独立戦争をテーマにした悲劇『セレイッドの鷲』を手掛けている。

＊27――犯罪者で、のちにパリ警視庁治安局長となったウージェーヌ＝フランソワ・ヴィドック（一七七五―一八五七）のこと。『回想録』第一巻は一八二八年十月に出版されている。

＊28――コンスタンの甥はこの決闘で死亡している。

＊29――『ラスネールと共犯者たちの裁判』（一八三六）の編集者ウージェーヌ・ロックのこと。

＊30――ウージェーヌ・ロックは次のように書いている。「ラスネールの未刊の詩は、『回想録』と同様、間違いなく私的所有の対象である。」

＊31――徒刑場とは、当時死刑に次いで重い刑であった強制労働刑（刑期五年から終身）の受刑者のための監獄である。この時代、徒刑場はフランスに三ヶ所あった。トゥーロン（刑期十年以下）、ブレスト、およびロシュフォール（いずれも刑期十年以上）である。ヴィクトル・ユゴー（一八〇二―一八五）の『レ・ミゼラブル』（一八六二）の主人公ジャン・ヴァルジャンはトゥーロンで、オノレ・ド・バルザ

ック（一七九九―一八五〇）の『人間喜劇』シリーズのヴォートランはトゥーロンとロシュフォールで、ヴィドックはトゥーロンとブレストで刑に服している。

＊32――フォルス監獄とは当時パリのセーヌ川右岸にあった拘置所で、短期受刑者のための県立監獄としても機能していた。もともとは十六世紀に建てられた邸宅であったが、収容人数はつねに千人近く、彼らは性別、年齢、および犯したとされる罪の度合いに応じて分けられた。最初の逮捕の際、罪が軽いと思われたラスネールは「マドレーヌの庭（聖マグダラのマリアの庭）」に入れられたが、最後に逮捕されたときは、凶悪犯と思しき者を入れる「ライオンの穴」に収監された。「ライオンの穴」のようすはウージェーヌ・シュー（一八〇四―五七）の『パリの秘密』（一八四二―四三）やユゴーの『レ・ミゼラブル』でも描かれている。

＊33――ビセートル監獄はパリ南部に位置する県立監獄で、この頃は刑期一年以下の受刑者を収監していた。だがそれ以外の受刑者（死刑囚を含む）も、指定された監獄（ないし処刑台）への移送を待つ間は一時的にここに収監された。とくに強制労働刑の受刑者たちが徒刑場に出発する際、そろって鎖につながれるようすは、当時の民衆にとっては死刑執行と同様に一大スペクタクルだった。（鎖につないでの移送は一八三六年、ラスネールの『回想録』の出版と同じ年に廃止されている。）

＊34――ポワシー監獄とはパリ北西部に位置する国立監獄であり、罪の重い懲役刑（五―十年）の受刑者が収監されていた。ラスネールのような拘禁刑（六日―五年）の受刑者はといえば、県立監獄に収監されることになっていた。ピエール・ラルース（一八一七―七五）も「県立監獄、それは一種囚人生活の出発点である」と言っている。しかしこの時代、拘禁刑の受刑者でも刑期が一年以上であれば国立監獄に送られるようになっていた。つまりラスネールは刑期が一ヶ月長かったがためにポワシー監獄に送られてしまったわけである。

＊35――アルキビアデス（BC四五〇―BC四〇四）。アテナイから追放されたためスパルタに味方し、アテナイを敗北へと導いた。
＊36――フォサッティ（＊21）のこと。
＊37――これ以降の本文において、ジャック・シモネリによる『回想録』校訂版で、ラスネールの自筆原稿にもとづいて復元された文章は［　］で示す。
＊38――この博愛家は大衆詩人のベランジェではないかと考えられていた。実際一八二九年八月二十八日、ラスネールは同じくフォルス監獄に収監されていた大衆詩人ベランジェに詩を送っている。しかしベランジェの没年は一八五七年であるため、この博愛家が彼であるかどうかは確かではない。
＊39――ベジャルスはカロン・ド・ボーマルシェ（一七三二―九九）のオペラ『罪ある母』（一七九二）の登場人物。
＊40――サングラドは『ジル・ブラース』（一七一五）の登場人物。
＊41――セラドンはオノレ・デュルフェ（一五六七―一六二五）の小説『アストレ』（一六〇七―二七）の登場人物。
＊42――リケはシャルル・ペロー（一六二八―一七〇三）の童話『巻き毛のリケ』（一六九七）の登場人物。
＊43――マクシミリアン＝セバスティアン・フォワ（一七七五―一八二五）はナポレオン時代の軍人で、王政復古期には自由主義者たちのリーダーの一人であった。彼の葬儀は十万人もの自由主義者たちのデモを引き起こすこととなった。
＊44――前出のシモネリによれば（＊37）、次の段落の「このあたりで少し休もう」から、次ページ最後の「休まなければならない」までの部分は自筆原稿になく、一八三六年の刊行者が付加したものである。
＊45――一八三三年七月二十八日、『良識』紙は新しい砦の建設に対してデモを呼びかけた。しかしデモの中

で共和国万歳と叫ぶ者たちが現れ、多くの共和主義者が逮捕されることとなった。

*46――この小唄は後に出てくるヴィグルーによってリヨンの新聞『グラヌーズ』紙に送られ、一八三三年九月二十九日に掲載された。

*47――某氏とは共和派の新聞記者で歌謡曲作家でもあるアジェノール・アルタロッシュのこと。一八三四年、『レピュブリケーヌ』と題された詩集に、ラスネールのこの小唄を一部修正して掲載した。この選集により一八三五年十一月六日、アルタロッシュは六ヶ月の刑と五百フランの罰金を宣告された。『法廷通信』はこの小唄を掲載し、十一月十二日にはラスネールからアルタロッシュへの抗議文を掲載した。翌日、『法廷通信』に掲載された編集者宛ての手紙の中で、アルタロッシュはこう述べている。「この小唄の筋は私のものではありません。私はその形式をかなり修正しましたが、私に責任が負えるのはそこだけです。」ラスネールは「アルタロッシュ氏へ」と題された詩でもこの事件を皮肉っている。

*48――この某氏とはアルタロッシュではなく、『良識』紙の責任者ジョゼフ・ヴィグルーのこと。

*49――レオポルド一世とルイーズ＝マリー・ドルレアン（ルイ＝フィリップの妹）の間に一八三三年七月二十四日に生まれた皇太子のこと。

*50――一八三六年の刊行者による注には、「これ以下の部分（二〇〇頁「私は二人に心から同情する」まで）はラスネールがただ怒りにまかせて書いたと思われるので割愛する。」とあるが、シモネリの校訂版にもとづいて、割愛された部分を訳出した。

*51――当時十八歳だったピエール＝ヴィクトル・アヴリルは、夜間の窃盗で五年の刑を言い渡され、一八二九年十二月、ポワシー監獄に入所した。ラスネールが再びポワシー監獄に入ったとき、アヴリルはまだ受刑中であった。ラスネールが出所した三ヶ月後、ようやくアヴリルは出所することになる。

＊52――一八二八年七月、当時十五歳のジュール・バトンは合鍵を使って複数名で空き巣を働き、十年の刑を宣告されたが、一八三四年八月十四日、恩赦によって釈放された。

＊53――ラスネールらは一八三四年九月三十日、シャンヴルリー通り十四番地に集金係を呼び寄せようとしたが、集金係が宛て名を読み違えたために未遂に終わった。二度目は集金係が門番に付き添われて現れたため、決行できなかった。

＊54――ジャン＝フランソワ・シャルドンは風俗紊乱と窃盗の罪で二年の刑を宣告され、一八二九年八月、ポワシー監獄に入所し、一八三一年に出所していた。ラスネールと再会したときには四十三歳だった。

＊55――シャルドン母子は一八三四年十二月十四日、シュヴァル＝ルージュ小路の自宅で殺害された。最初にシャルドンに飛びかかったのはアヴリルで、ラスネールが刺した。その後ラスネールは母親のほうに移り、顔を執拗に刺したという。盗んだのは五百フランと小物類だけだった。二人はトルコ風の公衆浴場で血を洗い流し、劇を見に行った。

＊56――イポリット＝マルタン・フランソワはこのとき二十九歳だった。その後、裁判で終身強制労働刑を宣告されブレストの徒刑場に収監されたが、一八三八年十二月二十七日から二十八日にかけての夜に水死した。

＊57――モントルグイユ通りに部屋を借りたラスネールとフランソワは、集金係をおびきよせた。ラスネールは戸を開け、背後から一撃を加えたが、フランソワのすきを突いて集金係が声を上げると、フランソワはラスネールを置いて逃げ出した。ラスネールは「人殺しだ！」と叫び、フランソワを追いかけるふりをしてその場を切り抜けた。

＊58――現在のヴォージュ広場。

＊59――この日フランソワの親戚は結婚式で出払っていた。

*60――原稿のこの部分には取り消し線が引かれている。

*61――ピエール・アラールは一八三二年に、ヴィドックの跡を継いでパリ警視庁の治安局長となった。ラスネールが逮捕されたとき、四十五歳だった。

*62――ベラールは一八三五年十月二十四日、処刑された。

*63――それまで公判は夕方には終わっていたが、最終日は明け方の二時まで続いた。その原因の一つはラピュの陳述が長すぎたことにあり、これはそのことへの皮肉であると思われる。

*64――ラスネールの処刑を行なったアンリ・サンソンも指摘しているように、以降の部分にはラスネール以外の人間の手が加えられている。その人間とは、ラスネールとたびたび面会し、彼の死後『ラスネールの生理学的解剖』を出版したイポリット・ボヌリエだとされている。

*65――ユゴーの小説『死刑囚最後の日』(一八二九)に出てくるエピソード。なおシモネリによれば、これ以降の文章がラスネール自身によって書かれた可能性はさらに低く、ラスネールの処刑を目撃した人々の話が取りこまれているという。

# ピエール＝フランソワ・ラスネール 略年譜

| 西暦（年） | 年齢（歳） | 月 | 事項 |
|---|---|---|---|
| 一七九三 | | | 父ジャン＝バティスト・ラスネールと母マルグリット・ガイヤール結婚 |
| 一七九九 | | | 兄ジャン＝ルイ誕生 |
| 一八〇〇 | | | 両親、フランシュヴィルに土地を購入する |
| 一八〇一 | | | 姉ジュリー誕生 |
| 一八〇二 | | | 姉ルイーズ＝ジャンヌ誕生（里子に出されていた間に死亡） |
| 一八〇三 | 0 | 十二月 | 二十日、ピエール＝フランソワ誕生 |
| 一八〇六 | 3 | | 妹ルイーズ＝マルグリット誕生 |
| 一八〇八 | 5 | | 妹フランソワーズ＝ヴィクトワール誕生 |
| 一八〇九 | 6 | | 妹アントワネット＝エリザベート誕生 |
| 一八一一 | 8 | | リヨンに転居 |
| 一八一二 | 9 | | 兄とともに学校に通い始める |
| 一八一三 | 10 | | サン＝シャモンの学校の第六学年に入学 |
| 一八一四 | 11 | | 同校第五学年に進級 |
| 一八一五 | 12 | | 同校第四学年に進級 |
| | | | 同校退学 |
| 一八一六 | 13 | | アリックスの神学校に入学 |
| 一八一七 | 14 | | リヨンの学校（現在のアンペール高校）に入学 |

| | | | |
|---|---|---|---|
| 一八一八 | 15 | | 作家・批評家のジュール・ジャナン（一八〇四—七四）、のちのアン県知事エドゥアール・ジャイール、作家・歴史家・政治家エドガール・キネ（一八〇三—七五）、医師アルマン・トルッソー（一八〇一—六七）らとともに学ぶ<br>寮を追い出される<br>絹織物の工場にて二ヶ月間徒弟奉公<br>シャンベリーの学校の第一学年に入学 |
| 一八一九 | 16 | | 姉ジュリー死亡<br>学業を終える |
| 一八二一 | 18 | | 代訴人事務所にて働く<br>自宅で暮らすようになる。妹ルイーズ＝マルグリット死亡<br>＊＊＊ |
| （以降一八二八年四月までは『回想録』に基づく） | | | |
| 一八二二 | 19 | | 公証人事務所にて半年間働き、その後銀行に移る |
| 一八二四 | 21 | | 銀行を辞職<br>初めてパリに滞在する<br>文学活動に従事する（無報酬の記事や匿名の劇作品など） |
| 一八二五 | 22 | 十一月 | 二十八日、フォワ将軍の埋葬が行なわれる |
| 一八二六 | 23 | | （一八二七年にかけて）<br>偽名で入隊、のちに脱走する<br>リキュール類の行商をする<br>パリからイギリスおよびスコットランドに旅行<br>リヨンにて手形の偽造を行なう |

| | | | |
|---|---|---|---|
| 一八二八 | 25 | | ジュネーヴに発つ |
| | | | イタリアとジュネーヴで殺人 |
| | | | リヨンに戻る |
| | | | ＊＊＊ |
| | | 五月 | 十九日、グルノーブル第十六連隊に入隊 |
| | | | 二十六日、モンペリエにて連隊に合流 |
| 一八二九 | 26 | 三月 | 二十三日、軍を脱走 |
| | | | リヨンにて父の破産と一家のブリュッセルへの転居を知る |
| | | 六月 | 九日、カブリオレを盗む |
| | | | バンジャマン・コンスタンの甥との決闘（相手は死亡） |
| | | | 十三日、カブリオレの窃盗が報じられる |
| | | 九月 | 二十九日、一年の拘禁を宣告される |
| | | 十二月 | 十六日、ポワシー監獄へ移送される |
| 一八三〇 | 27 | | 獄中でアヴリル、バトン、シャルドンと出会う |
| | | | 出所後、代筆業に従事する |
| 一八三一 | 28 | | 冬が終わるころ、公証人事務所に入ろうとするが失敗 |
| | | | 代筆事務所を開く |
| 一八三二 | 29 | | ブリュッセルにて兄が結婚 |
| 一八三三 | 30 | | 代筆事務所を閉める |
| | | | 代筆業に従事するかたわら、偽警官として恐喝を行なう |
| | | 三月 | 十四日、Lに対する強盗殺人未遂 |
| | | | 二十七日、銀食器の窃盗で逮捕 |

| | | | |
|---|---|---|---|
| | | 七月 | 十八日、アンリ・ヴィアレの偽名で十三ヶ月の拘禁を宣告される |
| | | | 二十八日、共和主義者たちがフォルス監獄に収監される |
| | | 九月 | 十六日、ポワシー監獄に移送される |
| | | | 二十六日、ルモワーヌが処刑される |
| | | | 二十九日、ヴィグルーらが書き写した詩「同胞である国王へ、盗人からの嘆願書」がリヨンの共和派新聞『グラヌーズ』に掲載される |
| 一八三四 | 31 | 七月 | 十三日、ブリュッセルにて母が死去 |
| | | 八月 | 十一日、出所 |
| | | | 二十日、『良識』紙で働こうとするも失敗、ふたたび窃盗に手を染める |
| | | 九月 | 十二日、バトン（八月十四日に出所）と再会 |
| | | | 作家スクリーブを訪ねる |
| | | | ジャヴォットに対する殺人未遂 |
| | | | 三十日、シャンヴルリー通りのアパルトマンにて、ピレ・ウィル商会の集金係に対する強盗を計画するが、失敗 |
| | | 十一月 | 十四日、ルージュモン・ド・ローウェンベール商会の集金係に対する強盗を計画、失敗 |
| | | | 二十五日、ポワシー監獄にアヴリルを迎えに行く |
| | | 十二月 | 初頭、サルティーヌ通りのアパルトマンにて、アヴリルとともに集金係に対する強盗を計画、失敗 |
| | | | 十四日、シュヴァル＝ルージュ小路にて、シャルドン母子に対する強盗殺人 |
| | | | 二十日、売春婦に対する職務質問妨害でアヴリル逮捕 |
| | | | 二十七日、釈放されたアヴリル、別の窃盗で逮捕 |
| | | | 三十日、フランソワと出会う |

| | | | |
|---|---|---|---|
| 一八三五 | 32 | 一月 | 三十一日、モントルグイユ通りにて、集金係ジュヌヴェに対する強盗殺人未遂<br>一日、イッシーのフランソワの親類の家でフランソワ、バトンとともに窃盗未遂<br>四日、リション時計店から置時計を盗む<br>六日、別の詐欺事件でフランソワ逮捕<br>九日、ブザンソンに向けて出発 |
| | | 二月 | 二日、ボーヌにてドルヴォン銀行に関する詐欺事件で逮捕<br>九日、ボーヌ監獄に収監<br>二十六日、ディジョン監獄に移送 |
| | | 三月 | 二十五日、パリのコンシェルジュリー監獄に移送 |
| | | 四月 | 十八日、フォルス監獄に移送<br>二十六日、『法廷通信』に、「かなり教養の高い青年で、勾留仲間のために詩を作ってやりながら時間を過ごしている」と取り上げられる |
| | | 五月 | 十八日、シャルドン母子の殺害を自供 |
| | | 七月 | 二十七日、フランソワの差し金で囚人たちから襲撃される |
| | | 八月 | 一日、化学者で当時熱烈な共和主義者であったフランソワ＝ヴァンサン・ラスパイユ（一七九四―一八七八）が、フォルス監獄に収監され、ラスネールと対談する<br>二十八日、コンシェルジュリー監獄に移送 |
| | | 十月 | 三十一日、恩師リュジニャンから手紙を受け取る |
| | | 十一月 | 三日、フォルス監獄に移送<br>七日、弁護士、医師、新聞記者たちと面会、各紙に報道される<br>十二日、セーヌ県重罪裁判所にてフランソワ、アヴリル、ラスネールの公判開始<br>十四日、アヴリルとラスネールは死刑、フランソワは終身強制労働刑が言い渡される |

| | | | |
|---|---|---|---|
| | | | 十八日、アヴリルとラスネール、破棄院に上告 |
| | | | 二十日、コンシェルジュリー監獄に移送 |
| | | | 二十一日、『シャリヴァリ』紙に詩が掲載される |
| | | | 三十日、リュジニャンに『セレイッドの鷲』を寄贈する |
| | | 十二月 | 五日、『ヴェール・ヴェール』紙がラスネールの作だとする詩「ある囚人の不眠」を掲載、ラスネールは『法廷通信』に手紙を送り、これが偽作であることを暴くとともに『回想録』の出版を予告する |
| | | | 十三日、『コルセール』紙に『回想録』の偽の要約が掲載される |
| | | | この間、『回想録』を執筆し、数々の詩を作り、裁判記録の修正を行ない、リュジニャンや、作家で新聞業界の大物でもあるジャック・アラゴとはほぼ毎日面会、アラールやカンレールとも頻繁に面会する |
| | | | 二十四日、アヴリルとクリスマスイヴを祝う |
| | | | 二十六日、上告が却下される |
| | | | 三十日、アラゴと最後の面会 |
| 一八三六 | 33 | 一月 | 八日午後十時、アヴリルとともにビセートル監獄に移される |
| | | | 九日、アヴリルとラスネール、処刑 |
| | | | 十日、アラゴ、『判決後のラスネール』を出版 |
| | | | この月、『ラスネールと共犯者たちの裁判』とボヌリエによる『ラスネールの生理学的解剖』も相次いで出版される |
| | | 五月 | 二十八日、『コンシェルジュリー監獄でラスネール自身が書いた回想、新事実、詩』が店頭に並ぶ |

# 解説1　犯罪者の自画像――自伝作家としてのラスネール

小倉孝誠

本書によってピエール゠フランソワ・ラスネール（一八〇三―三六）の名をはじめて目にする読者は、少なくないと思う。それも当然で、彼は何か偉業をなしとげて歴史のページに名を刻まれている人物ではないし、科学や芸術の領域で傑出した仕事を残した男でもない。彼の名が現在まで記憶されているのは、彼が雄弁で洗練された物腰の犯罪者だったからであり、文学的な才能に恵まれ、本邦初訳となるこの『回想録』を書き残したからにほかならない。

すでに同時代の作家たち（バルザック、ユゴー、ゴーティエなど）を魅了して、彼らの作品に着想をあたえているし、二十世紀にはブルトンが『黒いユーモア選集』（一九四〇）に、ラスネールの詩篇「ある死刑囚の夢」を収め、カミュは『反抗的人間』（一九五一）のなかで、ロマン主義的反抗をしめすダンディズムの体現者として、ボードレールとならんでラスネールの名を引用している。そしてマルセル・カルネの名作映画『天井桟敷の人々』（一九四五）では、ラスネールが悪を象徴する虚無的な人間として登場する。わが国では、古くは澁澤龍彦が『悪魔のいる文学史――神秘家と狂詩人』（一九七二）において、小ロマン派の作家としてラスネールを位置づけ、最近では安達正勝が『フランス反骨変人列伝』（二〇〇六）の第三章を、「犯罪者詩人、ラスネール」にあて、彼の生涯を再構成してみせた。いずれも主要な典拠となっているのは彼の『回想録』である。

犯罪者にして文学者というケースは、文学史上ラスネールが唯一ではない。『遺言詩集』の作者として中世を代表する詩人の一人フランソワ・ヴィヨン（一四三一頃―六三以降）は、殺人犯にして窃盗者だったし、二十世紀文学に希有な軌跡を残したジャン・ジュネ（一九一〇―八六）は、窃盗と入獄を繰りかえす人生を送った。日本に目を向ければ、連続射殺犯として死刑を宣告され、獄中で数多くの作品を執筆した永山則夫（一九四九―九七）がすぐに想起される例であろう。ジュネは『泥棒日記』（一九四九）という自伝的作品を書き、永山は『無知の涙』（一九七一）という象徴的なタイトルの自伝を残した。彼らはいずれも、監獄のなかで詩や小説や回想録を書き、文学へと覚醒した。監獄のなかでみずからの生涯を回顧する――それはいかにも犯罪者にふさわしい行為であろう。そもそも、幽閉状態は自伝、回想録、日記など内面性の言説が産出されるのに適している。自由を喪失し、孤独と無為を強いられる時間ほど、ひとが自己の過去をふりかえる誘惑にすすんで身をゆだねるときはないだろう。

## なぜひとは自己を語るのか

おそらく誰でもが、自己について語りたいという欲求を多少とも抱いている。私の人生を私以上によく知っているひとはいない。したがって私は、私の人生を語るのにもっともふさわしい人間であり、もっとも正当にその権利を有する者である。自己を語るという、誰もがなしうる身ぶりを体系的に実践し、自己の生涯を編年的に物語るとき、そこに「自伝」あるいは「回想録」という文学ジャンルが生まれる。近代的な自伝の嚆矢とされるルソーの『告白』（一七六六—七〇に執筆）以降、西洋でも日本でも、ひとが自分の生を綴った作品は枚挙にいとまがないほどであり、その傾向は現代においても衰えを知らない。その作者は作家にかぎらず、政治家や実業家、映画監督や俳優やスポーツ選手、あるいは芸術家や歴史家や科学者であったりもする。一般の市民が「自分史」を執筆し、自費出版することとさえめずらしくなく、これは自分の人生を他人に向かって語りたいという強い欲求が誰にでも潜んでいることを示している。

それにしても、なぜひとは自己を語ろうとするのだろうか。

大多数の自伝作者は自己自身を知り、認識するために自伝を書く、と言明する。「自分はいったい何なのか」という誰もが発する凡庸な、しかし同時に本質的な問いがすべての自伝作者のうちで反芻される。そしてこの自己認識への欲求は、自分の存在になんらかの意味や価値がある、あるいはあったという意識を前提とする。自分の生が無意味だったと思う人間は自伝を書き綴ろうなどと思わないだろう。自伝を書く者はたとえ迷いや逡巡を感じていても、自分の人生にたいして肯定的な人間が多い。

そしてこれは、自伝行為を生みだす二番目の動機づけと深くつながっている。回想すること自体がもたらす快楽である。みずからの生涯の細部を思い出し、それを書き記すという営みは、みずからの生涯をあらためて生きなおすことであり、過ぎ去って戻らない時間を書く行為《エクリチュール》によって再現し、永遠化する試みにほかならない。『幼年』(一九七二)、『少年』(一九七五)二部作の作者、大岡昇平がそうであったように、自伝の作者はしばしばこの快楽に抵抗できない。

自己認識とならんで、自伝執筆の大きな契機になるのが自己弁明の意志である。自分の行動を正当化し、言説を擁護しようとする誰にでも見られる態度は、自伝作者の場合とりわけ強烈だと言えるだろう。不当な非難をうけたと感じたり、誤った判断を下されたと思うとき、その非難に反駁し、誤解を払拭しようとするのは自伝執筆をうながすもっとも深い動機にほかならない。たとえばルソーがそうだったように、回想録の作者というのは、たとえみずからを非難するようなときでも、それなりに自己弁明を用意しているものだ。

そして第四に、自伝作者のなかには、自分の生涯の物語が社会的・倫理的な効用をもつと主張する者たちがいる。幾多の経験を積み、歴史や、社会や、政治に深く関わってきたひとが自分の行動と魂の遍歴を語ることは、読者にとって励みとなり、人生の指針になるだろうという、ある意味で不遜に響く動機づけである。その際、作者が同時代ないしは未来の読者に向かって語りかけるにしろ、あるいはまた、新井白石やベンジャミン・フランクリンのように身内や子孫のために書き綴るにしろ、教育的な配慮が根底にあるという点で共通している。

このように、自伝作者のカテゴリーと、作家を自伝執筆に駆り立てる動機づけは多様である。今日まで読み継がれてきた古典的自伝は、多くの場合において作家、哲学者、歴史家、芸術家など、本来ものを書く習慣を有するひとたちによって執筆されてきた。

## 妖しい逸脱

こうした多様なカテゴリーの自伝作家のなかに、ラスネールのような犯罪者も含まれる。罪深い行為に走った者であるにしても、彼らはものを書く権利まで剝奪されているわけではない。とはいえ、犯罪者が著した自伝はたしかに自伝にはちがいないが、かなり特殊な自伝ということになるだろう。彼らはなんらかの分野で偉業をなしとげたわけではないし、華々しい名声を勝ちえたわけでもない。彼らの回想が成功談になりうるはずはなく、彼らの行動が誰かにとって模倣すべきモデルになるとも思われない。罪ある過去を想起することに快楽がともなうとは考えられないし、犯罪者には、同情される余地はあっても、みずからを正当化する権利はないようにみえる。このような状況下では、犯罪者、とりわけ犯罪者でしかない人間が自伝を書き綴ることは、世間一般からすれば違反行為でしかないだろう。犯罪者に求められるのは自己認識や自己弁明ではなく、改悛の情を示し、すなおに刑に服することだろうからである。沈黙を守るべきはずの犯罪者が、こともあろうにみずからの生涯をこれ見よがしに語り、その物語をときには出版さえするというのは、多くのひとからみれば不遜な行ないとしか言いようがない。要するに、犯罪者の自伝はひとつのスキャンダルということになるだろう。

しかし同時にこの種の自伝が、そこに漂う悪の香りと背徳的な雰囲気ゆえに、読者の好奇心をそそってきたのも否定しがたい事実である。それはスキャンダラスであるとともに、きわめて魅惑的な言説にもなる。そこでは、一般のひとたちにとって窺い知ることのできない闇の世界が、刺激的な細部をふんだんに織りまぜながら、あたかも刺激的なピカレスク小説のように展開されていく。犯罪という忌まわしい行為にひとを駆り立てる心理の深層を、読者は垣間見られると期待することができる。あるいはまた、犯罪という行為にいたらしめた心の闇の秘密が明るみに出される。社会の規範と道徳の掟を破った犯罪者という異分子がどのようにして生みだされたかを、読者は好奇心をもってたどることができる。

## 『回想録』の特異性

ラスネールの『回想録』にも、たしかにそのような側面がある。しかし、それだけではない。ラスネールの『回想録』には二つの序文が付されている。自伝の序文がほとんどすべてそうであるように、そこではフランスの文学研究者フィリップ・ルジュンヌが定義した意味での「自伝契約」にあたるページ、つまり作者がなぜ自分の生涯を語るにいたったかを説明するページが読まれる。ラスネールが回想録を執筆した最大の理由は、自己の真実を知らしめたいという希望である。「親愛なる読者へ」という呼びかけから始まる第一の序文でラスネールは、彼をめぐってまことしやかな偽りの言説が流布していることに不快の念を隠さない。それは警察や司法、つまり彼を裁く人間だけの責任ではなく、「骨相学者」のように科学を標榜する者のせいでもあると言うのだ。ラスネールは、自分の行為を正当化しようとしたわけではないが、自分の行為や性格に関して誤った意見が表明され、それが世間に受け入れられることには耐えられなかった。すでに指摘したように、自己をめぐる誤解を解きたいというのは、あらゆる自伝作家が共有している心理である。そこで彼は読者に向かって、自分だけが知っている真実を語ろうとする。「このようなわけで君に、私の人生、私の想い、そして私の根本的思想の奥義を授けようと思う。」彼の人生には大衆小説に読まれるような波瀾万丈のエピソードはない。彼が願うのは、自分という人間を透明な存在として読者の前に差しだすことにほかならない。

目に見える行為ならば、第三者にも把握できるだろう。実際、警察と司法はそれにもとづいてラスネールという人間を判断し、裁きを下したのだった。しかし感情や知性の領域で繰りひろげられるドラマは彼らの管轄ではない。自分が処刑された後は、骨相学者たちが死体に群がり、松果腺と知性のつながりを、あるいは頭蓋の突起と凶暴な本能との関係をもっともらしく論じるにちがいない。そのような無益な議論を未然に防ぐためにも、ラスネールはみずからを解剖する「鑑定医」の役割まで演じようとする。「私は決意したのだ。この、しかと生きていて肉体も精神も健康な私が、自らの手で、自らの司法解剖と脳解剖を行なうことを。」

自分の生涯を語るとき、ひとは多かれ少なかれ被告席に身を置いている。同時代の人々から迫害されていると思い込んだルソーが、『告白』を手にして審判者＝神の前に進み出たいと宣言していたことを思いおこそう。告白する者はかならずしも赦しを求めるわけではないが、少なくとも理解してほしいとは願っているし、その点でラスネールも例外ではなかった。制度の側の人間や同時代人から理解されていないと考えた彼は、未来の読者に向けて『回想録』を執筆したのである。しかも被告席に身を置くというのは彼にとって単なる隠喩でなく、文字どおりの現実だった。法廷をモデルにした自伝の言説において、ラスネールは被告であると同時に証人であり、さらには法医学者として振る舞おうとした。この特異な次元はあらためて強調するに値するだろう。

ラスネールの『回想録』が自伝として有しているもうひとつの特徴は、作者が生まれてから死ぬ直前までの人生を跡づけていることである。これは当然のことのように見えて、けっしてそうではない。もちろんこの世に生を享けなければ人生は始まらないのだから、誕生の物語（とはいえ、誰もそれをみずからの体験として記憶しているわけではないが）はあらゆる自伝作品の劈頭《へきとう》を飾る。しかし、死の瞬間は？　誰もみずからの死を見つめることや、語ることはできない。作家は自伝を壮年期に、あるいは老年期に執筆するのが通例だが、書かれる内容がそれまでの人生の全局面をカバーするのはむしろ稀である。ひとがみずからのアイデンティティを模索する子供時代や、青年期までの生涯だけを語る自伝が多いのは、けっして偶然ではない。先にあげた大岡昇平がそうだし、フランス文学に例を取るならば、ジッドの『一粒の麦もし死なずば』（一九二〇）やサルトルの『言葉』（一九六四）などが想起されるだろう。自伝や回想録は、生涯の特定の時期を回顧するのがむしろ一般的なのである。そのかぎりで、自伝はけっして作家の人生の完結した物語にはなりえず、つねに未完を宿命づけられている。

他方、ラスネールの『回想録』はまさしく生涯のほぼ網羅的な記録になっている。これはひとりの人間の完結した生涯の語りにほかならない。なにしろ最後の一節は一八三六年一月八日の夜十時、すなわち死の数時間前に記されたものなのだから。最後のページをいま一度読んでいただきたい。コンシェルジュリー監獄から、死刑執行の前に死刑囚が滞在するビセートル監獄に移送されようとする瞬間、つまりラスネールが自分の死刑がまもなく執行されると悟った瞬間の記述である。幼年期、子供時代、青年時代、壮年期、そして三十二歳で世を去った彼にとっては早すぎる晩年まで、ラスネールの作品では生涯のあらゆる時期がほぼ過不足なく再現されている。死刑を宣告され、恩赦の可能性も期待していなかったラスネールは、だからこそ自分の生涯のあらゆる段階を白日のもとにさらけ出した。すべてを語ることで、自己の真実を提示しようとしたからである。それが可能だったのは彼が死刑囚であり、処刑の日を冷静に待ちえたからにほかならない。

## ラスネールという現象

詩人＝犯罪者はどのようにして誕生したのだろうか。『回想録』のなかでいったい何が語られているのだろうか。

ピエール＝フランソワ・ラスネールは、ジャン＝バティスト・ラスネールとマルグリット・ガイヤールの次男として、一八〇三年十二月二十日リヨンに生まれた。父はリヨン市内に店を構える商人であった。四歳年上の兄ジャン＝ルイがおり、両親はなぜかこの長男だけを溺愛し、ピエール＝フランソワには冷淡だったようだ。『回想録』によれば、両親は兄と彼を事あるごとに差別したばかりでなく、家を訪ねてくる親類や友人・知人たちにもその差別を受け入れさせようとした。フランス革命後のフランスは、ナポレオンの民法典にもとづいて近代的な家族制度を整備していったが、そこでは長子の権利が手厚く保護されていた。ラスネールが語る家族のありさまは、まさにそうした家族観を反映しているようにみえる。

利発なピエール＝フランソワがそのことに気づかぬはずがなかった。兄は愚鈍で怠惰で浪費家であり、しばしば面倒を引き起こし、他方、彼のほうは聡明で勤勉で読書家であったというのに、両親はなにゆえ兄ばかりを可愛がるのか。ラスネールは、幼な心にもそのことを不当だと感じ、鬱々たる気持ちにとらえられた。両親、とりわけ母親に愛されなかった彼が、生涯にわたってそのことを恨みに思っていたことは明らかで、後にシニックな犯罪者となる彼も、子供時代には絶望的なまでに母の愛に飢えていたことがよくわかる。『回想録』冒頭の数十ページは、ラスネールと両親の葛藤をめぐる家庭ドラマを描いている。

両親はラスネールを、十歳にも満たないうちから学校の寄宿舎に入れた。はじめはリヨンの学校、すぐにサン＝シャモン（リヨン南西の町）の中等学校に移り、一八一六年にはアリックス（リヨン北部の地域）の神学校に入学し、翌年にはリヨンの中等学校に寄宿生として戻っている。政治体制がナポレオン帝政から復古王政に移り、カトリック勢力が再び台頭したという時代状況も絡まっているだろう。そのときの同級生に、後の作家ジュール・ジャナン、歴史家としてコレージュ・ド・フランス教授となるエドガール・キネがいた。息苦しいほどに陰気な学校の雰囲気にはどうしても馴染めず、孤独を好み、読書に耽る少年だった。

ラスネールは才能と知性に恵まれた生徒であり、中等学校で優等賞を何度も授与されるほどであったが、他方で、この頃からすでに権威や制度にたいする異議申し立ての精神を示していた。リヨンでは寄宿生たちを組織して一種の暴動を引き起こし、それが直接の原因となって寄宿舎から放逐されてしまう。家に戻っても、両親との関係は相変わらず険悪なままであり、父親の金を盗んだりする。絹織物製造業者のもとで見習いをしたり、代訴人や公証人の事務所で働いたりするがそれも長続きはせず、やがてリヨンを離れて放浪生活に身を沈めることになった。二十三歳のときに志願して軍隊に入隊するが、上官たちの卑しさに辟易してほどなく脱走する。

ラスネールはどこに身を置いても、終生自分の居場所を見出すことができなかった。家庭でも、学校でも、軍隊でも、あるいは社会においても、彼はいたるところに不正と偽善を嗅ぎとり、自分はその不正や偽善の犠牲者にほかならないと考えていた。誰からも真に愛されることはなく、また誰をもほんとうに愛することのできなかった彼は、みずからを受難者と見なしていたようである。社会が絶えず自分を迫害しようとするのであれば、自分はそれにたいしてあらゆる手段を用いて報復する権利を有するはずだ、というのが彼の理屈である。かくして、犯罪者ラスネールが誕生することになる。

一八二九年春、ラスネールはパリに姿を現す。仕事を求めてあちこち奔走するが無駄に終わり、新聞に記事を送るが掲載されるには至らない。やがて所持金も底をつき、彼は途方に暮れてしまう。律儀に働きたいという意志はあるのに、世間はその意志に応えてくれず、自分を受け入れてくれないのだ。孤独と飢えが彼を追いつめる。『回想録』はこの後、ラスネールがいかにして犯罪の計画を練り、それを実行にうつしたかを詳細に跡づけ、逮捕されてからはパリ警視庁の治安局長アラールとのやりとりを伝えてくれる。そのなかで通奏低音のように響いているのは、ラスネールが繰り返し社会に向けて投げつける呪詛の言葉にほかならない。

私のことをよく知りたいと思うならば、ここからは注意して聞いてほしい。私のことがよくわからないとしたら、それはもう私のせいではない。厳密に言えば、社会と私との決闘が始まったのはこのときだ。この決闘は、ときおり私の意志で中断されたが、最終的には再開を余儀なくされてしまったのだった。

私は社会の災いとなることを決意した。

ラスネールは、社会全体を敵と見なし、闘争を挑む決断をした。不正な社会に異議申し立てするために、他人の血を流すことさえ厭わなかった彼のうちには、特権的な集団に対する激しい憎悪の念が渦まいていた。彼は読者に向かって次のように語りかける。

そう、私は殺人を説き勧めようというのではなく、諸君が自分たちのために自然界に打ち立てた残酷な秩序に対して抗議しようとしているのだ。この抗議文を、私は他の人間たちの血でしたためなければならなかったのだ。なぜならこの抗議文は私自らの血で署名し、封をしなければならないとわかっていたからだ。私は裕福な人間たちに恐怖の宗教の福音を説こうとしている。愛の宗教は彼らの心に何もなしえないからだ。

社会の不正に憤るのなら、同時代の社会主義者や共和主義者たちのように、政治的、制度的な改革を要求することもできたのではないか、と読者は反論したくなるところだ。一八三〇年代は、まさしく共和派が勢力を増し、自由・平等・博愛の実現をめざし、社会の根本的な変革を求めてリヨンやパリで反乱をおこした時代であった。とりわけ一八三二年六月には、パリで共和派が蜂起してバリケードを築き、政府軍と銃撃戦になった。ユゴーの『レ・ミゼラブル』でも語られているエピソードである。その頃パリに住んでいたから、こうした情勢を知らないはずのなかったラスネールだが、しかしそのような運動に参加した形跡はない。それどころか、革命は一部の策謀家たちだけを利する行為にすぎず、「政治的自由という幻想」は、人々の幸福を実現するのに有効性をもたない装置であると考えていた。過激な社会主義者になりえたかもしれない陰鬱な犯罪者――それがラスネールである。

## 法廷から処刑台へ

ラスネールは自分の法廷での言動と、最期の日々がどのような波紋を巻き起こしたかについては、ほとんど語っていない。収監されていた彼にとって、それを詳しく知る手段が限られていたのも事実である。しかしラスネール神話をよく理解するためには重要な細部なので、『回想録』を補うという意味でその点について述べておこう。

ブルゴーニュ地方で詐欺罪で逮捕され、一八三五年三月パリのコンシェルジュリー監獄に移送されたラスネールの裁判は、十一月から本格的に始まった。その初日、ラスネールが法廷に姿を現したとき、傍聴席は一瞬どよめいた。共犯者フランソワとアヴリルが粗野で野蛮な男、重罪裁判所に出廷するのがいかにも似つかわしいような男たちであったのに対し、ラスネールはビロードの襟飾りのついた青いフロックコートをまとい、当時流行していた小さな口ひげをたくわえた、やさしい印象の青年だったからである。実際『回想録』を読めばわかるように、彼はしかるべき教育を施され、当時としては確かな教養をそなえたブルジョワである。傍聴席の人々の目に、彼が洗練された身ごなしの男で、無学で粗野なフランソワやアヴリルとはあきらかに異なるタイプの人間のように映じたのは当然だった。

ダンディーな外見によって人々を魅了したラスネールは、その弁論の矯激さによって彼らを驚かせる。彼は、それまでに犯したみずからの犯罪を事細かに、しかもきわめて冷静に語るが、それは罪を悔いていたからではなく、進んで告白することによって陪審員たちの寛大な判決を期待したからでもなく、もっぱら復讐心からであった。手形偽造で逮捕されたラスネールは、かつての仲間フランソワとアヴリルの密告によって殺人罪も露見した。犯罪者同士のあいだでは、けっして互いの素性を暴露したり、密告したりしないという不文律を破ったのである。ラスネールは、みずからの情状酌量を勝ちとろうという考えはいささかもなく、自分が死刑を宣告されることは承知のうえで、仲間二人の共犯性を執拗に主張し、ついには有罪へと導いていくのである。

被告席でのラスネールは、司法という制度にたいして挑発的で傲慢な態度を示した。平然と新聞を読んだり、眠りこんだり、ときには哄笑さえしたという。みずからの運命にはすでに無関心になっており、裁判長から最後に発言を許されたときも、一時間にわたって滔々とみずからの極刑と、共犯者の死を要求し続けた。陪審員は殺人、強盗などの罪でラスネールとアヴリルに死刑、フランソワには終身の強制労働刑を宣告するだろう。裁判から死刑にいたるまでの二ヶ月間、ラスネールをめぐる話題はパリの新聞を賑わし続けることになる。その評判は、たとえばバルザックの『現代史の裏面』(第一部、一八四三―四五)でも残響を奏でているほどだ。監獄のなかのラスネールは一種の有名人であった。新聞はこぞって、知性を欠いていない文学者肌のこの殺人犯のポートレートを伝え、彼の言動を報道した。弁護士、医者、ジャーナリストたちに加えて、パリ上流社会の紳士淑女たちまでが、彼の姿を一目見ようと独房の前に列をなし、ラスネールのほうはひだ襟飾りのついたシャツを優雅にまとい、パイプを口にしながらまるでサロンに招じ入れるように訪問者たちを迎え入れた。

一八三五年十一月十四日に死刑を宣告されてからも、たとえばユゴーが『死刑囚最後の日』のなかで描いてみせたような、死刑囚の救いがたい孤独や、悪夢のような恐怖とはほとんど無縁だったようである。暗い独房のなかで彼は平静さを失わずに詩を書き、『回想録』を執筆し、新聞を読み、やって来る訪問者たちと哲学や文学などさまざまな話題をめぐって議論を交わしていた。同時代のフランス人にとって、れっきとしたブルジョワ家庭に育ち、しかるべき教育を受け、文学的な才能にさえ恵まれていた男が犯罪の世界に身を投じたことはひとつのパラドックス、不可解な謎にほかならなかった。殺人者と詩人は、いったいどうしてひとりの男のうちで同居できるのだろうか――それが多くのひとたちが発した問いかけだったのである。ラスネールとは悪と洗練、汚辱と才能がこともなげに共存する信じがたい個性であった。

彼の身体は、犯罪者にふさわしいいかなる指標も示していなかった。当時は、ラファーターの「観相学」やガルの「骨相学」が流行し(ラスネールも『回想録』のなかで言及している)、犯罪者の表情や頭骨に犯罪を暗示するあらゆる記号を読みとろうとしていたが、その観点からすれば、ラスネールの顔には彼を犯罪と悪に運命づけるようなしるしは何もない。整った顔立ち、広い額、洗練された物腰、知性を感じさせる会話は、育ちのよいブルジョワのそれだった。

十九世紀前半の社会において、犯罪は貧困、とりわけ都市に住む民衆の貧困と結びつけられていた。貧しく、無知で、粗野な労働者や、定まった職業から排除された放浪者や下層民たちが、犯罪者の予備軍と見なされていたのである。社会秩序にとって脅威なのは、都市の底辺にうごめいている民衆であり、フランスの社会史家ルイ・シュヴァリエの定式に倣うならば、「労働者階級」こそが「危険な階級」にほかならなかった。それに対して、ラスネールは貧しい家庭に育ったわけではなく、無知でもなかった。貧民窟で暮らす粗野な労働者ではなく、ブルジョワ社会の原理のなかで成長し、ブルジョワ的な教育をほどこされた男だった。そういう男が、ブルジョワ社会を容赦なく断罪し、その価値観をあからさまに否定したのだから、いわば理解しがたい「怪物」と見なされたのである。貧しい労働者の反乱ならば、力で抑えつけることができようし、実際そのようにされた。しかし、ブルジョワ社会によって生み出された、知的で洗練されたブルジョワ男の犯罪は、ブルジョワ社会の基盤そのものに対する不気味な挑戦にほかならず、だからこそラスネールは、あってはならないスキャンダルだったのだ。

＊この「解説」は、拙著『犯罪者の自伝を読む――ピエール・リヴィエールから永山則夫まで』の第二章「ラスネールという現象」に依拠し、部分的に加筆、修正したものであることをお断りしておく。

# 解説2　ラスネールとフランスの歴史学
## ——歴史学の対象としてのラスネール

ドミニック・カリファ
（小倉孝誠訳）

殺人者ラスネールは同時代人を魅了した。人々の関心をそそったのは、いくらか精彩を欠いた彼の犯罪そのものというより、むしろ彼の複雑で、挑発的で、「醜悪で」、ときには把握しがたい人格である。数多くのジャーナリスト、小説家、上流階級の人々、そして伊達者たちがラスネールの予審と裁判と処刑について語った。医者と骨相学者も遅れをとることなく、彼の行為を分析し、彼の頭蓋骨を測定した。服役中の彼の独房にしばしば訪問客がやって来たことも、周知のとおりである。ラスネールは死んでからも人々の想像力をはぐくみ続け、作家、詩人そして映画監督たちに着想をもたらしたという意味で、長く冗舌な死後の生を享受している。他方、ラスネールは歴史家の興味を掻きたてただろうか。彼の『回想録』は、犯罪や違法行為を研究する歴史家が、七月王政期（一八三〇—四八）のフランス社会をよりよく考察するための史料たりえるだろうか。ラスネールの犯罪と個性が歴史学の分野でどのような扱いを受けてきたかを調べることで、これらの問いに答えてみたい。

一九九〇年十月、ラスネールの『回想録』に付した序文のなかでジャック・シモネリは、「歴史家たちがこの謎めいた人物の意味を規定しようとしたとき、必要な調査をしなかったせいで誤りに陥った」と記している。[*1] この指摘はきびしいが、部分的に不正確である。一九七〇年代まで、犯罪や、違法行為や、監獄の問題は十九世紀を専門にする歴史家の関心をほとんど引かなかった。彼らの研究はとりわけ農民、ブルジョワジー、労働者といった社会の重要な構成員や、経済的な状況、あるいはまた共和制の確立と勝利にいたる政治的沿革に関連していたからである。「周辺的な」集団あるいは犯罪事件は、社会と歴史の動きにあまり関係しない泡沫のようなものと見なされ、職業的な歴史家からほとんど注目されなかった。歴史家は疚しさを感じることなく、それらを新聞記者や「興味本位な」本の著者たちにゆだねてきたのである。

唯一の例外は言うまでもなく、一九五八年に刊行されたルイ・シュヴァリエの名著『労働階級と危険な階級』であり、[*2] ラスネールという人物についていくつか興味深い点を明らかにしてくれる。文学的な描写と、質の高い資料と、「人々の考え方」を尊重するシュヴァリエは、七月王政期の社会に深い刻印を残した犯罪者を無視できなかった。この歴史家が「もっとも有名」と見なす犯罪者の「不吉な栄光」をどうして等閑視できようか。ところがまさに、この有名性がシュヴァリエを当惑させるのである。なぜなら彼は、一八三〇年代に、個人的で、特異で、華々しく、例外的な犯罪が、より社会的な犯罪、「蛮族」と新たなプロレタリアの犯罪へと方向転換したと強調したからである。この観点からすれば、ラスネールは古い時代の「偉大な犯罪者」を体現しており、シュヴァリエは付随的に語るだけである。「ラスネールは例外的で、醜悪な旧式の犯罪世界に属している」と、歴史家は記している。ジル・ド・レー〔中世の武人。数多くの子どもを惨殺したとされる。一四〇四―四〇〕、ラヴァイヤック〔国王アンリ四世の暗殺者。一五七八―一六一〇〕、マンドラン〔義賊で、民衆から英雄視された。一七二五―五五〕、カルトゥーシュ〔パリで活動した盗賊の首領で、義賊と言われた。一六九三―一七二一〕、あるいはルーヴェル〔王族ベリー公の暗殺者。一七八三―一八二〇〕の系譜に位置づけられる犯罪者であり、当時生まれつつあった新しい犯罪者集団を具現するものではない。全体的な判断を下そうとする歴史家にとって、ラスネールはあまりに特殊であり、他の犯罪者からの逸脱あるいはそれとの対照において意義を有するにすぎない。その結果、すぐに排除されることになる。シュヴァリエは数年後、『パリの夜の歴史』[*3]の「ラスネールの署名」と題された一節で、再びラスネールに言及する。そのなかで歴史家は、ラスネールがピカルディー・ホテルに借りた部屋について述べているのだが、それは口が軽いと疑われた情婦のジャヴォットを彼が刺し殺そうとした場所だった。とはいえこの一節は、著作の他の箇所と同じく、恐るべき殺人者ラスネールの相貌を付随的に喚起しているにすぎない。

それに対してミシェル・フーコーの『監獄の誕生』において、ラスネールは文字どおり典型として扱われている。[*4] フーコーの考えによれば、同時代人であるヴィドック〔犯罪者。後にパリ警視庁の治安局長となる。一七七五―一八五七〕同様、ただし逆の意味合いで、ラスネールは新たな懲罰制度を代表する人物である。脱走、詐欺、盗み、殺人を犯したこの男は非行者の典型であり、犯罪に関する「理論」を語った。その理論は非合法的な側面、つまり政治的で、社会を否定するという側面をまったく失い、社会秩序の側からすれば無害な美学へと横滑りした、というのである。その意味でラスネールは、フーコーによれば刑罰装置がもたらした新たな違法性を代表するということになる。

二年後、フーコーはまったく別の視点から、より簡潔なかたちでラスネールの件に立ちもどる。周知のように、処女作『狂気の歴史』以来[*5]、この哲学者は監禁をめぐる史料の発掘に執着していた。一九七三年には、親殺しのピエール・リヴィエールの手稿を研究しており、これがこの種の分析の最初の例であった[*6]。一九七七年、フーコーが犯罪者たちの伝記の選集を企画し、その序文になるはずだった有名なエッセー「卑劣な男たちの生涯」を執筆したとき、この分析作業は本格化した[*7]。この企画で、ラスネールはしかるべき位置を占めることになっていたのだろうか。フーコーが読者の注意を引きつけようとした伝記は、権力の罠に捕らわれた人々をめぐる微細な歴史だった。彼の興味を引いたのは一般人と権力の遭遇、しばしば劇的で、ときには詩的な遭遇だったのである。それは監禁に関する史料にもとづいて収集された「伝記の選集」を編む、という計画だったが、フーコーにとってその伝記とは「無名で不幸な」庶民の伝記、短い時間だけ一連の権力によって無名性から引きずり出された庶民の伝記だった。そのためフーコーは、有名な犯罪者であるラスネールを遠ざけ、シュヴァリエ同様ジル・ド・レーや、カルトゥーシュや、サドと共に、有名な殺人者たちの長いリストに加えるだけにした。彼から見れば、ラスネールは偽りの汚辱を示す。つまり顛倒した輝かしい伝説という汚辱、「ジル・ド・レーや、ギュリ〔十七世紀初頭の盗賊〕や、カルトゥーシュや、サドや、ラスネールといった恐怖や醜聞を引き起こした男たちが享受しているあの汚辱」を示すのだ。

この二人の前例があるものの、歴史学はラスネールという人物にほとんど注目してこなかった。

アラン・コルバンの著作が十九世紀の社会的評価システムや想像力の歴史のほうに、人々の関心を方向転換させたのを待ってはじめて、ラスネールが真に歴史学の対象として現れる。[*8] 大学に提出された論文と、犯罪や逸脱の表象に関する研究が、「才人としての殺人者」の姿を描き、逸脱や危険をめぐる同時代人の判断において彼がどのような役割を果たしたかを論じた。[*9] そしてアラン・コルバンの指導の下に一九九八年に審査を受けた、アンヌ＝エマニュエル・ドマルティーニの博士論文と、それにもとづく価値ある著作によって、ようやくラスネールについての重要な歴史的考察が開始されたのである。[*10]

以上のように簡略な総括を行なったうえで、ラスネールと彼の犯罪に関して現代歴史学がとりうる主要な方向を三つ示しておこう。

第一の方向は彼の『回想録』と密接につながっているもので、犯罪の記述《エクリチュール》に関わる。この点では、ミシェル・フーコーの遺産が決定的に大きい。「卑劣な男たちの生涯」を語る選集を編むという彼の計画は実現しなかったとはいえ、ガリマール社から刊行された「闇の生涯」シリーズを立ち上げたのはフーコーである。また彼自身も、抑圧と挫折した人生にまつわる史料を発掘するというこの計画の一環として、いくつかの本を出版した（『エルキュリーヌ・バルバン』一九七八年、『家族の混乱』一九八二年）。[*11] これらの先導的活動は、同じ頃フィリップ・ルジュンヌが、文学における自己を語るエクリチュールについて展開した広範囲の考察と重なっていた。一九八六年、ルジュンヌが犯罪者の自伝の一覧表をはじめて作成した際に、もちろんラスネールに言及していたが、それは犯罪者が書いた自己の物語にどのような意味付けをするかという、より広い視点に立脚するものだった。[*12] この問題意識を引き継いだのが歴史家フィリップ・アルティエールで、犯罪者が書いた物語の医学的利用についておもに研究した。かつてフランスの医師にして犯罪学者のアレクサンドル・ラカサーニュ（一八四三—一九二四）は、リヨンのピエール・ポール監獄に収監されていた多くの囚人に回想録を書くよう促した。このラカサーニュの史料にもとづいて、アルティエールは数多くの犯罪者の文章を刊行し、この「エクリチュールの臨床医学」[*13]がどのように機能しているかを読み解こうとしたのである。

そしてこの方向に沿って、犯罪と逸脱の歴史においてよく知られた（たとえば羊飼い殺しのヴァシェ）、あるいはあまり知られていない（たとえばシッシの殺人鬼ルイージ・ルケーニ）男たちに関する著作が、数多く出版された。[*14] ラスネールと、彼が回想録を書いたという事実の歴史は、間接的にこれら「監獄のエクリチュール」の分析に影響を及ぼすことになった。ラスネールの作品はこの種の最初のものではなかったが（ルメール、イポリット・レナル、アスリノー、ピエール・リヴィエールのテクストはラスネールよりも早い時期のものである）、『コンシェルジュリー監獄でラスネール自身が書いた回想、新事実、詩』（『回想録』初版のタイトル）が例外的なほど評判になったので、この著作がほとんど先駆的な地位を付与されたのである。不安の中で期待され、先取りされ、罵られ、そして長い注釈の的になったラスネールの自伝は、同時代人の想像力をとらえ、満たした幻想的な著作にほかならない。

しかもこの自伝は、ラスネールが自分の行為の象徴的意味をよく自覚していたゆえに、いっそう重要になってくる。ラスネールはみずから、自分の『回想録』の受け手（世論）を指名したのみならず、『回想録』にひとつの役割を与えた。彼について語った他者の誤りを訂正し、歪められた真実を復元し、同時代人が彼について正しい判断を下せるような材料を提供する、という役割である。その意味でラスネールの著作は、彼が法廷で示した告白の倒錯性を反復している。彼の思い出を永続化させる記念物をみずから作りあげることで、ラスネールは犯罪者伝説を築きあげる公認の作者たちに取って代わる。[*15] 犯罪とその表象の歴史においてこの事件が一時代を画すのは、一人の犯罪者が言説を掌握し、その真っ只中に身を置いたからである。彼の著作は通常の様式と意味を逆転させる。それまで犯罪者は、言説において客体として存在していたのに対し、ラスネールはみずからに関する言説の主体となった。客体化の作業を主体化の様式に転換することによって、彼は犯罪者のリストを根底から刷新し、「作品としての卑劣さ」を示すそれまで未知の人物像を浮上させる。この教えは無駄にならなかった。実際、たとえばアレクサンドル・ジャコブのような十九世紀末の悪者や、ジャック・メスリーヌのような二十世紀の犯罪者がラスネールにどれだけ多くを負っているかは、周知のところであろう。[*16]

　第二の主要な方向は、「犯罪文化」[*17]の出現と変遷におけるラスネールの役割に関わる。民衆の記憶が形成されるにあたって、法に違反した者たちは伝統的に重要な位置を占めてきた。旧体制以来、行商文学によって流布してきた偉大な犯罪者たちの物語が西洋の文化を培ってきた。ラスネールは特異な例とはいえ、当然この系譜に連なるし、社会が「メディア」文化のほうへしだいに移行していった時代に、この系譜がどのように変化したかを見きわめるための好例になっている。そして一八三六年〔ラスネールが処刑された年〕はまさしく、このメディア社会の象徴的な始動を画する年なのだ。[18] ラスネールの悪行は、「偉大な犯罪」や「偉大な罪人」に熱狂する三文新聞や大衆新聞に素材を提供しつづけただけでなく、新しく登場したジャンルでも取り上げられることになった。たとえば、トクヴィル、シャルル・リュカ、モロー＝クリストフ、バンジャマン・アペールなどの「刑罰学者」のより近代的な著作でも、ラスネールの名前が見出される。彼らは当時、監獄の機能と犯罪者の運命について考察していたのである。また、一八二八年のヴィドック以来、ますます多くの警察関係者が回想録を書き、ほとんどひとつのジャンルを形成するようになるのだが、そうした著作にも彼の名前が登場する。

ラスネール事件はまた、裁判報道を変化させる一因になった。一八二七年に『法廷通信』が創刊され、この新聞が訴訟記録のスタイルと報道を根底から変えることになるのだが、それ以来、裁判報道もまた熱狂的に受容されていたのである。[19] さらにラスネール事件は新聞小説という新たなジャンルや、現代の「犯罪実録物」の祖先である無数の物語にも関係している。一八八五年のテオドール・ラブリュー、一九二六年のピエール・ブシャルドン、一九三二年のアルチュール・ベルネード、一九五四年のエドモン・ロカール、そして一九九五年のフランソワ・フカールなど、犯罪物の作家たちがラスネールについて本を出版したのである。そしてもちろん、マルセル・カルネとジャック・プレヴェールの有名な『天井桟敷の人々』（一九四五）以来、映画もこの人物を描いてきた。一八三六年以来、つまり現在でもわれわれの生活を規定している大衆文化という新たな様式に社会が移行して以来、ラスネールの人物像は犯罪文化の機能と変遷を典型的に示してくれる。そこに見られるのは犯罪の伝統的なモチーフと主題の永続性であり、メディアをつうじての拡散、政治色の払拭、物語化といった変化にほかならない。

最後に、第三の方向はラスネール自身よりも、むしろ彼の事件と、それによってひとつの時代の社会的想像力を読み解く可能性に関わるもので、アンヌ＝エマニュエル・ドマルティーニの研究がみごとに例証してくれる。[*20] 凡庸だったとはいえ（何件かの文書偽造、そして一八三五年に行なわれた二件の卑劣な殺人）、ラスネールの犯罪は、犯罪の脅威の系譜において一時期を画す。巧妙な違反行為と暴力的な殺人を行なったラスネールは、「泥棒＝殺人者という象徴的で先駆的な人物」と見なされうる。この新たな脅威をめぐっては、今日における社会治安の問題とつながる多くの主題が提起され、驚くほど現代的な議論が展開した。アンヌ＝エマニュエル・ドマルティーニはとりわけ、ラスネール事件においてどのように「怪物的人物が社会の表舞台に登場した」かを示してくれた。ラスネール事件の場合、怪物性という観点から読み解くのがふさわしい。この怪物性こそが、事件の真の鍵なのだから。実際、ラスネールの特異性は犯罪者の一般的な表象と相容れない。彼は社会秩序だけでなく、理解の可能性にも挑戦状を突きつけたのだ。彼は複雑な存在、熱狂的であると同時に冷酷、教養があると同時に残酷、あらゆる良心を喪失した野獣のような男、歪んだ人間だった。さらに悪いことに、ラスネールはこのような道徳的醜悪さをみずから要求し、誰からも恐れられるような唯物論的信念を公言し、犯罪を誇示してそれを体系に仕立てあげた。しかもこの怪物性は、彼を怪物と名づける社会そのものを問題視する。

ジョフロワ・サン＝ティレール〔奇形学を集大成した動物学者。一八〇五―六一〕の研究に倣いながら、誕生したばかりの奇形学が当時流布させた教えは以上のとおりである。ラスネールの例外性はこうして「調査のための手段」となり、歴史家アンヌ＝エマニュエル・ドマルティーニは「七月王政期の社会的想像力の深さ」を測定することができた。というのもラスネールは急速に、世論にとって一種のはけ口になったからである。誰もが自分なりの解釈を提出した。正統王朝主義者《レジティミスト》はそこに、啓蒙思想と不純な政治体制の堕落を示す象徴を見たし、オルレアン朝支持者はジャコバン主義の不吉な結果を読みとった。ラスネールは近代の自由主義と個人主義が生みだした怪物のようなブルジョワだ、人々を堕落させる教育の犠牲者だ、享楽の欲望だけにつき動かされた利己主義者だ、として断罪されたのである。また他のひとたちにとって、殺人者ラスネールはとりわけ、情念を掻きたて、悪事に走らせるあの忌まわしい文学であるロマン主義が生みだした錯乱を露呈している。さまざまな社会規範を提供する文学が、個人のアイデンティティを形成する力を具えていることを誰も疑わなかった時代に、詩人＝殺人者であるラスネールは多くのひとに、過剰な想像力とその激しい熱狂性がゆきつく宿命的な帰結と思われたのだった。

　ラスネールの怪物性をつうじてとりわけ、七月王政期の社会の怪物性が浮き彫りになる。それは不安と矛盾で身動きが取れず、価値観とアイデンティティの揺らぎに苦しみ、フランス革命の遺産をどのように管理するかという問題に直面した時代だった。数多くのひとがラスネールの特異性を弱めようとしたのは、まさに彼がもっていた当時のあらゆる不安を掻きたてる能力を否定するためだった、と言ってよい。彼が処刑された後、人々は彼が臆病者として死んだという公式の報告を流布させ、彼の『回想録』を検閲し、修正し、彼の身体と頭蓋骨に彼の欺瞞癖の証拠がないかと探したくらいである。

個人的なものと集団的なものを絶えず交差させるアンヌ＝エマニュエル・ドマルティーニの分析はこうして、特異な人生に焦点をしぼった歴史的な問いかけの豊かさを余すところなく示してくれた。ラスネールの特殊性を明らかにしながら、彼を偉大にすると同時に矮小にもする社会的背景の中に彼を組みいれる。個人と社会、例外と原則はこうして、相互に価値を付与するという関係を保ちながら検証される。そこではひとつの時代の社会的想像力が明確に示される。

犯罪者としては凡庸だが、個人としては例外的だったラスネールは、かくしてしかるべき歴史上の人物としての地位を獲得した。彼の運命は囚人の物語と、犯罪文化と、社会的想像力について多くのことを教えてくれるのである。

（パリ第一大学教授）

＊1――Jacques Simonelli, *Lacenaire, Mémoires et autres écrits*, Paris, José Corti, 1991, p.8.

＊2――Louis Chevalier, *Classes laborieuses et classes dangereuses à Paris pendant la première moitié du XIXe siècle*, Paris, Plon, 1958.　邦訳はルイ・シュヴァリエ『労働階級と危険な階級』喜安朗ほか訳、みすず書房、一九九三年。

＊3――Louis Chevalier, *Histoire de la nuit parisienne*, Paris, Fayard, 1982.

＊4――Michel Foucault, *Surveiller et punir. Naissance de la prison*, Paris, Gallimard, 1975, pp.288-290.　邦訳はミシェル・フーコー『監獄の誕生』田村俶訳、新潮社、一九七七年。

＊5――Michel Foucault, *Folie et déraison. Histoire de la folie à l'âge classique*, Paris, Plon, 1961.　邦訳はミシ

エル・フーコー『狂気の歴史』田村俶訳、新潮社、一九七五年。

＊6——Michel Foucault *et al.*, *Moi, Pierre Rivière, ayant égorgé ma mère, ma sœur et mon frère... Un cas de parricide au XIXe siècle*, Paris, Gallimard/Julliard, 1973. 邦訳はミシェル・フーコー編『ピエール・リヴィエールの犯罪　狂気と理性』岸田秀・久米博訳、河出書房新社、一九七五年。

＊7——Michel Foucault, «La vie des hommes infâmes», *Les Cahiers du chemin*, n° 29, 15 janvier 1977, pp.12–29, repris dans *Dits & Ecrits*, t. 3, 1976–1979, Paris, Gallimard, 2004, pp.97–101.

＊8——Dominique Kalifa, «L'expérience, le désir et l'histoire. Alain Corbin ou le "tournant culturel" silencieux», *French Politics, Culture & Society*, vol. 22, n° 2, 2004, pp.14–25; Anne-Emmanuelle Demartini et Dominique Kalifa (dir.), *Imaginaire et sensibilités au XIXe siècle. Études pour Alain Corbin*, Grâne, Créaphis, 2005.

＊9——Rémi Le Morvan, *L'affaire Lacenaire. Les usages d'un fait divers et les images d'un assassin bel-esprit*, maîtrise d'histoire, Université Paris 1, 1989; Frédéric Chauvaud, *De Pierre Rivière à Landru. La violence apprivoisée au XIXe siècle*, Bruxelles, Brépols, 1991; Dominique Kalifa, *L'Encre et le sang. Récits de crimes et société à la Belle Époque*, Paris, Fayard, 1995; Simone Delattre, *Les Douze heures noires. La nuit à Paris au XIXe siècle*, Paris, Albin Michel, 2000.

＊10——Anne-Emmanuelle Demartini, *Lacenaire, un monstre dans la société de la monarchie de Juillet*, thèse d'histoire, Université Paris 1, 1998; *L'Affaire Lacenaire*, Paris, Aubier, 2001.

＊11——Michel Foucault, *Herculine Barbin, dite Alexina B*, Paris, Gallimard, 1978 ; *Le Désordre des familles*. Lettres de cachet des Archives de la Bastille au XVIIIe siècle (avec Arlette Farge), Paris, Gallimard, 1982.

*12——Philippe Lejeune, «Crime et testament. Les autobiographies de criminels au XIXe siècle», *Cahiers de sémiotique textuelle*, n° 8-9, 1986, pp.73-98.

*13——Philippe Artières, *Clinique de l'écriture. Une histoire du regard médical sur l'écriture* [1998], rééd. La Découverte, 2013; *Le Livre des vies coupables. Autobiographies de criminels (1896-1909)*, Paris, Albin Michel, 2000.

*14——Joseph Vacher, *Ecrits d'un tueur de bergers*, édition établie et présentée par Philippe Artières, Lyon, A rebours, 2006; Luigi Lucheni, *Mémoires de l'assassin de Sissi*, édition établie et présentée par Santo Cappon, Paris, Le Cherche Midi, 1998.

*15——私はここで、アンヌ＝エマニュエル・ドマルティーニの分析に倣う。Anne-Emmanuelle Demartini, «L'infamie comme œuvre. L'autobiographie du criminel Pierre-François Lacenaire», *Sociétés & Représentations*, n° 13, 2002, pp.121-136.

*16——Alexandre (Marius) Jacob, *Ecrits*, Paris, L'Insomniaque, 1997 ; Jacques Mesrine, *L'instinct de mort*, Paris, Lattès, 1977.

*17——Dominique Kalifa, *Crime et culture au XIXe siècle*, Paris, Perrin, 2005.

*18——Marie-Eve Thérenty et Alain Vaillant, *1836. L'An I de l'ère médiatique. Analyse littéraire et historique de* La Presse *de Girardin*, Paris, Nouveau Monde, 2001.

*19——Amélie Chabrier, *Les genres du prétoire. Chronique judiciaire et littérature au XIXe siècle*, thèse de lettres, Université Montpellier 3, 2013.

*20——Anne-Emmanuelle Demartini, *L'Affaire Lacenaire*, *op. cit.*

## 解説3　怪物的な犯罪者か不運な作家か

梅澤礼

### 怪物的な犯罪者

いくつかの新聞ですでに報じられているが、モントルグイユ通りの集金係殺人未遂事件の容疑者ギシャールがパリに到着した。……本名、少なくとも逮捕時の名前はラスネールといい、数日前からパリの監獄に勾留されている。かなり教養の高い青年で、勾留仲間のために詩を作ってやりながら過ごしている。予審にはジュルダン判事が当たり、判事はすでに審問を開始している。

『法廷通信』が右のように報道したのは、一八三五年、四月のある日曜日のことだった。当時『法廷通信』の購読がいかに人々にとって娯楽だったとはいえ、第三面の右端に載せられたこの小さな記事に目を止めた読者はそう多くはなかったかもしれない。

ところが秋も深まり予審が終わるころになると事情は変わってくる。弁護士やジャーナリストらが、被告ラスネールに面会を求めてやって来るようになるのだ。いざ公判が始まると、裁判所には傍聴人が押し寄せ、ラスネールの身なり、言葉遣い、論理的な受け答えが逐一報道される。被告が上告し、その詩が紙面に載るようになると、もはや騒ぎはおさまらなかった。コンシェルジュリー監獄にはラスネールを一目見ようと国内外から多くの男女が集まった。そしてひとたびラスネールが『回想録』を書くと言えば偽の目次まで出回る始末。年が明け、処刑された後もラスネール・フィーバーは続き、『回想録』は一大ベストセラーとなったのだった。

だが、一人の犯罪者がなぜここまで注目されたのか。それを知るには当時一般的な犯罪者がどのようなものだったかを知らなければならない。普通教育法が発布されて間もないこのころ、人が罪を犯すのは貧困とそれに伴う無知ゆえであると信じられていた。当時の常識で言えば、身なりがきちんとしていて、正しいフランス語を話すことができ、しかも論理的に思考できる泥棒など、いるはずもなかったのである。しかもこの泥棒は、こうした言葉や論理を使って自らの過ちを悔やもうというのではない。社会のほうを非難しているのだ。ラスネールの存在はまさに衝撃だった。人々の目にラスネールは「怪物的な」犯罪者と映ったのだった。

このようなわけで、これまでのラスネールに関する研究は、怪物的犯罪者に対する社会の動揺を論じた歴史研究と、作家の反応を論じた文学研究のおもに二種類であった。歴史研究に関しては本書収載のドミニック・カリファの解説が詳しく説明してくれている。文学においては、これまでのところ、以下の作品との関係が明らかになっている。スタンダールの未完の小説『ラミエル』（ヴァルベイルという犯罪者が登場し、「私は社会に復讐する」と宣言する）[*1]、ユゴーの『レ・ミゼラブル』（伊達男の犯罪者モンパルナスはラスネールをモデルにしたという説がある）[*2]、ロートレアモンの『マルドロールの歌』（第四歌と『回想録』の類似が指摘されているが[*3]、悪徳を読者の魂に浸透させるという第一歌はより深く関連しているように思われる）、ルブランのアルセーヌ・ルパンシリーズ（ルパンのモデルの一人はラスネールである）、ドストエフスキーの『罪と罰』（犯罪を理論づける主人公の姿は『回想録』に着想を得たという）[*4]、ワイルドの『ドリアン・グレイの肖像』（主人公はゴーティエの詩「ラスネールの手」に興味を抱く）、ブルトンの『黒いユーモア選集』（ラスネールの詩「ある死刑囚の夢」を紹介し、彼の内にシュルレアリストの姿を見出す）、プレヴェールの『天井桟敷の人々』（代筆屋で犯罪者のラスネールが登場する）、そしてカミュの『反抗的人間』（ボードレールとラスネールをロマン主義的な反抗的人間としている）である。

ではラスネール自身の作品はというと、ほとんど研究がされてこなかった。文学研究家にとってラスネールとは、「罪を犯した作家」ではなく、あくまで「物を書ける犯罪者」だったようである[*5]。

だがラスネールは犯罪者として逮捕される以前に、『セレイッドの鷲』という劇も手がけている。そこで我々は、この『セレイッドの鷲』と詩および『回想録』を、言い換えれば、二十代の作家志望の青年と三十代の犯罪者の作品とを比較しながら、ラスネールとは実際どのような人物だったのかを考えてみたい[*6]。

## 『セレイッドの鷲』

『セレイッドの鷲』は一八二二年のギリシャを舞台にした、三幕の韻文悲劇である。このころギリシャはトルコからの独立戦争の只中にあった。夏、ギリシャ人たちは戦闘の中トルコの総督三人を倒すことに成功するが、そのかわり味方の将軍二人を失ってしまう。そのうちの一人が主人公、マルク（マルコス）・ボツァリである。以降はラスネールの用いた技法に注目しつつ、この作品を紹介してゆきたい。

第一幕、ボツァリは一人、川のほとりで竪琴を手に穏やかに歌っている。長い戦いのあと、ようやく平和が訪れたのだ。主人公によるこの八音綴、交韻のなかば歌、なかば独白は、彼の置かれた状況を観客に理解させるとともに、平和への願いを共有させてくれる。

しかし第一幕の終わり、突然ボツァリは歌を止めて言う。「Mais quel est ce guerrier qui *lentement s'avance* ? / Que vois-je ? *Autour* de lui *règne un morne silence*. だがゆっくりと近づいてくるあの兵士たちは誰だ？　彼らのまわりには陰鬱な沈黙が流れているが。」これ以降、当時の一般的な劇作品と同様、音綴は十二音綴になり、韻も平韻になる。つまり形式の変化によって物語の展開が告げられているのだ。だがそれだけではない。十二音綴になることによってそれまでの行よりも長くなったこの二行は、主人公の歌によって作り出されていた穏やかな雰囲気を壊し、主人公と観客を現実へと引き戻す。しかもそれまでの交韻に比べて単調に聞こえる平韻は、主人公の感じた悪い予感を第二幕へと引き延ばす作用を果たしているのだ。さらに言うならば、イタリック体で示したようなゆっくりと発音される言葉が含まれることで、十二音綴の二行はさらに緩慢なものとなり、観客はまるで黒い雲が少しずつ近づいてくるかのような不安を主人公とともに感じるのである。

第二幕。ボッァリに近づいてきたのは戦友たちであった。彼らはトルコ軍が攻撃してきたこと、男たちが殺され、女、子どもが連れ去られたこと、そしてその中にボッァリの妻、クリューセイスも含まれていることを伝える。これを聞いた主人公は、妻の名を二度叫んだのち、気を失ってしまう。二度呼ばれた妻の名と俳優の演技によって、舞台上には一瞬の沈黙が訪れる。その沈黙の中で、ボッァリの仲間が発した「不幸な英雄よ!」という言葉だけが響くのである。しかし数分後、ボッァリは意識を取り戻し、突然こう叫ぶ。「天は我らに味方する。仲間たちよ、友よ、ギリシャ人たちよ、聞け。」それまで一人の「不幸な英雄」とされ、自身も常に一人称単数(私)で語ってきた主人公が、初めて一人称複数(我ら)を使うのである。作者はこうして、個人的問題が集団によって共有された瞬間を描き出しているのだ。さて、そうは言っても仲間たちはトルコ軍に怯えて立ち上がろうとしない。そこで彼はこのように言い、仲間たちを奮い立たせる。

あの乱れきった敵どもは我らよりも勇気があるというのか? 奴らが優れているのは人数が増えたからだ。(略)仲間たちよ、(略)不滅の先祖たちが私に告げるのだ、我らはまだ自由を救える、と。先祖の霊たちにいざなわれ、異教徒に挑もうではないか。

最初の二行でボツァリは敵が数において優っていると言っている。しかし最後の行で、作者はボツァリに敵たちを「異教徒」と単数で呼ばせている。他方ギリシャ側はといえば、「先祖の霊たちにいざなわれた」複数である。この台詞では、仲間たちも観客も気づかぬうちに数の利がトルコからギリシャへと移り、みなを勇気づけているのである。

この数の技法は、敵の総督の台詞にも使われている。第二幕、一人のギリシャの老人が娘を返してもらいに総督のもとにやって来るが、総督は二人一緒に殺してしまう。その後総督はボツァリの妻クリューセイスを我がものにしようとするが、はねのけられて、舞台に一人残される。総督は独白の中でこのように言う。「あやつの愛しのボツァリめが余をおびやかす。どこまでも図太いあの英雄どもは一体いまどこにおるのだ。」総督が恐れるのは、はじめはボツァリただ一人である。しかし次の行で、それは複数の「英雄ども」に代わっている。ここでもまた、単数の敵に対する複数になった主人公たち、と、数の形勢が逆転しているのである。ボツァリはいまや一人ではない。圧制に立ち向かうべく仲間を手に入れたのだ。

第三幕、ボツァリと仲間たちがトルコ陣営に乗り込んでくる。しかし戦いの途中でボツァリは負傷してしまい、最後にみなを鼓舞して息絶える。仲間たち、クリューセイス、そしてギリシャ人たちは、戦いの「道を切り開いてくれた」ボツァリに深く感謝する。そしてみなが圧制者への復讐を誓うところで幕は閉じられるのである。

結局『セレイッドの鷲』が上演されることはなかった。その理由は明らかではない。たしかなのは、この作品を書き終えたあと、作者がただ「そういう気になった」とだけ言って軍隊に入ったことである。さらに偶然かもしれないが、二度目の入隊のときに作者が組み入れられたのは、ギリシャへと派遣される部隊であった。さまざまな技巧をこらして主人公の不幸を、トルコの不正を、そしてギリシャ人の団結を描いた『セレイッドの鷲』は、作者自身をも同じ戦いへといざなっていったのかもしれない。

## 獄中詩

しかしながら、ラスネールのいた部隊はギリシャへは派遣されなかった。彼は軍を脱走し故郷に帰る。だがそこに家族の姿はない。破産して国外へ逃げてしまったのだ。一文無しとなった彼は盗みを働く。その後もまっとうに生きようとするもうまくゆかず、再犯を繰り返し、ついには死刑を宣告される。そして獄中で詩と『回想録』を執筆するのである。

ラスネールが残した詩のうち、まずは『回想録』と関連するものから紹介したい。『回想録』の中でラスネールは、自分の政治小唄「同胞である国王へ、盗人からの嘆願書」が、ある人物によって一部修正されたのち出版されたことを暴いていた。問題の詩は、徒刑場から出てきた盗人が職を求めて国王に願い出るという、八行四連からなる韻文詩である。[*7] 各連の五―七行目は盗人による自らの特性の披露（すなわち何らかの職業についてのあてこすり）に充てられ、最終行でようやく彼が就きたがっている職業（つまりあてこすられている職業）が明らかになるという仕組みである。こうして警官に、警視総監に、大臣になりたいと申し出る盗人であるが、最終連では国王になりたいと言い出す。なぜなら自分は、五―七行目によれば「偽善者で下品、その優しさはしかめ面、そして（略）…従兄弟を自殺に追いやった」からである。当時国王は、ブルボン公の首つり「自殺」に関与したと噂されていた。そのためこの一行ゆえに、ラスネールの詩を頂戴した人物は告訴されることとなる。一八三五年十一月十二日、『法廷通信』はラスネールがこの人物、すなわちアルタロッシュに宛てた手紙と、「アルタロッシュ氏へ」と題された詩を掲載した。この詩でラスネールは、自分が盗人であることを認めたうえで、アルタロッシュが行なった盗みと盗品隠匿のための小細工を暴き、盗人（つまり作者）でないのにそのふりをして投獄されようなどなんとも寛大なことだと皮肉っている。

　とはいえラスネールの詩がすべてこのように辛辣なわけではない。『回想録』でラスネールが、「友へ」と題された小唄を友人三人に捧げると言っていたことを思い出してみよう。これは処刑の半月ほど前に作られた、四連の韻文詩である。各連の最後は「なぜなら友よ（恋人よ）僕は明日死ぬ」という言葉でしめくくられている。だが最後の連は違う。「（ただ君たちのためだけに生き返ることになるのだから）何も言わずに僕は明日死ねる」で終わっているのだ。この詩にこれまでのような皮肉の影はいっさいなく、友人へのやさしい愛情だけがひたすら伝わってくる。またラスネールは『回想録』の中で、ドルムイユ夫人と破局したのち、夢の女《シルフィード》ばかり追い求めるようになったと述べていた。同じく処刑の半月前、その「夢の女《シルフィード》」と題された五連の韻文詩が『シャリヴァリ』紙に掲載された。この中でラスネールは、あるときは王宮の柱廊、あるときは洞窟、またあるときは涙の中で、見かけては見失ってきた夢の女を歌っている。第一連の最後の行、作者は彼女に「ほどなく僕は君を探しに行く」と告げる。それが以降の連になると、「天で僕を待っていてくれ」に変わる。さらに第四連以降では、それまで七行目に含まれていた読点も消える。この詩は、いよいよ夢の女に会えるという確信にあふれているのである。

だがなにより指摘しておきたいのが、いくつかの獄中詩において、十年前の作品『セレイッドの鷲』を彷彿とさせる技巧が用いられていることである。たとえば『セレイッドの鷲』において、ラスネールはまず主人公ボッァリに交韻の八音綴で歌わせ、その後平韻の十二音綴で語らせることで、効果的な場面転換を試みていた。十一月二十八日に作られた獄中詩「最後の歌」でも、やはり交韻の中に平韻が、しかしより不規則な形で交ざっている。それらはもちろん偶然によるものではない。まず、平韻で詠まれた最初の二行は、死を前にした穏やかな心情を交韻でつづってゆくための舞台を準備する、いわばプロローグとなっている。しかし詩も半ばに差しかかったころ、ふたたび平韻が現れて、雰囲気はがらりと変わり、作者は社会を糾弾しはじめる。さらに交韻、平韻の織り交ざった、この詩の盛り上がりとでも言うべき箇所に入ると、それまで一人称単数で語ってきた作者は一人称複数を使い、一人の死刑囚ではなく複数の社会的弱者の代弁者となる。そして最後、ふたたび彼は一人の穏やかな死刑囚に戻り、平韻で始まった詩は平韻で幕を閉じるのである。さらにこの詩では、八、十、十二と、音綴もまた頻繁に変化する。長い音綴の中、ときおり現れる短い音綴の行では、おもに死を前にした作者の決意が語られている。『セレイッドの鷲』では場面転換を告げるだけであった詩句の長短は、ここでは全体の色調を時に応じて変化させる役割を果たしているのである。

また、『セレイッドの鷲』で作者は、ゆっくりと発音される言葉を多用することで十二音綴

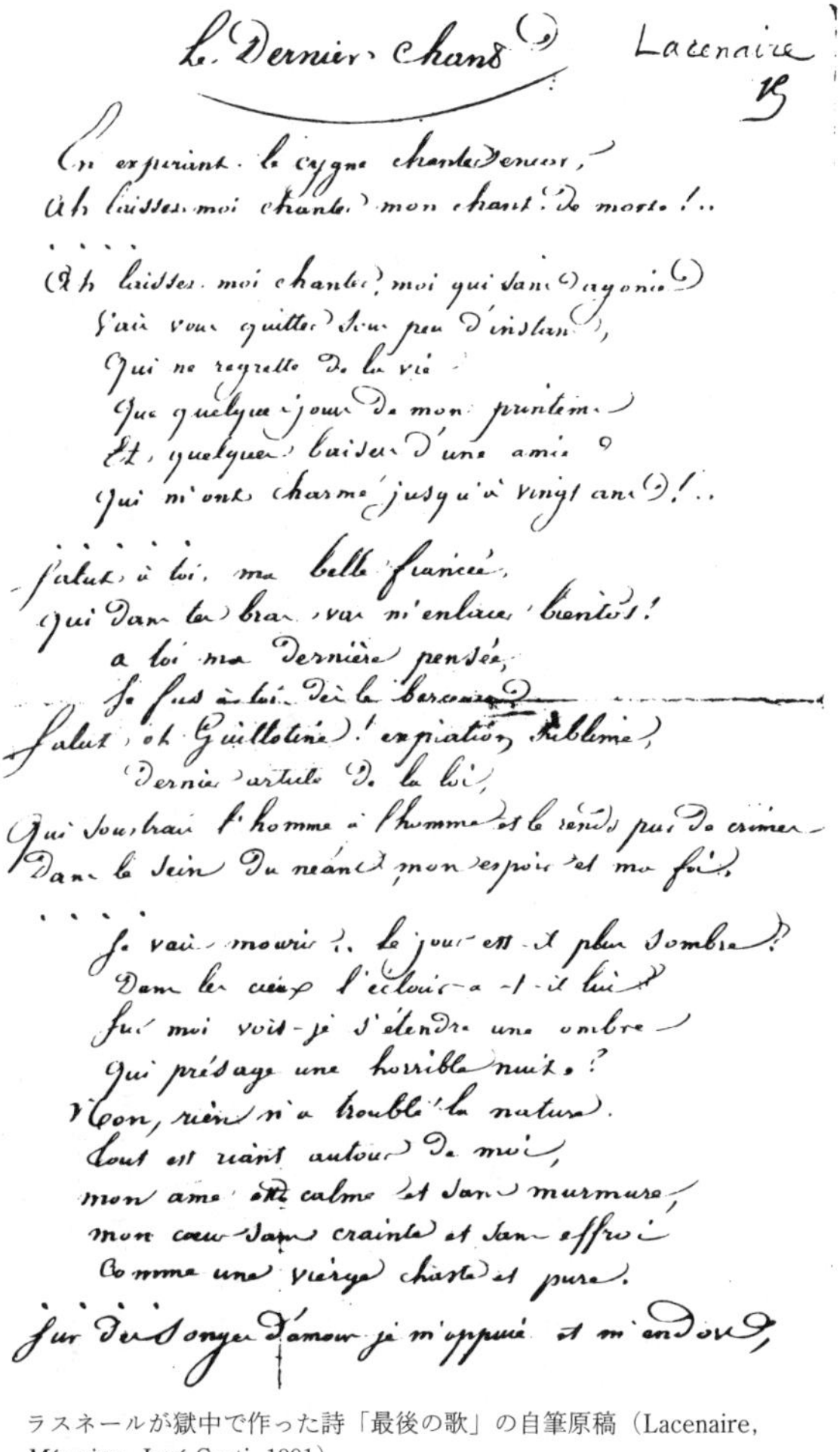
Le Dernier chant — Lacenaire

En expirant le cygne chante encor,
Ah laissez-moi chanter mon chant de mort !..
. . . .
Ah laissez-moi chanter, moi qui sans agonie
Vais vous quitter dans peu d'instants,
Qui ne regrette de la vie
Que quelques jours de mon printemps
Et quelques baisers d'une amie
Qui m'ont charmé jusqu'à vingt ans !..
. . . .
Salut à toi, ma belle fiancée,
Qui dans tes bras vas m'enlacer bientôt !
A toi ma dernière pensée,
Je fus à toi dès le berceau.
Salut, ô guillotine ! expiation sublime,
Dernier article de la loi,
Qui soustrais l'homme à l'homme et le rends pur de crime
Dans le sein du néant, mon espoir et ma foi.
. . . .
Je vais mourir !.. le jour est-il plus sombre ?
Dans les cieux l'éclair a-t-il lui ?
Sur moi vois-je s'étendre une ombre
Qui présage une horrible nuit ?
Non, rien n'a troublé la nature.
Tout est riant autour de moi,
Mon âme est calme et sans murmure,
Mon coeur sans crainte et sans effroi
Comme une vierge chaste et pure.
Sur des songes d'amour je m'appuie et m'endors,

ラスネールが獄中で作った詩「最後の歌」の自筆原稿（Lacenaire, *Mémoires*, José Corti, 1991）

の長さを強調していたが、同じ技法は「謝意」と題された詩にも再見される。これは『回想録』にも登場した『良識』紙の編集長ジョゼフ・ヴィグルーに宛てられた詩であり、「謝意」とはもちろん皮肉である。冒頭から三行目の前半まで、ラスネールは、「*Pauvre* et froissé d'une *longue* injustice / Mon *cœur souffrant* chercha quelques amis. / Ils étaient *loin*, bien *loin*… 長い間の不正に、貧しく、傷つき、苦しむ我が心は友を求めた。行けども行けども友は見つからず……」と、苦しみ続けた日々を、長い音素を含む言葉でつづっている。ところが三行目の後半、「Alors le *vice* / Et *puis* le *crime* ont payé le *mépris*. こうして悪徳が、さらには犯罪が軽蔑の報復をした」と鋭い音素の言葉が立て続けに現れ、それまでの重々しい空気を破るのである。四行目、「*Tranquille* après, *sous* le poids de ma *chaîne*, その後心は落ち着き、鎖の重みの中で、」と、作者はまたもや長い音素の言葉を多用し、落ち着きを取り戻そうとする。しかし努力の甲斐なく、最後の行は、「Je suis *fâché* de *vous avoir* connu. 貴殿と知り合ったこと自体が遺憾だ」と、荒々しく発音される。こうして作者は、若き日の単調さと対立させることで、ヴィグルーの裏切りを強調しているのである。

**『回想録』へ**

さて、『セレイッドの鷲』ではほかに、多数だった敵が少数になり、少数だった味方が多数になるという、数の技法とでも呼べるものが使われていたことを我々は確認した。この技法を思い起こさせるのが、「ギロチンの首穴で」と題された詩である。これは「浮浪者と盗人」と題された詩とともに、犯罪者の隠語で書かれた、非常に珍しい韻文詩である。しかも「浮浪者と盗人」には隠語の部分にだけ訳がついているのに対し、「ギロチンの首穴で」には全訳が付されている。そして隠語の詩のほうには「仲間用」と書かれており、訳のほうには「読み書きできない人々向け」と書かれているのである。よってここでは一種の逆転現象が起こっている。本来の意味で読み書きできない者たちを指す。この時代、読み書きできない人々と言えばふつうは犯罪者のほうが主流となり、隠語を読み書きできない者はマージナルな存在となっているのだ。この勢力逆転は、強者に対する弱者の反抗を呼びかけた『セレイッドの鷲』に、そして裕福な人々に対する貧民や犯罪者の反抗を待ちわびる『回想録』に通じるものがあるだろう。

実際、『回想録』にも数の技法は使われている。これまで見てきたような韻文とちがい散文であるこの作品には、展開にも長さにも制限がない。しかしそれだけに、いつ中断されるかという不安を抱えながら書かれたということを忘れてはならない。ときおり話があちこちに飛んだり、見出しの類が原文に一切ついていないのはそのためである。

その『回想録』を、作者は父の生い立ちから始めている。というのも父は彼に対し、のちにこのように言うことになるからである。「素行を改めなければ、お前もああやって死ぬことになるんだぞ。」ああやって、つまりギロチンにかけられて死ぬことになるぞという父のこの叱責は、ラスネールの固定観念、彼の言葉で言えば決定的な「予言」となる。父は作者の運命を決定できる存在として描かれているのである。他方、母に関しては「不公正な injuste」という形容詞が繰り返し使われる。『回想録』の主人公とは、一言で言えば不正を受けた宿命的人物であり、『セレイッドの鷲』の言葉を借りるならば、「héros infortuné 不幸な英雄＝主人公」であると言うことができるだろう。

この孤独な主人公、ラスネールは、古代史の授業中にこのように感じることになる。

勝利によって正当化された、どれだけの恐怖、どれだけの不当な行ないを私は古代史の中に見出したことか。私は自分に言った。（略）僕はいままで不当な行ないを蒙ってきたが、そんなのちっぽけなもの（略）だった。

彼は不正を受けているのは自分だけではないと知ったのである。言うなればこのとき、彼の個人的な問題は、不正な社会に虐げられるすべての人々の問題に帰せられた。一人称単数が、一人称複数になったのである。ちょうど獄中詩「最後の歌」のように、そして妻が連れ去られたという個人的問題から立ち上がり仲間たちと一体となって戦う『セレイッドの鷲』の主人公のように。

こうして『回想録』は、孤独な主人公が社会との闘いのため仲間を得る物語として進んでゆく。しかし、仲間を求めて監獄に入ったくだりを執筆していたとき、作者は上告棄却の知らせを受ける。もはや、いつ『回想録』を中断しなければならなくなるかわからない。そこで彼は、本来ならば少しずつ滴らせてゆくはずだった「秘められた思い、おぞましく、悪魔のような思い」を急ぎ白状せざるを得なくなってしまう。その思いというのが集約されているのが以下の部分である。

考えている行動を決心できない人間は、しばしば自分をはげましてくれるような手本を待っている。その行動をしたいとどれだけ思っても、最初の人間にはなりたくなくて、誰かが道を開いてくれるのを待っているのだ。

彼のねらい、それは彼の死後、彼が始めた社会に対する闘いを貧民や犯罪者たちが続けてゆくことだったのである。だが何より注意したいのが、「道を開く」という表現である。『セレイッドの鷲』で、戦いのさなか息を引き取った主人公に、仲間たちはこう言って感謝しなかっただろうか。「僕たちに栄光への道を切り開いてくれたのは君だ。」つまりラスネールは、かつて作家を夢見ていたころに描いた『セレイッドの鷲』の主人公に自らを重ね、不正な社会に対する弱者の闘いを率いる者として自らを『回想録』に描いたのである。

孤独な主人公が仲間と出会い不正な社会と闘いながら死んでゆく姿。これこそラスネールが死の直前に描きたかったものであることを、上告棄却を受けて彼が見せた焦りは物語っている。実際これ以降、『回想録』で彼は自らに関わる真相を心ゆくまで暴露し、犯罪譚をのびのびと語り、そして死刑判決の幸福感を悠々と味わいながら筆を擱くのである（死刑囚の苦しみを綴った最後の数ページが、おそらく本人の筆によるものでないことは訳注に示した通りである）。『セレイッドの鷲』、獄中詩、そして『回想録』。二十代の青年の作品と三十代の犯罪者の作品は、その技巧と、不正な社会に対する弱者の闘いという主題においてつながっていたと言えるだろう。

## 不運な作家

ところで、若き日のラスネールは、一体どのようにして遠いギリシャの詳細を描き得たのだろうか。

ギリシャ独立戦争について当時最も詳しく説明していたのが、イオアニアのフランス総領事をしていたフランソワ・プックヴィルによる『ギリシャ再生史』[*8]（一八二四）である。一八二五年に再版され、二六年には要約が出版されたこの著作では、『セレイッドの鷲』にも登場するボッァリの仲間たちの名前のほか、トルコ軍とギリシャ軍の人数、さらには戦いの中でボッァリが発したとされる「恐れることなく敵に向かって進め。そして私が始めたことを成し遂げるのだ」という言葉も紹介されている。これらのことから『セレイッドの鷲』の参考文献の一つはこの『ギリシャ再生史』であったと推測される。

だが、ギリシャの様子は新聞によっても伝えられていた。一八二六年四月十一日、『コンスティチュシオネル』紙には、ボッァリの息子が亡命先から叔父に寄せた以下のような手紙が載せられている。「僕はもっと努力して勉強し、愛する祖国に鷲のように飛んでゆきます。デメトリウス、セレイッドの鷲ことマルクの息子より。」おそらくこの手紙が、作家志望の青年を感動させ、「セレイッドの鷲」というボッァリの異名を教え、あの戯曲を着想させたのではないだろうか。

事実この日からしばらく、ラスネールは『コンスティチュシオネル』紙のギリシャに関する記事を注意深く読んだものと思われる。というのもこれらの記事と作品の間には多くの共通点が見られるからである。たとえば新聞には「町には陰鬱な沈黙が流れていた」とあるが、作品では

「彼らのまわりには陰鬱な沈黙が流れている」と書かれている。また、同紙に載せられたギリシャの新聞記事には「全能の神の庇護を信じ、我らは額に月桂樹の葉をまとう」と書かれていたが、作品中では「霊魂に乗り移られた」ボツァリが「諸君の額は不滅の月桂樹の葉で覆われる」と言う。さらに同じ新聞記事によればギリシャの女性たちは「残酷な運命が許さなくても（略）夫のそばで倒れることのほうが名誉なのです」と勇敢に語ったというが、作品中でクリューセイスは総督をはねのける際、「夫のそばに返しなさい」と言い放ち、瀕死の夫を見て「おそろしい運命！」と叫んでいる。

だがクリューセイスについては、『ギリシャ再生史』でも新聞でもほとんど語られていない。というのもボツァリの妻はたしかにこの名前であったものの、戦いには関わっていないからである。ではラスネールはどこから彼女に関するエピソードを考えついたのか。おそらくそれは、同名の登場人物を持つホメロスの『イーリアス』からだろう。トロイア人のクリューセイスは、アカイア人の王アガメムノンによって戦利品として所有される身である。ここからラスネールは、ギリシャ人のクリューセイスがトルコの総督ムスタイに連れ去られるという話を思いついたのだろう。『セレイッドの鷲』第二幕で娘を取り戻しに来る老人の話にも『イーリアス』の影響はうかがえる。クリューセイスの誘拐は、ホメロスにおいてもラスネールにおいても、これから続く長い、長い戦いの序章だったのである。

一八二六年、親ギリシャ主義がヨーロッパで台頭する中、ギリシャの状況を報道した新聞記事が、ある若い作家に霊感を与えた。彼は不正なトルコに対しギリシャの人々が団結し立ち上がるという劇作品を書き上げた。そして約十年後、貧困から犯罪者に身を落としたこの青年は、かつての劇作品の技巧を活かし、不正な社会に対し犯罪者や貧民が団結し立ち上がるという獄中詩、および『回想録』を著したのである。

ラスネールの同時代人たちは、彼を怪物的な犯罪者だとした。彼の書いたものは、生まれつきゆがんだ精神による特異な作品とみなされた。このラスネール像は、百八十年経ち、彼に関する歴史、文学研究が進んだいまでもほとんど変わっていない。しかしそんな彼の作品の源泉も、もとはといえば親ギリシャ的な新聞記事にあるのであり、不正を憎み弱者に味方するというごく一般的な思いが、現実社会にぶつかり軸を傾けてしまったにすぎない。ほんとうのラスネールとは、生まれつきの怪物的な犯罪者などではなく、きわめてふつうの不運な作家の一人だったのかもしれない。

＊1——Jean Prévost, *Essai sur les sources de Lamiel. Les amazones de Stendhal. Le procès de Lacenaire*, Lyon, Imprimeries réunies, 1942

＊2——Michel Le Bris, *Assassins, hors-la-loi, brigands de grands chemins. Mémoires et histoires de Lacenaire, Robert Macaire, Vidocq et Mandrin*, Bruxelles, Éditions complexes, 1996.

＊3——Pierre-François Lacenaire, *Mémoires et autres écrits*, édition établie par Jacques Simonelli, Paris, José Corti, 1991.

＊4——Katharine Strelsky, « Lacenaire and Raskolnikov », in *Times Literary Supplement*, Londres, 8 janvier

1971.

*5――ラスネールの作品を紹介したり、ラスネールを小ロマン派（ロマン主義時代に多少は知られていた作家）としてあげる研究もあったが、例外的である。Laurence Senelick, *The Prestige of Evil. The Murderer as Romantic Hero from Sade to Lacenaire*, New York, Garland, 1987. Pierre Abraham et Roland Desné (dir), *Histoire littéraire de la France*, t. VII, Paris, Éditions sociales, 1977.

*6――獄中詩および『セレイッドの鷲』は以下に収められている。Lacenaire, *Mémoires et autres écrits*, édition établie par Jacques Simonelli, José Corti, 1991.

*7――安達正勝『フランス反骨変人列伝』（集英社新書、二〇〇六）では、この詩の全訳のほか、いくつかの詩が抄訳されている。

*8――François Pouqueville, *Histoire de la régénération de la Grèce*, Paris, Firmin Didot père et fils, 1824.

*この解説は次の拙論をもとにしたものである。Aya Umezawa, « Criminel exceptionnel ou écrivain déçu ? Essai sur la source de Lacenaire »,『日吉紀要』、慶應義塾大学フランス語フランス文学、57号、二〇一三年。

# 訳者あとがき

本書は Pierre-François Lacenaire, *Mémoires, révélations et poésie de Lacenaire écrits par lui-même, à la Conciergerie*, Paris, Chez les marchands de nouveautés, 1836, 2 vol. の翻訳である。なお翻訳にあたっては、モニック・ルバイイ Monique Lebailly の校訂による Lacenaire, *Mémoires, poèmes et lettres*, Albin Michel, 1968. およびジャック・シモネリ Jacques Simonelli の校訂による Lacenaire, *Mémoires*, José Corti, 1991. を参照した。原書には詩、戯曲、書簡も収められているが、今回訳出したのは『回想録』の部分のみである。犯罪者の回想録という事情もあって、一八三六年の刊行者はラスネールの原文にかなりの削除を施した。本書のあちこちに（……行の検閲）とあるのは、そのためである。

シモネリの校訂版は、初版とラスネールの自筆原稿を照合したうえで、検閲されたページをかなり復元しており、その部分を本書では［　］で示しておいた。それらを検討すると、宗教、道徳、社会制度をあからさまに排撃した部分、そしてしかるべき地位にある者を批判、中傷した部分がおもに削除されたことが分かり、興味深い。ただし、シモネリが自筆原稿を参照できたのは

『回想録』全体のおよそ三分の一にすぎない。

ラスネールという人物の多面性を際立たせるために、三篇の解説が用意された。まず小倉は、『回想録』が自伝としてどのような特徴をもっているかを論じた。次にパリ大学の近代史教授で、犯罪文化や警察・司法制度の研究で先導的な立場にあるドミニック・カリファは、歴史学の領域でラスネールの存在がどのように把握されてきたかを過不足なく解説してくれる。そして最後に梅澤が詩、戯曲も書いたラスネールを「文学者」として位置づける。『回想録』の邦訳を刊行すると伝えたら喜んで解説の一文を草してくれた友人であり、梅澤のパリ留学時代の恩師でもあるドミニックに心から感謝したい。

本書の企画が実現したのは、平凡社編集部の松井純さんのおかげである。小倉はかつて『犯罪者の自伝を読む——ピエール・リヴィエールから永山則夫まで』（平凡社新書、二〇一〇年）の中で、ラスネールの『回想録』に一章を割いたので、この著作に執着があった。そして、近代フランスの監獄制度と犯罪者表象を研究している梅澤が、『回想録』の翻訳に強い熱意を示したことが直接のきっかけとなり、松井さんが本書刊行への道を拓いてくださったのである。平凡社ライブラリーにはすでに『カルダーノ自伝』、ヴィーコの『自伝』、クロポトキンの『ある革命家の思い出』、そしてリリアン・ヘルマンの『未完の女』など、自伝文学の傑作がいくつか収められている。ラスネールの『回想録』が収まるべき場所としては理想的であり、この叢書の仲間入りを果たすことで多くの読者に恵まれることを願う。

翻訳作業は、まず梅澤が訳稿を作成し、小倉が全体にわたって手を加えた。原著には章立ても、小見出しもないが、読者の便宜を考えて訳者の判断で章タイトルと小見出しを付した。また原文には改行が少ないが、やはり読みやすさに配慮して改行を増やしたことをお断りしておく。訳注は二種類あり、人名など短いものは割注〔 〕とし、長めの注は通し番号をふって巻末にまとめた。ラスネールの略年譜は、ルバイイとシモネリの校訂版を参考にしつつ、訳者が作成したものである。

『回想録』の本文には、事実関係上の齟齬と、年代の不正確な記述がいくらか見られるが、そのまま原文どおりに邦訳しておいた。そうした齟齬や不正確な記述は、ラスネールの記憶違いや、おそらくは意図的な歪曲に由来する。また、初版の誤植や間違いがそのまま残ってしまった可能性もある。なにしろラスネールは原稿を書き終えた直後に死刑に処されたのだから、『回想録』の校正刷りに修正をほどこすことはできなかった。この点の不備を補うため、訳注と略年譜によって正しい事実関係を示しておいたので、活用していただければ幸いである。

最後になったが、編集作業を担当してくださった平凡社編集部の竹内涼子さんに、深い謝意を表する次第である。

二〇一四年六月

小倉孝誠
梅澤礼

平凡社ライブラリー　816

ラスネール回想録《かいそうろく》

十九世紀フランス詩人＝犯罪者の手記

発行日…………2014年8月8日　初版第1刷

著者……………ピエール＝フランソワ・ラスネール

訳者……………小倉孝誠＋梅澤 礼

発行者…………西田裕一

発行所…………株式会社平凡社

〒101-0051　東京都千代田区神田神保町3-29

電話　東京(03)3230-6579［編集］

東京(03)3230-6572［営業］

振替　00180-0-29639

印刷・製本 ……中央精版印刷株式会社

DTP …………平凡社制作

装幀……………中垣信夫



ISBN978-4-582-76816-9

NDC 分類番号283.5

B6変型判（16.0cm）　総ページ320

平凡社ホームページ　http://www.heibonsha.co.jp/